Ángel Caído

SEPHYRO   Canto Segundo

Angel Caído

SEPHYRO
Canto Segundo

Una historia de

Arturo Anaya T.

EDICIONES B
GRUPO ZETA

Ángel Caído, Sephyro Canto Segundo

1a edición: Septiembre, 2008

D.R. © 2008, Arturo Anaya T.

D.R. © 2008, Ediciones B México, S.A. de C.V.
    Bradley 52, Colonia Anzures. 11590, México, D.F.
    www.edicionesb.com
    www. edicionesb.com.mx

ISBN: 978-970-710-375-7

Para explicar lo invisible,
me basta lo visible.

WALT WHITMAN

Agradecimientos

Este libro representa la cristalización de un sueño que lleva en desarrollo siete años. Los obstáculos han sido enormes e innumerables pero gracias al apoyo de personas llenas de luz que tuvieron fe ciega en este proyecto, se pudo realizar la película y editar este libro, si los mencionara a todos no alcanzarían las paginas. Gracias eternamente. A mi esposa e hijas. Anahí y Andrea, gracias por su incansable paciencia, fe y a amor a lo largo de este difícil camino. Eva, eres un ángel.

A mi Madre, mi abuela y mis hermanos, las personas que siempre han creído en mi, mil gracias. Padre, gracias por tus valiosas lecciones de vida. Roy Campos, eres un gran amigo, te admiro. Eres un soñador, también quieres un mundo mejor. Gracias, tú le diste alas al dragón. Dragones de todas las etapas de este proyecto, gracias por regalarme su valioso tiempo, talento y dedicación, espero todos encuentren su camino de luz, recuerden que esto apenas comienza. A la Familia Zurita Bach y Alejandro Dabdoub gracias por creer en Ángel Caído. Bere, mi crayón rojo, gracias por tu talento, sin ti no hubiera sido posible. Adrián gracias por tu dedicación y apoyo en esta odisea literaria. Universo, gracias por permitirme ver tanta luz. La suerte favorece al osado, siempre. Arturo Anaya Treviño.

Arturo Anaya Treviño

A mi hijo, Wotan.

RDL

Contaremos ahora la historia que encontramos en el diario de un Sephyro, y no cualquier Sephyro, se trata de El Sephyro de la Profecía que conjuraron los dos enérgicos querubines que custodiaron el Jardín del Edén.

En este valioso documento se informa sobre la Creación, la guerra entre ángeles que se desató en el Cielo, la caída de Luzbel al Infierno y muchas sorprendentes historias que definirán el curso del Apocalipsis.

RUNARIO ANGÉLICO

Descifra el lenguaje de los Ángeles

El pergamino de plumas de ángel

> Tras expulsar al hombre, puso delante del
> jardín del Edén querubines y la llama de
> espada vibrante, para guardar el camino del
> árbol de la vida.
>
> *Biblia de Jerusalén. Génesis 3.24*

Se abre la titánica puerta del Infierno, silban flautas en la hora caliente. Me sumergí en este bosque petrificado con espinas gigantes durante horas. La voz de un ángel me había llamado incesantemente y ya no podía perder más tiempo. Las lunas se escondían y reaparecían ocultas por el vapor sulfúrico y dejaban el camino sumido en una profunda oscuridad; a veces, veía algún horrible animal, con cuerpo de león y de dragón, escurrirse rápidamente entre las piedras. Estaba convencido, a medida de que el silencio y la negrura de los árboles con cuernos me infundían un sentimiento de opresión, de que tenía que hacerlo.

La oscuridad desgarraba la luz de la lava en lúgubres franjas anaranjadas. El viento se había levantado y arrastraba las nubes rápidamente por delante de la superficie de las lunas, de tal manera que aquellas estrechas bandas luminosas danzaban entre los dispersos árboles. Simultáneamente, el aire comenzó a gemir y el sonido que producía evocaba las voces de los muertos en el viento… El ulular se hacía cada vez más fuerte y la danza de los rayos de luna pareció ser más y más rápida. De pronto, escuché los maléficos sonidos de un horror distante. Tenía que apurarme. Las lunas se habían ocultado nuevamente, pero ello no impedía mi paso veloz y seguro. Además, entre las nubes aparecían estrellas intensamente brillantes. Me asomé al borde del abismo. Los bosques de piedra y magma aún se extendían kilómetros y kilómetros por debajo del nivel inferior, y lejos, hacia el norte, resplandecía el halo rojizo del palacio de Luzbel… No sabía que estaba en camino de la prisión prohibida.

Alcé los ojos y vi la fachada del castillo, sus torres y murallas siniestras se alzaban entre la negrura. ¿Por qué me había escogido a mí? En ese momento lo que sabía sobre la historia de mis padres me parecía incompleto. Ni siquiera sabía quién era yo mismo. Una fuerza irresistible me había traído, desde muy lejos, hasta aquí. Estaba decidido; tenía que responder al llamado, era más fuerte que yo. Cuatro veces escuché graves murmullos demoniacos advirtiéndome que no me atreviera a visitar al prisionero, pero aquí estoy.

Continué por el sendero de tierra roja y, de pronto, escuché un penetrante aullido proveniente de las torres…

otro y otro más. Bajé la mirada y apreté los puños sin dejar de avanzar. Podía respirarse el dolor y el miedo en el aire. Descendí por una pequeña pendiente y llegué ante un profundo foso que me separaba de las puertas de la prisión.

Sabía que el momento había llegado.

Cuando los centinelas me vieron frente a la entrada dejaron caer con estrépito una formidable puerta de metal valkiano que funcionaba como puente para ingresar a la prisión. Crucé el formidable puente, me asomé y vi a los fantasmas verdes retorcerse en las tinieblas. Apenas entraba al vestíbulo y una escolta de feroces guardias gruñó ante mi presencia:

—¡Príncipe, no lo esperábamos!

Les expliqué que Luzbel me enviaba, dominé rápidamente sus débiles mentes y les ordené que me guiaran por los laberintos de la prisión. Tres imponentes guardias de Espiria me escoltaron por el castillo. Cruzamos un salón de roca verde, repleto de figuras de ángeles caídos talladas en piedra roja y alumbradas por fuegos fatuos. Comenzamos a descender por los pasillos de la roja fortaleza, el eco de nuestros pasos en las piedras mojadas se mezclaba con los lamentos y alaridos de los torturados. La prisión prohibida era el lugar más cruel del cosmos.

Conforme avanzaba por la prisión una idea fija y constante golpeaba incesantemente mi espíritu: saber qué era lo que quería decirme el ser de luz.

Ninguno de los brutales tormentos que se han inventado en Valkos ha conseguido sacarle una sola palabra. No quiere hablar con nadie y, sin embargo, él me llama, el ángel reclama mi presencia. Necesita decirme algo substancial, trascendente. Lo sé, puedo sentirlo.

He tenido sueños sorprendentes con él: aparece con una brillante máscara blanca que cubre su rostro por completo, una máscara inquietantemente antigua, sin orificio para la boca, la nariz o los ojos. Los objetos que rodean el lugar se quedan suspendidos en el aire; entonces, abre la mano derecha, yo me acerco y justo cuando voy a ver qué es lo que sostiene, la imagen se diluye y aparece, envuelta en nubes negras y violáceas, la estampa maldita de esta prisión que suspende el eco de mis pasos conforme recorremos las catacumbas.

Los guardias tocaron violentamente una enorme puerta de tronco y metal, curvada en su parte más alta, elevé la mirada y observé que los crípticos caracteres grabados en relieve sobre la madera emanaban una débil luminiscencia. Alcé la mano para indicarle a los guardias que esperaran un momento y comencé a examinar los signos malditos. Ellos no podían saberlo, pero mi bisabuelo me enseñó a descifrar los rasgos originales de las runas para interpretar mensajes ocultos. Y sí, ahí estaba la marca.

Suspiré, al tiempo que los oxidados goznes de la puerta chirriaron al ser abierta desde dentro; entramos a la mazmorra débilmente iluminada; la atmósfera era irrespirable, la humedad, nauseabunda, casi palpable. Cuatro horribles seres negros con alas grises y podridas custodiaban al ángel que aparecía en mis sueños.

¿Acaso se encontraba en este infierno por voluntad propia?, ¿acaso por voluntad divina? ¿Qué significaba que hubiera aparecido en mis visiones sin lograr entregarme el mensaje? ¿Qué representaban mis sueños?

Sentí un gran poder cósmico. El ángel de la máscara blanca estaba ante mí. Su forma cubría las dimensiones de un cuerpo humano, sus apagadas y enormes alas estaban firmemente sujetas a la pared por enormes cadenas y grilletes, de suerte que la mitad de arriba de su cuerpo se pronunciaba hacia delante. Su cabeza echada hacia abajo y los brazos colgantes, como si estuviera muerto.

Al sentir mi presencia se incorporó con lentitud. Me sorprendió su aspecto derrotado y miserable cuando vi múltiples y viscosos insectos que caminaban por su cuerpo. Encadenado a un asqueroso muro, como si fuera un esclavo de Blezu.

Los esbirros del calabozo se golpeaban entre sí y graznaban una serie de ofensivas imprecaciones al tiempo que mecían en el aire sus bífidas lenguas. Sus ojos de reptil brillaban malignamente.

El ángel alzó la cabeza. Vi las crípticas runas de su máscara talladas con el fuego de los místicos serafines. La imagen de Metatrón se dibujó ante mí colocándole aquel antifaz que abarcaba su rostro entero.

Por fin podría saber la verdad acerca de mi origen.

Sentí una especie de martillazo en mi conciencia y nuevamente volví al lugar en el que me encontraba físicamente. Entonces mi cuerpo perdió la rigidez y me acerqué al espíritu celeste. Los caídos gruñían y aullaban batiendo sus siniestras alas y llenando el ambiente con un hedor repugnante.

—Bien, ya estoy aquí. ¿Qué es lo que tienes que decirme? —le pregunté.

Antes de que pudiera responder, los atroces verdugos jalaron brutalmente las cadenas que apresaban sus alas, lo cual provocó que su cuerpo golpeara la pared. Les grité, furioso, que se alejaran. Se quedaron parados, completamente inmóviles y mirándome fijamente, pude escuchar como respiraban pesadamente, sus ojos se encendieron con tonos escarlata y uno de los guardias comenzó a darle latigazos al ángel mientras los otros gritaban excitados.

Entonces sucedió. El tiempo se detuvo, los caídos quedaron congelados, lo mismo que el látigo y los insectos, incluso las gotas de agua podrida que descendían del techo se mantuvieron estáticas en el aire.

Los punzantes sonidos que envolvían el calabozo desaparecieron, el silencio se hizo hostil y casi perfecto. El ángel me miró detrás de su sólida máscara y pude ver sus ojos blancos encendiéndose. Me aproximé a medio metro de él y extendió su mano derecha, me acerque aún más y la contemplé absorto, blanca como la nube más blanca, abriéndose lentamente en una cascada de luz mientras materializaba una pluma metálica de tonalidad roja.

Acerqué mi temblorosa mano y tomé la pluma, apretándola en mi mano. Mi cuerpo se llenó de fabulosas sensaciones. El resplandeciente ángel me habló en dialecto angélico. "Aquí encontrarás todas las respuestas", me dijo. En aquel momento advertí que debía irme.

El brillo de sus ojos se apagó y volvió a colgar de sus grilletes, como si estuviera muerto… sólo para recibir el latigazo que había quedado suspendido en el aire después de la magia.

Detuve los movimientos del maldito y arrojé el látigo de fuego negro hacia un rincón. Salí de la mazmorra a toda prisa; los alaridos de los torturados parecían intensificarse cada segundo; caminé por los oscuros pasillos lleno de aprensión, entusiasmo, curiosidad y con una espantosa sensación de intranquilidad.

Terminé de subir la curva escalera; dos guardias abrieron una puerta de barrotes y llegué al recibidor de la cárcel. Atravesé el puente de metal y me sumergí en el bosque nuevamente para regresar al palacio. Mi mano sostenía fuertemente la pluma en el bolsillo de mi saco.

Una vez en mi habitación le pedí al guardia que nadie me molestara. No podía dejar de estrujar el objeto metálico que el ángel me había dado. Saqué la mano de mi abrigo y comencé a abrirla muy despacio...

Sólo los espíritus celestes y su Némesis oscura conocen el significado de estas plumas de metal. Cada una de ellas es única y contiene marcas específicas que identifican la historia y jerarquía del ángel a quien fue atribuida. Entrañan la información completa: pasado, presente y futuro; están forjadas por los Serafines en el segundo cielo y cumplen varias funciones. Además de proporcionar información: pueden convertirse en espadas de fuego, cubrir el cuerpo con una armadura indestructible y transformarse en cualquier objeto físico imaginable. Son herramientas indispensables para los ángeles; sin ellas, el dominio de las sombras hace mucho tiempo que habría triunfado en la gran guerra que se desató en el Cielo.

¡Y esta pluma contiene un mensaje para mí! ¡Sólo para mí!

La tomé entre mis dedos y elevé la secreta oración que siempre hacía eco en mi sueño. Sin saber por qué, soplé ligeramente sobre ella, durante unos segundos nada sucedió hasta que, repentinamente, la pluma se encendió, empezó a brillar con destellos violáceos, mientras duplicaba su forma y comenzaba a evaporarse. Lleno de consternación, me pregunté si habría hecho algo mal y el contenido del mensaje se perdía en el aire, pero, para hacer aún más grande mi asombro, el humo comenzó a transformarse en un delicado pergamino de plumas de ángel.

Tengo el presentimiento de que desenrollar este pergamino implica una traición a las enseñanzas de Luzbel. Pero debo indagar cuál es la verdad acerca de mi linaje.

El cuarto está sumido en el más profundo silencio, hace mucho calor, pero al abrir la ventana una tormenta de fuego me quema el rostro y cierro rápidamente, lo que ocasiona que un pequeño cristal caiga desde la parte más alta. Un cristal que tiene labrado un ser precipitándose al vacío.

Me siento nervioso e irritado, justo cuando había logrado un balance entre mi cuerpo y mi mente, cuando me sentía listo para reclamar lo que por derecho es mío, sentí una fuerza indescriptible que me obligó a ir a esa mazmorra.

El pergamino de plumas de ángel debe contener las respuestas que busco, pero algo me dice que está mal, que abrirlo puede significar la destrucción de lo que tengo, de lo que conozco.

Estoy parado en medio de la habitación, un escalofrío recorre mis huesos, el sudor me nubla la vista, siento un dolor agudo en las sienes; el vidrio que cayó de la ventana me ha cortado la palma de la mano y mi sangre comienza a derramarse. Levanto el cristal del suelo y compruebo, con terror, que la imagen del ser precipitándose al vacío ya no está ahí, desapareció del cuadro y en su lugar se ve una inmensa hoguera redonda. Un sibilante y espantoso sonido comienza a retumbar en mi cabeza; en un idioma anterior a la Creación una voz me habla con eco susurrante. Tomo mi cabeza con las dos manos y comienzo a golpearme las sienes con los puños cerrados, grito muy fuerte... silencio otra vez... estoy temblando.

Me dirijo a trompicones hacia mi escritorio, arrojo violentamente plumas negras, espadas de fuego dormidas, mapas y libros prohibidos, y me doy cuenta de que mi herida ha formado un charco de sangre en el piso. Las piernas se me doblan. Tengo que desenrollar el pergamino y conocer mi origen, mi destino. La luz que fluye en mi ser, las vías celestes cuyo aire es mi cuerpo se remontan a linajes inmortales y demasiado antiguos para mi conciencia, su energía sobrepasa mi entendimiento.

Mis manos y ojos se inundan de llamas, mi ansiedad crece. Sin saber cómo ni por qué, repito las palabras que el ángel dijera en el calabozo y el fuego desaparece, cada poro de mi cuerpo transpira. Desenrollo el violáceo pergamino y al colocarlo sobre la mesa se vuelve blanco, tiene una textura suave, como si estuviera hecha del fino pelaje de las alas de un ave. Pero no hay un ningún símbolo, ninguna palabra escrita. Reconozco este hechizo, aquí hay algo más, debo seguir el mandato de mis instintos para encontrar el mensaje: coloco la sangrante palma de mi mano sobre su aterciopelada estructura y elevo una plegaria… las ventanas se abren y cierran violentamente, percibo un sonido cósmico, los objetos de la habitación tiemblan y caen al suelo estrepitosamente, escucho un grito y lo veo materializarse en forma de humo, desaparece tan rápido como apareció… aparecen símbolos de luz en el pergamino, símbolos que emergen y se desvanecen conforme los descifro, la información fluye a la velocidad de mis pensamientos.

Y lo que vi escrito decía lo siguiente:

꒒꒦꒦꒷ꙮ ꙮꙮ

Santa Teresa

> Al parecer, en este mundo ser diferente tiene
> un costo muy alto
>
> *Angus*

Los primeros años de esta historia no tuvieron días soleados. Una tormenta de oscuridad y maldad se aproximaba hacia la Tierra. El destino de la negra profecía amenazaba con cumplirse…

Una parda y fría tarde de invierno la lluvia azotaba las tejas de barro de un pueblo escondido en medio de un bosque al norte de Italia. La campana de un antiguo orfanato de piedra y musgo anunció la llegada de dos policías. Era muy extraño que la policía visitara ese lugar; en realidad, cualquier tipo de visita era anormal pues el orfanatorio estaba bastante lejos del pueblo y no había mucho que ver.

Helena, la madre superiora, se asomó a la ventana y vio a los dos oficiales parados bajo la lluvia con un bebé en brazos. Un estremecimiento, una inquietante certeza se apoderó de ella.

Recibió al pequeño en un enorme y derruido despacho estilo victoriano, firmó los documentos de rutina mientras miraba de reojo al bebé y advertía que los guardias lucían impacientes. Así que, sin hacer preguntas acerca de su origen o condición, aceptó al niño en su casa y les dijo a los oficiales que muchas gracias y que ya podían marcharse. Los policías le agradecieron y desaparecieron bajo la lluvia. Helena abrió la manta que cubría al recién llegado y lo observó largo rato. Era un pequeñuelo hermoso, rubio y con los ojos claros, pero tenía un desagradable lunar en la palma de la mano derecha, ya vería si podían quitárselo. Lo acostó en una silla y anotó sus datos en el libro de huérfanos, con el nombre que le habían asignado en el registro del hospital, un nombre verdaderamente espantoso, horrible, no sabía por qué los padres le hacían la vida difícil a sus hijos. Aunque, estos padres lo habían abandonado, o quizás habían muerto, no importaba. La monja se quitó la pluma de la boca y anotó el chocante nombre, carente de apellidos, en su libro de registro: Liutprando.

Las habitaciones del orfanato eran altas, frías y estaban sumamente descuidadas. Claro que no tenía porque ser así, pero las monjas que atendían el lugar destinaban la mayor parte de los donativos a mejorar su propia casona. "Bastante hacemos por estas pequeñas bestias", explicaba la madre superiora a las demás hermanas.

Una plaga de ratas y ratones se habían apropiado del territorio y corrían de un lugar a otro sin que nadie les dijera nada. El frío y la humedad calaban los huesos durante las cuatro estaciones y eran los culpables de un sinnúmero de enfermedades respiratorias que los pequeñines padecían sin saber qué habían hecho para merecer tal castigo divino. "Dios los está castigando", les explicaban las monjas cuando se enfermaban. En tiempos de lluvia las goteras creaban una monótona cadencia al caer en los utensilios de cocina, colocados hábilmente por los niños para evitar charcos y suciedades. Las ratas agradecían los bebederos. El hedor a orines, animales y humanos, era penetrante e insoportable y se sumaba al helado y húmedo ambiente. El cambio de sábanas, con suerte, se hacía cada dos o tres meses. Los que se portaban mal no comían y el silicio era una forma habitual de corrección.

La antigua construcción que conformaba el hospicio fue confiscada a fines del siglo XIX a una acaudalada familia de políticos que la había utilizado como granero, casa de empleados y hogar de sus caballos pura sangre. Un día, aquella familia simplemente se desvaneció de la faz de la tierra. Por más que se les buscó en este y otros países, nunca se volvió a saber de ellos; habían desaparecido misteriosamente y corrieron los rumores de magia negra, aquelarres e inhumanos actos de nigromancia celebrados en aquel tétrico recinto.

La edificación fue abandonada y, años después, donada a una orden de monjas capuchinas. En pleno transcurso de la primera guerra mundial aquellas monjas se dieron a la tarea de transformar la casa en un hospicio para niños huérfanos. Pasaron casi cien años y la tradición religiosa siguió latente en los muros de la edificación.

La propiedad era grande, la casa principal tenía largos pasillos flanqueados por columnas y arcos de cantera que rodeaban patios centrales que contaban con extensas áreas cubiertas de pasto. Los establos y graneros habían sido acondicionados como dormitorios y aulas escolares. Las monjas vivían en la vieja casa de la parte de atrás. La casa era diferente del resto del orfanatorio, no tenía humedad, estaba pintada al estilo renacentista y bellos objetos de ornato religioso la decoraban por aquí y por allá. Bastaba ver el jardín, repleto de flores y árboles hermosos, con el césped bien cortado, fuentes, estatuas y caminos de piedra. Los patios del orfanatorio parecían selvas y estaban plagados de insectos y alimañas.

Ningún niño o persona tenía acceso a la morada de las monjas y aquel que era sorprendido, tan siquiera rondando el lugar, era reprendido y castigado severamente.

La entrada principal del orfanatorio, construida casi en su totalidad con canto rodado, tenía talladas inscripciones rúnicas que nadie había podido transcribir. Se decía que las había esculpido uno de los habitantes originales de la casa, obsesionado con la hechicería de los antiguos druidas normandos.

Helena y Carlota eran las madres que estaban encargadas de velar por la salud y educación de los niños, y cuidar que el orfanatorio continuase con su noble misión. En realidad, nunca habían pensado en dedicarse a semejante actividad, pero, para su poca fortuna, fueron enviadas desde Roma junto con otras doce monjas para hacerse cargo del lugar.

Helena era una mujer de edad avanzada, tenía ojos saltones de color verde olivo y carecía de cejas, las arrugas en su frente revelaban a una mujer de carácter neurótico y su hábito color marrón le cubría siempre el cabello, así que nadie sabía cómo era o tan siquiera si lo tenía. Su cuerpo era redondo, pequeño, y cojeaba de una pierna.

La madre Carlota tampoco tenía muy buen humor que digamos, era una mujer joven en comparación con la madre Helena, pero de una complexión tan robusta que, al verla de espaldas vestida con sotana, semejaba un ropero de caoba. Tenía los ojos negros, el cabello rubio y siempre estaba histérica. Al parecer había equivocado el camino pues su existencia era miserable; se quejaba constantemente, las cosas que sucedían dentro o fuera de ella estaban mal, era incapaz de disfrutar cualquier momento de la vida pues siempre encontraba alguna razón, algo que estaba mal. Las personas que vivían a su alrededor absorbían su negatividad y acritud frente a la existencia que el Padre le había regalado.

Liutprando fue instalado sobre un catre oxidado en una pequeña habitación gris, la madre Helena lo cubrió con unas sábanas parchadas con pedazos de camisas viejas y se dijo que era una gran persona, nadie como ella para ayudar a los demás, para socorrer a los necesitados. Apagó la luz, salió de puntillas para no despertar a la criatura y suspiró aliviada cuando cerró la desvencijada puerta, su trabajo estaba hecho. Con una sonrisa triunfal recorrió el lóbrego pasillo encaminándose a su oficina y a medio camino se encontró con la madre Carlota. Intercambiaron impresiones sobre quién debía hacerse cargo del recién llegado y al parecer no llegaron a un acuerdo pues regresaron hacia la habitación donde se había quedado el recién llegado mientras hablaban al mismo tiempo sin escucharse.

El cuarto estaba en silencio y Liutprando dormía profundamente; de pronto, Helena y Carlota irrumpieron en la habitación dando un portazo, discutían a grito pelado ya que ninguna de las dos quería cuidar al nuevo niño. Carlota, exaltada, gritó:

—¡Éste —señalándolo con el dedo índice— es el cuarto mocoso que me asignas este mes de manera consecutiva! ¡No soy la única por aquí que atiende niños! ¿Sabes? Además, apenas es un bebé, necesita cuidados especiales y no tengo tiempo para dárselos.

Liutpandro comenzó a llorar al sentir la agresividad proveniente de las novias de Dios.

Helena la miró fijamente, estaba claro que no podía revelarle a Carlota sus más profundos temores, lo que sí sabía es que ella no podía estar cerca del niño, así que, con la soberbia que su cargo le confería, le advirtió:

—Me importa poco lo que hagas o dejes de hacer con el niño. Tú debes cuidarlo y no hay más que decir. Las cosas son así y nada puedes hacer al respecto.

La madre superiora dio media vuelta y tras ella azotó la puerta, haciendo retumbar los opacos cristales que dejaban entrar franjas de luz en las que se podía ver el polvo que llenaba la habitación.

Carlota estaba furiosa, dio un taconazo de resentimiento en el suelo y se acercó al pequeño mientras imitaba sarcásticamente los movimientos y palabras de la madre Helena, sin siquiera imaginar que aquel extraordinario bebé era capaz de percibir de modo diferente la discusión que acababa de tener lugar.

Las largas y huesudas manos de la monja arrebataron las mantas de Liutprando con un solo movimiento y el pequeño se estremeció con la brusca sacudida, abrió sus angelicales ojos verdes y observó a la mujer que lo miraba.

Carlota se abstrajo en el rostro puro y noble, tan tierno e indefenso, esa carita que comenzaba a descomponerse, a fruncir el entrecejo, arrugar la frente. El agudo llanto brotó incontenible ante el amargo y virulento semblante que se le había puesto enfrente.

La monja movió negativamente la cabeza, se tapó los oídos con las manos y se quejó de su mala suerte:

—¡Calladito! ¡Aquí nadie quiere a los llorones!

Liutprando chilló aún más fuerte y la monja retrocedió histérica:

—¡No quiero escuchar tus horribles llantos! ¡Más vale que te calles! —ladró, y se fue dando un portazo.

Ésa fue la primera visita que las religiosas le hicieron a Liutpandro.

Al anochecer, niños de diversas edades, entre los dos y los diez años, volvieron a sus habitaciones después de un día de clases y trabajo. A aquellos que compartieron cuarto con Liutpandro les tocó el trabajo de coexistir con el penetrante llanto de su nuevo hermano, que había tomado el lugar del niño más pequeño del orfanatorio.

Por regla general el niño más grande era líder de su cuarto y el encargado de la gemidora habitación era un pequeño macilento de rostro maligno. Se puso furioso al escuchar los alaridos del bebé y preguntó a sus compañeros:

—¿De dónde salió este llorón? —al ver que nadie respondía, aseguró—: No nos va a dejar dormir si no lo callamos.

Buscó consentimiento en el rostro de sus compañeros quienes, molestos por el llanto, movían aprobatoriamente la cabeza. El pálido y amarillento niño pidió que le pasaran una almohada y con ella cubrió el diminuto rostro angelical. Liutpandro sintió como las pequeñas plumas de la almohada se introducían en su nariz y boca, comenzó a mover el cuerpo con violentos estertores lo que hizo que el malvado chico presionara aún más… se ahogaba, se asfixiaba, y no podía gritar…

Pero fuerzas más grandes lo protegían, pues uno de los pequeños había avisado del atentado con la madre superiora. Helena entró rápidamente al cuarto y vio la horrible escena: los niños gritaban como animales sedientos de sangre mientras uno de sus compinches celebraba la bestialidad y el crimen al tratar de asfixiar a un indefenso bebé. La madre superiora no lo pensó dos veces y descargó un feroz golpe sobre la cabeza del pequeño homicida; los muchachos enmudecieron, el niño se puso a llorar y después de la reprimenda y el castigo físico nunca volvió a intentar silenciar el llanto de un bebé poniéndole un almohadón en la cara.

Después del estremecedor incidente Liutpandro fue reubicado. Como única posesión trasladaron el catre oxidado a un pequeño cuarto polvoso y atiborrado de cajas con libros y pedazos de muebles.

El tiempo pasó, las palabras que Liutprando pronunciaba eran contadas y muy elementales, desde que cumplió tres años comprendió que tratar de interactuar con los demás era una pérdida de tiempo. Al parecer, las personas comunes y corrientes no podían comprenderlo. Se sentía solo, aislado, no entendía bien cuál era su situación ni cuánto tiempo tendría que permanecer en aquel triste lugar. Su aspecto solitario y su misterioso espíritu provocaba el desprecio y la burla de sus compañeros, huelga decir que vivía entre seres realmente bárbaros e ignorantes; debido a su peculiar carácter lo llamaban loco, maniático, y sólo tenía cuatro años.

Había intentado platicar con los niños y las monjas acerca de sus sueños y visiones, sueños tan reales que el pequeño estaba seguro de haber participado en ellos activamente; pero no tenía el vocabulario suficiente para expresarse, para hacerse entender, y a nadie le interesaban sus alucinaciones pues violentaban el seguro y esquemático orden con el que interpretaban la vida. Sólo la madre Helena parecía consternada ante las pretendidas revelaciones del pequeño.

Liutpandro siempre estaba solo y dedicaba la mayor parte del día a leer, contemplar el cielo, los árboles y las aves. Cuando estaba en su cuarto le leía a los ratones los libros que poblaban su cuarto. Los roedores escuchaban atentos, como si comprendieran las palabras del pequeño. Tal vez había más humanidad en esos animales que en aquellos que se decían sus iguales. Aunque las personas del colegio lo creían idiota e incapaz de leer y escribir con propiedad, lo cierto es que durante el tiempo que estuvo en el orfanatorio dedicó su tiempo a estudiar los más de mil libros almacenados en esos baúles podridos por el moho que llenaban de una enfermiza humedad verde sus aposentos. Dentro de aquellas cajas encontró las obras clásicas de la humanidad, complicados volúmenes que lo alimentaron con sabiduría e hicieron más amplia y fértil su imaginación. Entre las obras que más le gustaban estaban: *El Quijote de la Mancha, Moby Dick,* y la compilación de cuentos de los hermanos Grimm, cuyas historias le parecían extrañamente conocidas y atrayentes.

En las clases mostraba apatía y desinterés, ponía más atención a los rayos de luz que se filtraban a través de los cristales y a las pelusas flotantes que al *Pater Noster.* La madre superiora y la madre Carlota le comentaron al médico que visitaba a los niños la posibilidad de que Liutprando padeciera una enfermedad mental. Le informaron de los ataques de pánico que sufría cuando era castigado y de su posible autismo. El médico lo auscultó, al no encontrar nada grave ni relevante le dijo a las monjas que podría tratarse de un caso de epilepsia, una rara enfermedad que requería costosos y largos estudios. Al oír el diagnóstico la madre Carlota sintió un sablazo en sus bolsillos y, arrepentida, argumentó que se trataba sólo de actos prefabricados para llamar la atención y que no gastaría ni un centavo en los berrinches de ese niño malagradecido. La madre Helena sospechaba otra cosa, pero no podía decir nada. Ella había visto los estertores del pequeño, lo había observado bañado en sudor, con los ojos muy abiertos. No, eso no era epilepsia.

El tiempo siguió su curso, para algunos con fruto, para otros como si nada. Una tarde en la que Liutprando barría el pasillo, la madre Carlota lo espió y lo vio conversar elocuente y fluidamente con un pequeño y extraño ratón que tenía una melena blanca. Se percató de que había bautizado a la bestia y se refería a ella como Leopoldo. Éste se mostraba atento y estaba parado en dos patas sobre una silla para que sus diminutos ojos quedaran a la altura de los del niño:

—¿Así que más allá de los muros del colegio hay enormes campos de flores y bosques inmensos con diferentes olores y colores?— preguntaba el niño al roedor mientras dejaba escapar un suspiro melancólico—. Algún día recorreré el mundo en busca de aventuras, como Marco Polo y Magallanes. Ya lo verás, Leopoldo, ustedes me acompañarán como mis fieles escuderos. Le pediré a mi ángel guardián que nos lleve a conocer el planeta de los soles azules...

Súbitamente, una puerta se estampó contra la pared y la temible madre Carlota irrumpió en el pasillo como una Erinia, el ratón huyó a toda velocidad al ver a la nerviosa mujer que, cual bruja, venía armada con una escoba:

—¡Ya sabía yo que eso de tus sueños y visiones no eran más que inventos tuyos para llamar la atención! —vociferó, escupiendo baba—. ¡¿Dónde están esas repugnantes bestias?! —preguntó, mientras golpeaba las sillas con su escoba.

Liutprando se sentó en el suelo, tapó sus oídos y pegó las rodillas a su mentón. Los ojos de la madre Carlota centelleaban de furia, lo tomó por los hombros y sacudiéndolo le reprochó:

—¡En el salón no puedes contestar en qué continente está China! ¡Y te sorprendo hablando a la perfección con unos ratones asquerosos! —el niño miraba fijamente el piso, tenía ganas de llorar.

—Esto te va a costar la cena de tres días y ahora mismo le vas a decir a la madre superiora las estupideces que supuestamente platicabas con esos animales.

La madre lo tomó bruscamente de la oreja y lo llevó a la dirección, donde inútilmente trató de hacer hablar a un Liutpandro sumido en el mutismo, por lo que quedó en ridículo frente a la madre superiora. O al menos eso creía ella, pero más que hacer el ridículo, había llenado de consternación a la anciana... el niño podía comunicarse con los animales. Los hilos comenzaban a entretejerse.

Al día siguiente la madre Carlota comenzó a burlarse de Liutprando en clase. Lo detestaba, lo odiaba, sacaba lo peor que había en ella y no podía explicar por qué. Con saña, le comentó a los niños que él prefería hablar y jugar con ratas que con sus compañeros. Los pequeños, impresionables y parciales, le aplicaron la ley del hielo, nadie quería jugar con el niño loco y raro; algunos por temor, otros por envidia, se avergonzaban de estar a su lado. Liutprando nunca tuvo amigos en el orfanato. Al parecer, en este mundo ser diferente tiene un costo muy alto.

A manera de venganza la madre Carlota lo hacía pasar al frente de la clase para resolver problemas matemáticos. Frente al pizarrón, el niño sentía como se clavaban en su espalda las hostiles miradas de sus compañeros, quienes sólo esperaban el momento en que fallara para que la madre le aplicara "el corrector", un fuerte azote en la columna con el metro de madera. El pánico le impedía contestar lo que claramente sabía y se quedaba parado sin hablar ni moverse. Sus compañeros se ahogaban en carcajadas cada vez que la maestra le daba un duro y seco golpe en la espalda, parecían gozar con el dolor ajeno.

Una tarde, mientras cumplía con las faenas del aseo, encontró sobre el escritorio de la maestra el temido libro de matemáticas con un lápiz a modo de separador; lleno de curiosidad lo abrió y observó por primera vez una serie de ecuaciones que la madre había intentado resolver desde el curso pasado. Más que por compasión que por seguir un impulso, tomó el lápiz y comenzó a resolver los ejercicios con gran facilidad. Al otro día, mientras los niños estudiaban las prácticas numéricas, la monja ojeó su libro y quedó sorprendida al encontrar resueltas aquellas ecuaciones que tantos dolores de cabeza le habían ocasionado. La madre no comentó a nadie este hallazgo, lo guardó para ella en su frío corazón, y a las demás monjas presumió sus supuestas habilidades matemáticas.

Liutprando había crecido, convirtiéndose en un niño enclenque, sensible y ermitaño. Lleno de energía y curiosidad exploraba su pequeño mundo constantemente y no le hacía daño a nadie pues con nadie convivía. Sin embargo, la madre Carlota se empeñaba en culparlo de cualquier evento negativo que sucediera en el orfanato y la madre Helena no hacía nada por evitarlo, pues sabía que el equilibrio siempre requiere de dos partes diferentes. El justo medio contiene la muerte y la creación.

Cierta tarde, el niño fue enviado a la cocina a lavar los platos de la comida, mientras los limpiaba observó horrorizado cómo la madre Alfonsa, la cocinera del orfanato, desplumaba y descuartizaba una gallina para cocinar el caldo que tanto detestaba. Había sido una experiencia aterradora, las plumas en el aire, el olor a muerte, la sangre, los chillidos de agonía, la impasible vieja con el machete en la mano.

Lleno de zozobra, sin poder dejar de ver manchas de sangre ni de escuchar los horribles chillidos de las gallinas que ya habían muerto, el pequeño se fue a dormir.

Al siguiente día, Liutprando y sus amigos los ratones, que lo seguían desde que despertaba hasta que dormía guiados por el intrépido Leopoldo, se levantaron más temprano que de costumbre y de inmediato se dirigieron al gallinero. El niño intentó abrirlo pero estaba cerrado con una enorme aldaba. Volteó para cerciorarse de que nadie lo observaba y tomó el metal entre sus manos, cerró los ojos con fuerza y se concentró. El pequeño sintió como sus dedos se volvían calientes, y con una fuerza descomunal, inhumana, logró torcer y romper el candado como si fuera de papel. Las gallinas estaban libres del cadalso.

Liutprando las vio correr y graznar enloquecidas y justo en el momento en que se encaminaba a abrir el portón principal para que los alocados animales huyeran al bosque, fue descubierto por el jardinero. En premio a su humanidad y para dar un ejemplo a los demás, la madre Carlota lo castigó sin cenar por dos meses. Previa tanda de correctivos con el metro de madera

Semanas, meses, los años pasaron y muchos niños eran adoptados por diferentes familias, esas familias que Liutprando espiaba, apenas asomado detrás de las ventanas, con un deseo secreto latiendo fuertemente en su corazón: crecer para que se lo llevaran a él. Pero lo único que crecía era la desolación a su alrededor.

Una tarde, mientras el pequeño barría la entrada principal vio que una mujer joven que pasaba por la calle lanzó un grito pues se le había roto el bolso y sus cosas se habían desperdigado en el piso mojado; de inmediato, Liutprando dejó la escoba a un lado para ayudar a la mujer a recoger sus pertenencias. Cuando la dama vio al pequeño se sintió inexplicablemente atrapada por sus expresivos ojos repletos de bondad.

Un par de días más tarde se presentó junto con su esposo para pedir informes sobre los trámites de adopción. La pareja entró en el orfanatorio guiada por una de las hermanas que la condujo a la dirección. Tomaron asiento en la oficina de la madre Helena, mientras eran amablemente atendidos por la madre Carlota, que cada vez que podía librarse de uno de esos pequeños monstruos se ponía feliz. Además, ellos venían a llevarse al peor de todos, un niño conflictivo que sólo causaba problemas. Les ofreció café y galletas mientras tarareaba una canción. Cuando la madre superiora llegó le solicitó un momento a solas en el pasillo. Una vez allí, le dijo:

—Ésta es la oportunidad que hemos esperado para deshacernos de ese molesto niño de una vez por todas. Hay algo raro con él, desde que llegó no han dejado de pasar cosas extrañas —dijo, mientras frotaba sus manos como una rata.

La madre Helena, que lo detestaba de igual forma, pero portaba un incomprensible designio en su corazón respecto a Liutprando, replicó:

—No pienso dar en adopción a un niño que nos devolverán en menos de un mes. Es mucho papeleo. Mejor que se lleven a Toñito, ¡ése sí es un niño bueno! Siempre lo veo de rodillas en el oratorio —aseveró, consciente de que su explicación no convencía a nadie. Pero era lo que tenía que hacer, un fuerte sentimiento le impedía dejar que Liutprando se marchara. Aún no era tiempo.

La madre Carlota, sin comprender por qué la madre superiora no quería que se lo llevaran, suplicó:

—¡Por favor! ¡Deje que se lo lleven!

—¡He dicho que no! No pienso cambiar de opinión —sentenció la madre Helena, dando la media vuelta para volver a su despacho.

En la oficina, la joven pareja aguardaba entusiasmada. Esbozaron una gran sonrisa cuando la madre Helena regresó y el joven caballero procedió a exponer su petición:

—Muy buenas tardes, madre. Hemos venido para que nos informe acerca de los trámites de adopción. Mi esposa no puede tener hijos y muchos años hemos considerado la posibilidad de adoptar a uno. Ayer, mi mujer conoció a un niño que barría afuera del orfanatorio y se quedó prendada de él, yo siempre sigo los instintos de mi esposa, eso nos ha traído buena suerte, así que nos gustaría…

La madre Carlota, que había entrado de pronto con la cara muy larga y sin tararear canción alguna, interrumpió para explicar por qué un niño barría como conserje, pues creyó que se quejaban al respecto:

—Cada uno de los niños tiene tareas y obligaciones específicas de acuerdo con su edad; claro, con el fin de hacerlos más responsables.

—Este niño tiene ojos hermosos y cabellos dorados —añadió la señora—, no puedo dejar de pensar en él.

La madre superiora estaba seria, necia en su propósito de conservar al niño, así que informó:

—Liutprando es el nombre del niño que usted vio, señora. Debo ser sincera con ustedes en este delicado tema. Liutprando no está bien, es un pequeño que nos ha dado problemas desde que era un bebé, tardó años en aprender a hablar y, de vez en cuando, le dan unos extraños ataques que le producen una incontenible temblorina, ¡los ojos se le ponen en blanco! —exclamó, mientras se acercaba a la pareja crispando los puños y abriendo los ojos más de la habitual, en un gesto lleno de terror y angustia. Una actuación ejemplar que escondía algún funesto significado—. Y nadie quiere adoptar problemas, ¿o sí? —finalizó, dejándose caer fatigosamente en su silla victoriana.

Una semana después, Liutprando observó a través de la ventana como aquella joven pareja se llevaba a Toñito, "la Marmota", apodado así por sus prominentes dientes frontales y por su escurridiza manera de escapar a las tareas que se debían cumplir. Siempre convencía a las monjas con cínicas explicaciones, alegaba su preferencia de rezar a Dios Padre en el oratorio que a perder tiempo en barrer en los pasillos. Las monjas siempre encontraron convincente y enternecedor dicho argumento. Y es que hay cierto tipo de hombres que aunque hagan todo mal siempre tienen la venia de las mujeres que los rodean. Son pocos, pero los hay.

Tras la salida de Toñito se cerró el gran portón del orfanato y con él se fue, una vez más, la ilusión de poder salir de allí y vivir una vida de verdad, lejos del encierro y la contradictoria manera en que las monjas del orfanatorio interpretaban las Escrituras. ¿Amarás a tu prójimo? Seguro que para llegar a prójimo había que cumplir la mayoría de edad. Los ojos de Liutprando se llenaron de lágrimas, los cerró con fuerza e imaginó que un ángel con alas azules y resplandecientes vestimentas lo sacaba volando de ese deprimente lugar hasta depositarlo suavemente en algún dichoso paraje donde las olas del mar cantarían y danzarían sin cesar. Abrió los ojos y se secó las lágrimas con el antebrazo. Tenía que dibujar, siempre plasmaba sus sueños en dibujos sobre libretas que él fabricaba con pedazos de papel y tapiz que recolectaba en los salones donde hacía el aseo como castigo, o más bien como rutina porque ya ni siquiera había que sancionarlo para que cumpliese con esas labores. A decir verdad y aunque él aún no lo sabía, sus dibujos eran premoniciones del futuro.

Liutprando cumplió diez años y su mirada se mantenía inocente. Se había convertido en un niño alto, de cabellos rubios, complexión delgada y brazos largos. Su carácter antisocial lo ensimismaba en su propio mundo. Desde que tenía tres y hasta ese día los pantalones siempre le quedaron zancones y las camisas cortas, pues aunque su ropa provenía de los donativos de los feligreses y había prendas para arrojar al cielo, las monjas se encargaban de que los pequeños detalles hicieran miserable su existencia. Para entonces, era frecuente que pasara horas y horas castigado, sin poderse mover, en uno de los pasillos exteriores que tanto lo aterraban, pues desprendían un halo de malignidad incomprensible.

Un domingo en la tarde se escabulló a los jardines de la casona de las monjas; el gran patio trasero estaba rodeado de macetas de diversos tamaños con hermosas flores, las cuales parecían apagadas por alguna razón. En el centro del patio había una fuente romana llena de peces de colores. Liutprando sabía que las monjas rara vez iban a ese patio y no pudo contener las ganas de jugar con las macetas, así que las acomodó estratégicamente en torno a la fuente. Mientras lo hacía platicaba con las flores como si fueran personas, les contó historias de aves que habitaban en las costas, de sus amigos los ratones, de lo agradecidas que debían estar por ser tan bonitas y coloridas.

En una hora había imitado la formación del sistema solar con las macetas, incluidos el Sol y la Luna. El espejo de agua de la fuente de cantera gris refulgía con destellos plateados. Obviamente, ninguna de las monjas tendría idea de lo que había hecho el niño. Si un astrónomo hubiera visto aquello, lo habría advertido. El sistema era perfecto; las distancias a escala, precisas. Días después las flores lucían exuberantes. La colocación que Liutprando había dispuesto le proporcionaba a las plantas la cantidad exacta de luz solar que necesitaban.

Pero al sexto día las monjas se dieron cuenta de la "travesura". Sin considerar el evidente beneficio que ostentaban sus plantas, la madre Carlota ordenó que las reacomodaran en su lugar. Al día siguiente las flores se habían marchitado. La culpa de su muerte recayó sobre el pequeño intruso, por lo que fue castigado seis meses realizando las más desagradables labores de limpieza.

Liutprando medía el tiempo y los meses de forma peculiar: con sus glaucos ojos observaba las estrellas a través de una diminuta ventana con barrotes y anotaba en libretas la posición de los astros, también revisaba el color de hojas y flores para registrar el paso de las estaciones. Ese año observó con claridad que las lluvias y las tormentas eléctricas se habían adelantado dos meses. Las golondrinas no volvieron a sus nidos y los canarios de la madre Alfonsa se negaban a cantar. Las últimas dos lunas habían tenido un extraño halo de luz durante el cuarto menguante y eso lo tenía sumamente nervioso, el cielo marcaba sombríos presagios.

El rescate

La Historia cuenta lo que sucedió; la poesía
lo que debía suceder.

Aristóteles

Para variar, Liutprando comenzó la semana con un nuevo castigo. Tenía que levantarse a las cinco de la mañana a barrer y trapear aulas y pasillos antes de que empezaran las clases. A esas alturas ya no se quejaba, a pesar de lo mucho que lo asustaba transitar los largos corredores en penumbra; en ese momento, más que nunca, se sentía nervioso y con miedo. La transformación del cielo, esas curvas de nubes negras que nadie parecía advertir sumado al extraño comportamiento de los animales, prodigaba una sensación de intranquilidad, la certeza de que algo horrible estaba a punto de suceder. Además, últimamente tenía pesadillas; sueños que ninguna persona alcanzaría, pues lo hacían viajar a otra dimensión en la que se sentía perfectamente vivo… seres

47

tenebrosos invadían sus pensamientos. Sus pesadillas revelaban ángeles de negras vestimentas, sucios, con ropas desgarradas y alas grises o negras cubiertas por las llagas de la putrefacción. Esos ángeles portaban máscaras con lágrimas que parecían finas grietas en alto relieve; cuando el pequeño se sentía rodeado por las lúgubres formas, aparecía entre ellos un demonio jorobado de bestiales proporciones que exhibía una gigantesca y aterradora hacha manchada de sangre.

Como si no fuera suficiente con los castigos y los desquiciantes sueños, tres niños bravucones que detestaban su postura delicada y afable, siempre lo buscaban para molestarlo, insultarlo o simplemente golpearlo. Pero esa situación terminaría pronto, muy pronto.

Durante el recreo de una fría mañana, Liutprando, persistentemente solitario, se mecía en un columpio, sus pies rozaban ligeramente el pasto erosionado y su respiración se convertía en cálido vaho. Como era costumbre, examinaba el cielo y pedía con fe y devoción que su ángel guardián lo sacara de ahí. Escuchó murmullos y sintió una sombra de maldad. Al bajar la mirada, sus ojos se encontraron con los tres odiosos niños que constantemente lo hostigaban. El obeso líder, armado con piedras, iba decidido a jugar tiro al blanco. Liutprando los miró fugazmente y volvió a alzar la vista, ensimismado en sus súplicas y en aquellos sueños que tanto lo atormentaban, decidió ignorarlos y siguió columpiándose suavemente. El niño gordo y alto tenía pequeños ojos negros y una enorme cabeza redonda cubierta de cabellos castaños, observó a su manada en busca de aprobación y un poco de coraje. El crío que estaba a su derecha tenía la mirada llena de malicia, custodiada por profundas ojeras, asintió con su negra y rizada cabeza, y con sonrisa burlona gritó:

—¡Oye, idiota!

Liutprando, inalterable, siguió balanceándose sin siquiera dirigirles una mirada. Al notar la indiferencia, el líder se molestó aún más y exclamó con enfado:

—Te estamos hablando, tarado ¿no sabes que día es hoy? Hoy es jueves de tiro al blanco y como ya no encontramos botellas, decidimos jugar contigo—. No había terminado de decir esto cuando comenzó a apedrearlo, con tal puntería que acertaba en cada uno de sus tiros.

Las pequeñas piedras de río comenzaron a golpear el pecho, los brazos y el rostro de Liutprando, quien, a pesar de la fuerza de los proyectiles, no sangraba ni se movía de su asiento, estaba en una especie de trance; así lo revelaron sus ojos verdes, pues se habían tornado de un azul oscuro. El gordo y los demás niños reían nerviosamente, pues no hay ninguna gracia en hacer sufrir a alguien que no siente miedo; el pequeño de cabellos ensortijados tomó una piedra que apenas podía sostener y, sin quitar su ojerosa mirada del objetivo, la levantó y extendió, al tiempo que retaba a su líder:

—A que no le atinas en la cabeza.

Su sonrisa expresaba un sentimiento verdaderamente diabólico. El gordo titubeó un par de segundos, le arrebató la piedra y apuntó a la cabeza de su víctima. El tercer niño, el más delgado y peinado de los tres, dejó de reír y preocupado, le exigió a sus compañeros:

—¡Ya basta! ¡No lo vayan a matar!

El gordinflón lo ignoró y lanzó la piedra con furia y tan buen tino que aterrizó justo en la parte superior izquierda de la frente —esa pedrada hubiera descalabrado a cualquier persona—. Un hilillo de sangre apareció por fin en el rostro de Liutpandro. Mientras sus atacantes se desternillaban de risa, comenzó a temblar incontrolablemente, uno de los famosos ataques que las monjitas advirtieran a cada una de las personas que habían intentado adoptarlo. El gordo exclamó:

—¿Ya vas a hacer otros de tus berrinchitos?

El niño comenzó a apretar las cadenas de acero del viejo columpio. Las nubes se juntaron en el cielo, anunciaron la tormenta y el viento empezó a soplar fuertemente. Los tubos y postes que sostenían los columpios empezaron a doblarse en las manos del niño como si estuvieran hechos de plastilina.

En medio de los estertores Liutprando se preparó, sabía que sus ataques venían acompañados de las más extrañas visiones: pasajes de la historia, fuego crepitante, rostros en primer plano de personas que nunca había conocido, masacres de guerra, visiones del universo... grandes cantidades de ángeles fuertemente armados surcando el firmamento.

Entonces ocurrió, la vista se le nubló y vio los objetos con ángulos espirales. Las carcajadas de los agresores y el fuerte impacto de la piedra detonaron una visión en la que aparecía un sucio y repugnante soldado romano que azotaba con un látigo de cuatro cuerdas, una y otra vez, a un joven coronado con espinas, la excitada muchedumbre exclamaba blasfemias, al tiempo que lanzaban piedras al torturado hombre. Entre la multitud había un personaje de túnica blanca que no se movía; su mirada, cargada de tristeza, descubría unos ojos color violeta. Ese hombre de suprema estatura aparecía de manera recurrente en diferentes visiones de Liutprando.

Logró salir del trance gracias a las campanadas que anunciaban el final del receso. Cuando abrió los ojos llenos de lágrimas pudo ver a los tres niños, boquiabiertos e inmóviles que, sin decir absolutamente nada, huyeron del lugar a toda prisa.

Liutprando, con el cuerpo adolorido por la tensión y energía que esos eventos le quitaban, se reincorporó lentamente y sintió que una presencia invisible lo ayudaba a levantarse, aun en contra de su voluntad. Sacó del bolsillo un pañuelo reseco y limpió la sangre en su frente. Luego regresó a clases, sin percatarse del destruido estado en el que había dejado el viejo columpio. Su impulso lo había doblado por completo, como si un gigante lo tomara de su parte más alta e hiciera fuerza hacia abajo, como si estuviese construido con plástico suave y no con duro metal.

Liutprando se sentó en su pupitre de madera para recibir la clase más odiada por el grupo: matemáticas. Estaba absorto con la pesadilla de los ángeles negros, uno de ellos lo obsesionaba especialmente, el que era delgado, gigante y cargaba el hacha demoniaca. Ensimismado, dejó de hacer los ejercicios y empezó a dibujar a ese maligno ser, y no se dio cuenta de la presencia de la madre Carlota hasta que le arrebató el dibujo y lo tomó de la oreja para sacarlo del aula, llevándolo a uno de aquellos tétricos pasillos exteriores con columnas y arcos de cantera, donde debía permanecer inmóvil y sin hablar hasta la hora de la cena. Tan sólo eran las tres de la tarde.

Le caía como anillo al dedo, necesitaba tiempo y silencio para poder pensar. Colocó las manos detrás de la espalda, se relajó y observó el moho que se había apoderado de las columnas, el musgo en las rocas y los árboles, que parecían muertos por el otoño. Sintió el frío glacial cortándole el rostro y respiró profundamente la peste que emanaba de las piedras. ¿Dónde estaban sus ratones?, ¿por qué hacía tanto frío? Algo raro estaba sucediendo. Si bien era un castigo habitual que no lo alteraba en absoluto, se encontraba inquieto, nervioso, sentía una tormenta en su interior, algo mucho más fuerte que él corría por su sangre rebelde y sin cansancio.

Liuprando tenía un difuso lunar color azul marino en la palma de la mano derecha. Como era una simple marca nunca le había prestado mayor atención, pero en las últimas dos semanas el lunar comenzó a convertirse en una obsesión, ya que por las noches, cuando monjas y compañeros dormían y el insomnio lo invadía, empezaba a escuchar susurrantes ecos en un lenguaje inhumano; entonces, el lunar comenzaba a brillar con un suave resplandor azulado que dibujaba la figura de un ojo formado por runas estilizadas y afiladas con formas curvas. Las runas se encendían y apagaban en tonos violáceos y azulados, los murmullos se convertían en alaridos que nadie escuchaba; la luz azul lanzaba destellos y en ese momento sentía como su mano se quemaba por completo; inmediatamente después, las marcas de luz se disipaban y volvía el silencio. ¿Cuál era la explicación para aquel incomprensible fenómeno? ¿Tendrían razón los demás y realmente estaba loco? Como fuera, era un verdadero tormento. Lo que el muchacho no sabía es que cada vez que las runas de su mano se encendían, también lo hacían las que estaban talladas en la entrada del colegio.

Ya eran las seis de la tarde, sólo faltaban dos horas para cenar. El pequeño sintió alivio pues pronto terminaría su castigo. Se agachó para recoger una piedra que llamó su atención y entonces sucedió. No hubo que esperar que nadie durmiera ni cumplir protocolo alguno. El más profundo de los silencios invadió el orfanatorio, las espirales negras se formaron en el cielo, la visión de Liutprando, que aguardaba en los pasillos cumplir con su condena, se alteró, la marca de su mano brilló y comenzó a escuchar tenebrosas voces que susurraban su nombre incesantemente:

"¡Liutprando! ¡Liutprando! ¡Liutprando!"

Las voces se mezclaban con sonidos diabólicos que parecían rebotar en los muros y creaban una frecuencia insoportable. Liutprando, aterrorizado, volteó rápidamente de un lado a otro para buscar el origen de la terrorífica resonancia, un sudor frío le helaba la espalda. De pronto, una poderosa fuerza lo hizo fijar su mirada al fondo del pasillo. ¡Ahí estaba! Justo en la entrada de su habitación. ¡Ahí estaba! ¡Oh, blasfemia de la locura, ahí estaba! Lo vio con los ojos pálidos de espanto: un ángel caído igual al de sus sueños, envuelto en un halo de tormenta, sucio, harapiento, el rostro cubierto por una oscura máscara metálica, sin nariz ni boca, sólo unos tenebrosos huecos para sus ojos.

El ángel caído fijó su mirada en el indefenso niño y emitió un espantoso sonido gutural, sobre los huecos de su máscara comenzaron a brillar dos pequeños puntos de un rojo tan intenso que parecieron volverse blancos; entonces desenvolvió cuán largas eran sus podridas y negras alas, aleteó un par de veces emanando una pestilencia repugnante y desapareció. Liutprando, a punto de desmayarse, gritó y corrió hacia el otro lado del pasillo para buscar auxilio cuando inesperadamente se topó con la madre Carlota, que parecía no haberse dado cuenta del suceso y le reclamó de inmediato:

—¡Te dije que no te movieras!

Liutprando, en el paroxismo del terror, tartamudeó:

—¡Ha… Hay… Hay algo ma… ma… malo allá adentro!

La madre creyó que quería burlarse de ella, lo tomó bruscamente del brazo y arrastrándolo hacia su cuarto le dijo:

—Estoy harta de tus mentiras, te quedarás sin comer hasta mañana y espero no escuchar un solo ruido. ¿Estamos? —preguntó, y sin esperar respuesta lo metió a empujones y cerró con llave.

Nunca le había parecido su habitación un lugar tan tétrico y amargo como en aquel momento. Hacía frío. Aún no encendían las luces y como la tarde estaba nublada había muy poca luz. Liutprando, impactado por la presencia de aquel ser de oscuridad, se refugió en un rincón y se cubrió por completo con una manta, a la espera de que apareciera Leopoldo para recibir un poco de comprensión, de compañía. Así pasó el resto de aquella tarde, temblando debajo de una sucia frazada maloliente.

Al caer la noche, el cielo se cubrió con relámpagos y una ligera lluvia. Apenas habían encendido la luz de su cuarto cuando la madre Carlota decidió apagarla antes de la hora acostumbrada; ésa fue la única habitación que se quedó sin iluminación. Por fortuna el niño guardaba velas para leer o dibujar en esas largas noches de insomnio; después de todo, quién quiere dormir para soñar con tan terribles visiones.

Liutprando tiritaba de ansiedad; sentía el vaho del terror en las ramas de los nervios; escuchaba el crujir de la madera, el ulular del viento, las goteras que orquestaban una tétrica sinfonía… era demasiado. Se incorporó, encendió una vela y se recostó en el oxidado catre que a cada movimiento chirriaba punzantemente. Rezaba, una y otra vez, para que su ángel guardián lo salvara de aquel espantoso demonio cuya imagen no abandonaba su mente. Por alguna razón incomprensible sabía que había ido por él. Sí, pero ¿por qué? ¿quién era él para que lo persiguieran seres de tal fortaleza? Apretó con fuerza su pequeño crucifijo de metal hasta que, finalmente, el cansancio lo venció y se quedó dormido. Estaba solo, nadie podría comprender lo que sucedía…

Amaneció, con el cielo y la tierra cubiertos por sombras y siluetas escabrosas. Liutprando entreabrió los ojos hinchados y los dirigió hacia la ventana, los débiles rayos del sol se colaban entre los barrotes y dibujaban la forma del demonio de su pesadilla; sintió que enloquecía, su respiración se aceleró al borde del infarto y un horrible presentimiento lo hizo sobrecogerse. Suspiró, las manos que sostenían fuertemente sus cabellos se aflojaron… las dejó caer, abrió la palma de su diestra, descubrió varios mechones dorados manchados con su propia sangre y comenzó a llorar inconsolablemente.

El tiempo parecía haber detenido su curso, era muy raro que no hubiera escuchado a ninguno de sus compañeros ni a las monjas, ni siquiera a los ratones o las aves que lo despertaban cada mañana… no había sonido alguno, nada se movía; en aquel momento dio un salto hacia atrás pues sintió lo mismo que había sentido en el patio pululando en su cuarto: la prepotente fuerza de la energía oscura, potencia que sólo los ángeles oscuros irradian. De pronto, la vieja puerta de cristal y madera que daba acceso a su cuarto estalló en pedazos. Sobre el polvo que se levantó tras el estallido se alzó, macabra y desquiciante, la sombra de un delgado ser oscuro de más de dos metros y medio de altura, una larga cabellera negra cubría su rostro infernal, desfigurado por una cicatriz de espada que surcaba su mejilla derecha: Atalus, general del tercer infierno, fiel sirviente y mercenario de Luzbel, había llegado. Pero, ¡por todos los dioses!, ¿qué hacía ese terrible ser en ese miserable orfanatorio? Liutprando contuvo la respiración y no se movió un milímetro. Atalus articuló una frase inhumana que retumbó de horror cósmico, "lo encontré, señor", una cruel mueca alteró su rostro, estiró su huesudo brazo hacia el niño que tenía los ojos cerrados y temblaba, a punto de perder la razón, mientras besaba su pequeño crucifijo y rezaba en silencio por un milagro. El ángel caído abrió su garra de filosas uñas negras y justo cuando iba a tomar al muchacho por el cuello, la habitación se llenó de una resplandeciente luz blanca con tintes azulados y violáceos. La bestia del infierno retrocedió, elevó una imprecación y bufó por la nariz.

Liutprando casi se desmaya por la impresión, una cosa era leer acerca de aquellos seres e incluso soñar con ellos, pero otra muy diferente era contemplar la maldad cara a cara.

Una imagen celestial se materializó en la entrada del cuarto, Larzod, el ángel inquisidor guardián, había llegado. Tenía la apariencia de un guerrero celestial, vestía una nívea túnica y una exquisita máscara blanca iluminada por runas de fuego azul turquesa.

La conjunción de estas dos colosales fuerzas encerradas en un espacio pequeño creó una dimensión diferente, una sensación acuática que perturbaba la vista.

Sin perder un segundo, Larzod colocó el brazo en posición horizontal y abrió la palma de su mano. Con la fuerza de un tornado expulsó una poderosa esfera de energía hacia su maligno oponente. La acción fue tan veloz que tomó a Atalus por sorpresa y recibió de lleno el golpe en su estómago, por lo que su cuerpo se pronunció violentamente hacia atrás, estampándose contra la pared en la que dejó un enorme hueco al derrumbarse. Se paró con un salto que expulsó las piedras que lo cubrían y lanzó un frenético rugido.

Inmediatamente después de haber lanzado la descarga, y consciente de la increíble fuerza de su oponente, Larzod tomó entre sus brazos al inerte muchacho y salió de la habitación flotando rápidamente. Atravesó los pasillos como el viento y llegó a los límites postreros del orfanatorio, un pequeño campo compuesto por varios tipos de árboles. Había llovido durante el día y gruesas gotas de agua resbalaban entre las hojas mojando su cabeza y sus hombros. El cielo estaba gris y el suelo repleto de charcos lodosos.

La presencia de ese demonio era un mal presagio. Las sombras parecían acumularse de una manera casi tangible y se podía respirar la maldad diabólica en el aire. El ángel desplegó sus alas blancas y las movió mecánicamente, alzó la mirada para emprender el vuelo, pero, como lobos que espían a su presa, tres ángeles caídos acechaban en la penumbra. Larzod observó, con tranquilidad aparente, cómo aquellos terribles ojos se incendiaban en el rojo más rojo, cada vez más cerca. Luchar en el cielo mientras cargaba al muchacho sería un suicidio, así que se resignó. Hundió la mirada en sus enemigos. Un soplo de aire movió su vestidura, suspiró profundamente y contempló en el cielo, sobre un fondo negrísimo, fulgurantes cristales de nieve. Bajó lentamente a Liutprando y lo recostó al pie de un enorme y mohoso sauce. Volteó y plantó los pies en la tierra, estiró sus brazos hacia abajo y abrió la palma de sus manos, echó la cabeza hacia atrás, una luz muy blanca apareció de ninguna parte y se metió dentro de él. Las runas de su máscara se encendieron cegadoramente; una armadura plateada, semejante al reflejo bruñido de los mares árticos, se desplegó a lo largo de su cuerpo, de sus manos brotaron dos finas y largas espadas de energía azul que despedían una poderosa fuerza y ondulaban como el fuego.

Atalus contemplaba la escena desde el borde de una colina próxima con el odio salvaje latiendo en su corazón.

Larzod dio un par de pasos para encarar a los tres demonios que habían salido de la sombra y permanecían inmóviles contra el frío bosque. Dos eran grises y un poco más bajos que el tercero, que era alto, encorvado y horriblemente negro, los tres vestían harapos y emanaban una fetidez insoportable. Los ángeles grises serían fáciles de vencer, pues él, guardián inquisidor, tenía mucha más fuerza y habilidades. Colocó el brazo en posición de batalla, sus agudos sentidos percibieron la maldad, se concentró y pudo ver en su mente la presencia oscura de otros dos ángeles caídos, uno que se aproximaba, sigiloso como una serpiente, por su izquierda y otro por la derecha. Pretendían tomarlo por sorpresa pero no lo lograrían. Larzod sintió el silencio que anuncia la desgracia. De pronto, los dos demonios saltaron al mismo tiempo, chillando como furias del averno, con las uñas largas y filosas en posición de muerte. El ángel no se movió ni dejó de ver hacia el frente, agitó sus afiladas alas azules, y con la furia del rayo las proyectó contra los demonios, cortándoles el cuello de un solo tajo y derrumbándolos contra el lodo.

Liutprando estaba sentado en el piso, agarrándose las rodillas con las manos entrelazadas y balanceándose hacia delante y hacia atrás; observaba, reclinado en un charco de lodo, una escena impactante para el ojo humano. El instinto le ordenó mover su cuerpo y comenzó a arrastrarse hacia atrás, alejándose calladamente de la pelea que iba a comenzar y sin dejar de mirar hacia delante. Puesto que no tenía sentidos sobrenaturales no pudo percibir que Atalus avanzaba hacia él en medio de la penumbra del follaje con un resplandor en sus desnudos dientes y los ojos extrañamente brillantes.

El muchacho sintió algo duro con la planta del pie, creyó que era un árbol y volteó, pero lo que vio fueron dos ojos incandescentes que llenaron su alma de pensamientos monstruosos y sombríos. Luchó contra el impulso de gritar, abrir los brazos y salir corriendo…. Aterrorizado, extendió convulsamente su crucifijo de metal hacia el ángel caído. Atalus se agachó hasta quedar a la altura del rostro del niño, rugió como animal enloquecido y de un manotazo separó la cruz de sus manos, después lo colocó sobre sus hombros con un leve impulso.

No habían terminado de convertirse en cenizas unos cuando los otros demonios grises se lanzaron ferozmente al ataque. Larzod observó con el filo del ojo como Atalus golpeaba la mano de Liutprando. No había tiempo que perder, tenía que terminar con los caídos de menor rango para enfrentar al general. Pegó los brazos al cuerpo y levantó un rápido vuelo, sin detenerse dio una vuelta y quedó en posición de picada, acomodó sus alas y se proyectó hacia abajo velozmente, en mitad del descenso lanzó sus dos espadas como si fueran lanzas con tal precisión que cortaron por la mitad a los demonios, quienes lanzaron un chillido abismal. Sólo faltaba uno, el más fuerte de los cinco.

El demonio alto y encorvado, empezó a bufar como una bestia, se podía ver su enfermiza respiración infectando el aire, jalaba las pezuñas que tenía en donde deberían estar los pies, hacia atrás, formando surcos en la tierra mojada. Larzod ya había descendido al piso y miró fijamente al demonio que, enloquecido, comenzó a trotar pesadamente hacia él mientras movía en círculos arriba de su cabeza un enorme y horrible martillo oxidado, repleto de filos mortales. El demonio dio un pequeño salto, tomó la espantosa arma con sus dos manos y la lanzó con toda su fuerza hacia Larzod, quien paró el brutal golpe al formar una cruz con sus dos espadas. El choque de las armas produjo un horrible crujido seco que generó centellas de luz e irradió energía azulada y negra que quemó la superficie circundante. Apenas el martillo volvió hacia atrás por el impulso del choque cuando ya la bestia lanzaba un nuevo ataque, definitivamente éste no era un demonio gris. Larzod se movió como un relámpago para evadir el golpe que venía directo a su rostro, y con la misma rapidez cegadora se agachó, unió sus espadas como unas tijeras, las abrió hacia fuera y decapitó al demonio. Su cabeza rodó un par de veces sobre el lodo antes de quedar estática y convertirse en ceniza.

La pelea había sido tan rápida que Atalus no tuvo tiempo de llevarse a Liutprando, que seguía inconsciente sobre los hombros de la bestia. Tendría que luchar contra el poderoso ángel guardián inquisidor.

Comenzó a lloviznar, los muros del orfanatorio se veían brillantes y negros, en su frente se arremolinaban las tinieblas bajo el extraño altar de piedra esculpida con runas de material cristalino, que emanaban una luz grotesca cuyos reflejos cambiaban según el curso de la batalla. ¿Acaso las personas estaban ciegas? O tal vez aquellos presagios no los podía ver cualquiera. Se dice que si los hombres pudiesen ver y sentir aquellos fenómenos incomprensibles a la mente humana, enloquecerían de inmediato.

Atalus lanzó con desprecio al niño contra el suelo. Se irguió, sus ojos de serpiente resplandecían como el fuego, levantó el pecho y abrió sus enormes y viciadas alas, pasó su mortífera hacha de su mano izquierda a la derecha y emitió una serie de gruñidos aterradores. Los rayos azotaban el firmamento e iluminaban con cada descarga el desfigurado semblante de la bestia: una horrible mueca en el rostro, la boca apretada, las mejillas profundamente huecas. De la comisura de sus labios emanaba una repugnante y oscura sustancia; en su rostro de pómulos saltones y afilada nariz se dibujó una diabólica sonrisa. Sabía que este ángel guardian inquisidor era fuerte, muy fuerte, pero aun así no era rival contra un general del Infierno como él. Confiado, y sin moverse, esperó el ataque de su oponente. Larzod también sabía de la desigualdad en la pelea, pero su alma pura y brillante no conocía el miedo, así que, con las espadas hacia el frente, cual titánica lanza, cruzó el cielo con la furia del tornado para traspasar a aquel íncubo maldito.

El cielo retumbaba y las runas formaban crípticos símbolos en la pared de piedra del orfanatorio. Atalus esperaba de pie sobre la árida colina, vio que el ángel estaba muy cerca y justo cuando su lanza iba a atravesarlo se puso en cuclillas y con un ágil movimiento golpeó con la fuerza de cien osos el rostro de Larzod, arañándolo mortalmente. El espíritu celeste giró en el aire y se impactó violentamente contra el fango; se reincorporó y colocó una rodilla en el suelo, tembloroso y sin sus espadas en las manos.

Atalus profirió una carcajada y generó una masa de energía con su mano derecha mientras mascullaba apocalípticos rezos, realizó un movimiento hacia atrás, extendió su descarnado brazo y descargó una colosal fuerza oscura con la forma de un grueso rayo de fuego negro. A pesar de que Larzod había puesto posición de defensa con la armadura de sus brazos, este extraordinario golpe dobló sus manos y se impactó de lleno contra su pecho, proyectándolo por el aire como si fuera un muñeco, hasta estrellarse contra una antigua estatua que tenía la forma de una monja en oración, fragmentándola en pedazos y cayendo de espaldas sobre el lodo. El ángel guardián logró ver cómo Atalus flotaba, abría sus alas gris oscuro con franjas rojas y levantaba el hacha sobre su cabeza. En ese instante, Larzod, conocido en el universo por su incomparable velocidad, se movió hacia un lado y sintió el feroz impacto de la monstruosa arma incrustándose en la tierra, a escasos centímetros de su cuerpo. El fallido golpe le dio los segundos que necesitaba y, desde el suelo, formó y arrojó una gran esfera de energía blanca y azulada que viajó con la rapidez y la fuerza de un maremoto, dándole un terrible latigazo a Atalus y lanzándolo contra una banca de granito rosado que se rompió en mil pedazos.

Larzod supo que no tendría otra oportunidad para escapar y corrió hasta el muchacho. Liutpandro ya había recobrado el conocimiento pero no había podido huir, su corazón latía con fuerza y estaba desencajado. El prístino ángel lo tomó en sus brazos y de un salto alzó el vuelo hacia el firmamento.

Cuando Atalus reaccionó, Larzod ya se encontraba lejos de su alcance. Aunque él era más fuerte que el ángel guardián, era mucho más lento. Durante unos momentos no pudo moverse ni dejar de mirarlo fijamente, sabía que no podría alcanzarlo. Desahogó su furia con un rugido de bestia iracunda, para luego desaparecer dentro de la tierra.

El escabroso rugido que lanzó el demonio despertó a los habitantes del pueblo. La madre Carlota sintió un escalofrío que recorrió su cuerpo de la cabeza a los pies y la madre Helena se angustió horriblemente. Al día siguiente, mientras recogían los escombros de la estatua y la banca, una de las hermanas encontró el crucifijo metálico que Liutpandro siempre llevaba. A partir de ese día nunca volvieron a saber de él. Sólo Leopoldo y los demás ratones extrañarían las noches de lluvia en las que el muchacho les leía cuentos de los hermanos Grimm.

Monte Ángelis

Lugar entre nubes y abejas que discuten

Así fue liberado Liutprando de aquel lugar gris y sin alma. Su ángel guardián lo cargó en la espalda y juntos remontaron el vuelo; durante varias horas cruzaron mares y montañas hasta que por fin llegaron a las costas de un pequeño puerto en Grecia llamado Pilos. Durante el trayecto Larzod se había comunicado por medio de la telepatía con el hermano Angus, pidiéndole que lo encontrara en la vieja plaza del pueblo.

Sobre el mar mediterráneo un oxidado barco pesquero se mecía suavemente hacia arriba y hacia abajo, dejando pasar en cada vaivén rayos de sol que refractaban formas luminosas a través de las grandes palmas que adornaban la plaza en la que aguardaba una vieja carreta de madera.

Larzod avistó el juego de luces, aleteó un par de veces y descendió apaciblemente en el lugar, miró a ambos lados y se dirigió con paso firme hacia el vehículo para dejar a su protegido recostado sobre los costales que cubrían la parte trasera. Una persona que vestía hábito asomó el cuerpo y con un saludo cordial, conocido sólo entre ángeles, inclinó la cabeza para reverenciar al valiente Larzod, quien con su bella máscara blanca respondió al saludo con el mismo movimiento y luego desapareció transmutando su cuerpo en diminutas plumas blancas que se esparcieron entre los suaves rayos de sol matinal.

Angus dirigió el curso de la carreta hacia el nuevo hogar de Liutprando, el monasterio Monte Ángelis o la montaña de los ángeles.

Hace miles de años se llevó a cabo un concilio entre los siete ángeles Grígoris asignados por Dios para registrar el comportamiento, socorrer en las tareas difíciles y poner orden entre los primitivos seres que había formado en su mundo perfecto. Cada uno de estos Grígoris —ángeles guardianes— había ascendido de nivel jerárquico por lo que solicitaron una centuria de ángeles provenientes de diferentes coros, quienes construirían siete monasterios o fortalezas escondidas entre la naturaleza. Serían el lugar de residencia en la Tierra para los ángeles y los visitantes de otros lugares del universo.

Fue así como dos Grígoris, Angus y Arel, dirigieron doscientos hermosos ángeles para moldear a imagen y semejanza de los siete cielos las rocas de los montes que escogieron en Grecia.

Monte Ángelis era uno de los siete monasterios divinos y sus habitantes estaban encargados de velar por la paz en las regiones que hoy conocemos como Europa y Medio Oriente. La fortaleza cumplió a la perfección con su encomienda y funcionó perfectamente durante siglos hasta que fue sitiada y parcialmente destruida en el siglo XIV, por una expedición punitiva de ángeles caídos que tenían la misión de atrapar a Arel y apropiarse de la poderosa espada de fuego que custodiaba con su vida.

El arma que Arel custodiaba era nada más y nada menos que la espada de fuego que los querubines habían utilizado para sellar el jardín del Edén. Su inmenso poder residía en que funcionaba como llave para abrir portales interdimensionales. Pero no cualquiera podía manejar la espada, sólo Arel y un extraño Sephyro nonato, del que se hablaba en una oscura profecía, serían capaces de manipular el arma. Si la espada caía en las manos equivocadas, la aparente paz del universo corría peligro.

Para llegar a Monte Ángelis había que subir casi tres horas por un camino que eventualmente se volvía invisible al ojo humano. Los exploradores se perdían entre la maleza y ningún humano que no estuviese preparado podría contemplar la antigua y divina edificación.

Después de la reconstrucción realizada en el siglo XVI aún se conservaban en el monasterio algunas secciones erigidas por manos angélicas. Las habitaciones del recinto eran cavernas y los muebles habían sido fabricados con la misma roca del lugar, moldeados y labrados con formas que imitaban a la naturaleza.

Una enorme cocina de piedra funcionaba como comedor y dominaba una bella vista del mar. La armonía se respiraba en cada rincón de la abadía. Cada monje tenía su propia celda y dedicaba la mayor parte del día a la contemplación y el embellecimiento del entorno natural. Trabajaban en silencio, únicamente escuchaban la sinfonía producida por las aves y los alegatos de las necias abejas.

Custodiados por imponentes estatuas de ángeles esculpidos en piedra amarilla y café, varias ya fragmentadas por las inevitables cicatrices que dejan las batallas y el tiempo, algunos monjes cultivaban legumbres y verduras en los viveros y cosechaban los grandes jardines con árboles frutales provenientes de cada región del planeta, mientras que los demás bajaban a pescar con sus redes artesanales a la pequeña bahía.

En la parte más alta del monasterio había ruinas de templos de civilizaciones desconocidas, bóvedas y edificios reclamados por la flora y la fauna. Destacaban entre esas ruinas dos construcciones separadas por un puente de piedra que libraba un escabroso risco. Desde aquella altura se dominaba, majestuoso, el mediterráneo profundamente azul, y al voltear la vista hacia atrás podían observarse interminables regiones de bosque y roca.

Una de estas construcciones había sido transformada en una enorme habitación que Angus utilizaba para la contemplación y el estudio, su altura era cercana a los doce metros y su techo de teja azul cielo estaba coronado por una pequeña cúpula de vidrio que funcionaba como domo. En el centro del enorme cuarto de piedra había un espejo de agua rodeado por bancas de piedra. Los escalones que daban acceso a la habitación eran tan grandes que parecían haber sido construidos para gigantes, estaban flanqueados por dos enormes caballos de fuego que sobresalían de la roca y se elevaban de forma inquietante desde una sección oculta del bosque.

Después de encontrarse con Larzod, Angus había recorrido rápidamente el camino que lleva desde el pueblo hasta el bosque, se había detenido en el árbol hueco de la runa cuneiforme y después de elevar la oración correspondiente, una vereda de piedra rosada había aparecido de la nada, guiándolo hasta el monasterio. El muchacho llevaba dos días dormido y Angus no lo había dejado solo ni un instante. En el lado derecho de la cama del bello durmiente había una celosía sin vidrios que formaba la figura de un ángel guardián con una espada de fuego amarillo en las manos.

El tercer sol apareció en el horizonte, sus intensos y dorados rayos iluminaron la silueta de un hombre que recargaba su peso sobre las rodillas al lado de un tálamo de metal dorado. Liutprando abrió lánguidamente los ojos, se sentó en la cama, los talló con el dorso de sus manos y trató de enfocar la borrosa figura que estaba frente a él. Al ver el perfil del ángel guardián en la ventana se levantó de un salto, el corazón le latía rápido, su última impresión: la batalla entre Larzod y Atalus, golpeaba incesantemente su espíritu, aunque no comprendía lo que sucedía, algo dentro de él le aseguraba que el peligro había pasado, al menos por el momento.

Con los sentidos a flor de piel volteó rápidamente a derecha e izquierda y casi se le sale el corazón por la boca al ver la terrible estampa. Dio un grito, cubrió su cuerpo con los brazos y retrocedió temblando mientras tiraba estrepitosamente los objetos a su alrededor, se refugió en un rincón al ver un siniestro ángel caído de túnica azul y cabeza en forma de pico que buscaba algo en el piso... Pero no, no era un caído, era un monje de complexión robusta y avanzada edad que lo observaba con bondad. Las marcas de expresión en su rostro eran fuertes y profundas, su mística mirada expresaba la presencia del paso de millones de lunas.

Liutprando se quedó muy quieto en su esquina, sin moverse ni decir nada, no podía apartar la mirada de la bruna estampa postrada de hinojos.

Angus se quitó la capucha del hábito, descubrió sus brillantes ojos negros, le tendió la mano y dijo:

—Tranquilo hijo. Aquí estás a salvo —el muchacho continuó encerrado en el silencio.

—No te preocupes, nadie podrá hacerte daño en este lugar. Yo soy el hermano Angus, mi misión es cuidarte y te aseguro que lo voy a hacer —le dijo, mientras acicalaba su tupida barba y esbozaba una gran sonrisa.

El monje le inspiró confianza. El niño se levantó del rincón y se atrevió a preguntar:

—¿Usted es amigo de las hermanas?

—No, hijo, no. El orfanatorio donde vivías queda lejos de aquí, eso debes dejarlo como un recuerdo. Ahora estamos en Grecia.

—¿Grecia? Pe... pero... ¿qué hago aquí?, ¿dónde estamos?

—Estamos en Monte Ángelis.

—¿Monte Ángelis?, ¿es una escuela o algo así? —inquirió y se acercó un poco más al monje que comenzaba a incorporar el cuerpo.

—Pues más o menos, ya te contaré la historia —respondió Angus con voz de bostezo, desperezaba sus brazos y movía la cabeza en círculos cuando agregó—: ¡Vaya, casi tres días en posición mantral!

—¿Mantral?

—Sí, es una mezcla entre el mantra y lo monacal, una especie de meditación zen avocada a la verdadera percepción del espíritu. Es un nivel arriba de la meditación; una vez que lo logras puedes advertir la presencia de los malignos a kilómetros de distancia. Yo trataba de entrar en tus sueños y conocer la historia de tu vida.

Liutpandro palideció al recordar las figuras infernales que lo habían echo entrar a un reino de locura y pesadilla.

—¿Qué, qué pasó con los demonios? —preguntó con voz entrecortada.

Angus realizaba ejercicios quiroprácticos de estiramiento para relajar su espalda y le contestó:

—¿Recuerdas al ángel blanco que luchaba contra los seres negros? Bien, pues ése es tu ángel guardián. No, no fue porque lo llamaras, siempre te ha cuidado de cerca pues eres un ser especial. Su nombre es Larzod y te salvó de un terrible demonio llamado Atalus, un general del infierno que trató de secuestrarte junto con algunos de sus secuaces.

Aunque esa información habría echo enloquecer al más templado, el niño de diez años lo tomó de la mejor manera. Se sentía en confianza, se sentó en la cama y observó los cómicos ejercicios pélvicos que el monje realizaba. Sonrió y continúo con el interrogatorio:

—¿Secuestrarme?, ¿por qué?, ¿para qué? Yo no poseo bienes materiales de ningún tipo, ni siquiera tengo familia ¿Qué está pasando?

—No te preocupes, lo sabrás a su debido tiempo —respondió, mientras daba pequeños saltos en su lugar y movía las muñecas de un lado a otro—, por lo pronto sólo debes saber que el monasterio de Monte Ángelis es tu nuevo hogar y que nadie podrá hacerte daño mientras permanezcas aquí.

—¿Ni siquiera los demonios?

—Ni siquiera los demonios. Y ahora, vamos a la cocina para que comas algo, tenemos tiempo de sobra para las explicaciones.

Liutprando salió de la habitación con Angus y se quedó boquiabierto al contemplar la portentosa estampa del océano, nunca antes lo había visto. El sol le pegaba en la cara, entrecerró los ojos y aspiró el aroma a pino, cigala marina y olivos. Abrió los brazos, el fresco viento acarició su cuerpo y lloró. Se sintió feliz, libre, completo. Las más fabulosas emociones poblaron su ánimo. Su nuevo hogar era un lugar maravilloso, la tranquilidad había llegado a su vida. Al menos, eso fue lo que pensó…

Bajaron por un sendero donde se mezclaba el bosque de coníferas y el caducifolio, fenómeno prácticamente imposible, pero nada es imposible en la Tierra ni en la vida. Cuando llegas a la cima de una montaña puedes aplaudir y comenzar el descenso o continuar cuesta arriba, no hay límites.

Liutpandro dirigió su vista hacia la izquierda y vio una construcción circular. De la cocina de piedra salió un obeso cocinero, el hermano Bernardo. El hermano Bernardo era el típico monje que vivía guisando y preparando alimentos. Se dedicaba a comer y beber y justificaba su gula ante sus hermanos explicándoles cómo en la Edad Media el acercamiento a Dios había sido más fuerte que nunca; y claro, atribuía aquella supuesta proximidad a las bacanales de comida y bebida; en las pesadas digestiones encontraba las respuestas espirituales que necesitaba.

Cantaba una alegre canción y volteaba constantemente hacia la cocina, vigilante de la preparación de los alimentos. Sus pícaros ojos se detuvieron con sorpresa al descubrir al niño rubio de ojos verdes que bajaba con Angus por el sendero del bosque doble. Sacudió su cerrada barba llena de las migajas del pan que acababa de sacar del horno y dijo "hola" sin esperar respuesta, pues de inmediato se refugió en la cocina.

Liutpandro volteó a ver a Angus quien le dijo con la mirada que fuera a conocer al singular personaje. El niño se asomó al quicio de la puerta y vio al cocinero moviéndose de un lado para otro mientras probaba una gran variedad de alimentos… La mesa de trabajo lucía llena de frutos, viandas y utensilios para cocinar. El horno de piedra emanaba aromas deliciosos, había pequeñas fogatas a su lado donde otros guisados se cocinaban. Parecía que el cocinero disponía un banquete para cientos de personas.

Angus irrumpió en la cocina y tomó a Bernardo por la sotana, interrumpiendo el gastronómico ritual para presentarle al nuevo miembro de la hermandad:

—Éste es el hermano Bernardo. Para nuestra mala suerte es el encargado de la cocina —le dijo a Liutprando, que asombrado observaba el primitivo recinto que más parecía cocina de cavernícolas que de monjes.

—¿Mala suerte? Nunca hubo un mejor cocinero en este lugar —replicó el cocinero, mientras las migas de pan caían de su boca.

—¡Ni tampoco tan glotón! —exclamó Angus con una sonrisa—. Él te dirá cuáles son tus deberes y obligaciones. Dormirás en su habitación —explicó al niño, quién asintió con la cabeza sin decir palabra. Su situación era incierta, pero mucho mejor que la que había sobrevivido en el orfanatorio.

Angus los dejó en la cocina y se retiró a su jardín de meditación. Bernardo, por su parte, retomó la preparación del desayuno. Liutprando pensó que sólo Dios sabría a cuántas personas pretendía alimentar con tal cantidad de comida, pues con excepción de Angus y Bernardo no había visto a nadie.

El monje continuó con su trabajo, procedió a picar fruta y remover la avena contenida en un perol mientras le agregaba vainilla, nuez moscada y una pizca de canela. Realizaba sus actividades culinarias sin dejar de masticar como un náufrago. Agarraba un pedazo de pan y lo remojaba en la avena, se metía racimos de uvas en la boca, mordía un plátano, un pedazo de salchichón, daba enormes tragos a un jarrón de agua y con la boca llena continuaba su canción. Casi se atraganta con un pedazo de jamón que había tenido que meter a presión en sus fauces, comenzó a toser como poseso al mismo tiempo que escupía pequeños pedazos de comida masticada por doquier, los ojos se le llenaron de lágrimas y, tambaleante, tomó una jarra con jugo de naranja y la bebió casi toda de un trago, lanzó un tremendo eructo, suspiró aliviado y tomó un pedazo de pan para aliviar las contracciones de su esófago. Sintió que lo observaban y volteó con la boca abierta y el trozo de pan entre sus dientes, Liutprando lo miraba con una mezcla de horror y hambre, no había comido nada en dos días. Bernardo vió su descompuesto semblante y le explicó:

—Para que ningún desperdicio se atore en la garganta nada como un... —tosió nuevamente—... buen pedazo de pan. ¿Quieres un poco? —volvió a eructar y le extendió, no sin cierta aprensión, el medicinal alimento.

Liutprando le arrebató el pedazo de pan y lo devoró en segundos. Bernardo, sonriente, le acercó otro trozo y le dijo:

—Se ve que eres de los míos. Siempre que estés a mi lado podrás alimentarte debidamente. Nunca más tendrás hambre, nunca más tendrás frío, nunca más tendrás sed. El hambre es el peor de los castigos, peor que la cárcel, que el garrote, que la hoguera... pero, a todo esto, ¿cómo te llamas? —mientras preguntaba sorbió ruidosamente un cucharón de avena.

El chico, con la boca llena de pan, pronunció orgulloso:

—Liutprando.

Bernardo casi se ahoga nuevamente al escuchar el disforme nombre, tragó rápido y exclamó:

—Liut... ¿qué? ¡Madre santa!, mejor lo dejamos en Liut. Y anda, ayúdame a terminar de preparar el desayuno porque apenas tengo tiempo de sazonar la comida.

Liutprando asintió con una risita y decidió que a partir de ese momento se haría llamar Liut. El pan había calentado su organismo y se sentía mucho mejor, el hambre provoca frío en el cuerpo y no deja pensar con claridad. Con desenvoltura ayudó al hermano a preparar el desayuno. Tantos años de castigo en la cocina del orfanatorio finalmente rendían frutos; además, aquí podría comer a su antojo sin que nadie lo regañara, le golpeara las manos con el rodillo de amasar ni le midiera la comida. El niño exprimía naranjas cuando saltó a la mesa una gallina gorda que se parecía a Bernardo, lo único que los diferenciaba eran las plumas. Cuando Liut la vio soltó la naranja que traía en la mano, a su mente acudieron en tropel, exageradas por su imaginación, las imágenes de las gallinas degolladas en el orfanatorio; observó al obeso animal que cacareaba sobre la mesa hasta que Bernardo hizo una mueca y le explicó:

—No le temas a mi vieja amiga Dulcinea.

—No irás a hacer un caldo con tu manchega amiga, ¿o sí? —exclamó Liut, pues recordó una de sus historias favoritas.

Bernardo quedó atónito y sorprendido ante la informada respuesta del niño, sus ojos se abrieron más de la cuenta y preguntó con agrado:

—¿Conoces la historia del galante caballero escrita por el Manco de Lepanto, por cierto, mi tierra natal?

—Claro, es de los mejores libros que he leído. Aprendí a leer por mi propia cuenta a los cuatro años, recuerdo que esa novela la tuve que leer a escondidas, mientras limpiaba los interminables pasillos del hospicio. Si algo le agradezco a ese rígido lugar fue que me dio la posibilidad de estudiar las grandes obras de la literatura universal.

Bernardo se asombró aún más con la madurez de la plática del chiquillo:

—Vaya, vaya, tenemos aquí a un niño ilustrado, será divertido narrar historias en la noche, podré contarte mi pasaje favorito del Quijote: *la guerra de los pasteles*. Y no temas por la vida de Dulcinea, ella nunca tendrá el trágico destino de María Antonieta… ¿Sabes quién fue María Antonieta?

—Seguro, fue decapitada por los jacobinos y…

—Bueno, bueno, ya está bien —exclamó Bernardo, sonrojado y con envidia, pues ni siquiera sabía quiénes eran esos seguidores del hermano Jacobo—. Ahora usa tus amplios conocimientos para poner la mesa como se debe. Anda, ahí están los platos, no ahí no, en aquel estante de madera, sí, en ése.

Liut tomó la vajilla y la contempló con admiración. Estaba hecha de un extraño barro azul turquesa y sus formas, al igual que las de los edificios que conformaban el disperso monasterio, eran orgánicas y asimétricas. A pesar de tener un voluminoso tamaño era extremadamente ligera y resistía los toscos manejos del cocinero.

La hora del desayuno había llegado. Liut observó a los catorce monjes que habitaban el monasterio tomar asiento en torno a una larga mesa rectangular de tablones de madera. Los monjes se preguntaron a su vez quién sería aquel curioso niño rubio.

El comedor se encontraba al aire libre y estaba cubierto por un techo de teja azul cielo que se sostenía en columnas de roca amarilla y café de las que sobresalían las formas esculpidas de dos ángeles que sostenían espadas.

Bernardo servía una abundante porción de avena en cada plato al tiempo que silbaba una alegre melodía, Liut iba detrás de él mientras sostenía la vasija de barro en la que el cocinero metía el cucharón dosificador. Angus apareció sin que nadie lo advirtiera, se sentó en la cabecera de la mesa y exclamó:

—¡Hermanos! Les pido su atención. Éste es nuestro nuevo hermano, su nombre es Liutprando y le ayudará a Bernardo en la cocina.

Liut sonrió tímidamente y levantó la palma de la mano derecha a modo de saludo, pero nadie respondió a su cortesía del mismo modo. Los monjes asintieron con la cabeza y con eso dieron por terminada la hora de las presentaciones. Al ver que el niño se asombraba de la frialdad del recibimiento, Angus le aclaro:

—No esperes palabras profundas, hijo. Estos monjes hicieron votos de silencio, sus vidas no fueron fáciles y en su mayoría estuvieron llenas de desdicha. En este lugar encontraron la paz y el consuelo a sus confundidas almas. Así se cumple la paradoja, por una parte el silencio y la sabiduría que sólo prodigan la contemplación y el silencio, y por otra… Bernardo, que pocas veces mantiene la boca cerrada y aun así nunca dice nada —terminó de explicar el hermano Angus, con una carcajada que sacó al aludido del místico trance que le proporcionaba el desayuno.

—Por cierto, no le gusta que le digan Liutprando, ahora se llama Liut —aseguró el cocinero y le dio una palmada en la espalda.

—Está bien. Liut, éste es el hermano Filio, es nuestro sastre oficial, él te confeccionará un hábito. Verás qué cómodos son —aseguró Angus.

El cocinero se acercó al oído de Liut y le susurró:

—Por fin conocerás los grandes beneficios de no usar calzoncillos —después prorrumpió en una estrepitosa risotada que le sacó avena por la nariz.

—¡Escuché eso! Tengo mejor oído que un elefante. Recuérdalo —advirtió Angus de forma severa. Bernardo se sonrojó y entre murmullos continuó comiendo.

Transcurrieron las primeras semanas en ese apacible y colorido lugar sin mayores distracciones que comer y cocinar. Ya portaba Liut, orgulloso y sonriente, su nueva y flamante vestidura. Los hábitos estaban hechos de algodón fino, teñidos en tonos azules y grises y su diseño tenía formas onduladas. Además, contaba con una capucha para los tiempos lluviosos o de frío. Para Liut, acostumbrado a vestir como menesteroso, era como un traje de gala.

La gran explosión

Una tormenta azotaba el bosque. Liut y Bernardo sacaban del horno las últimas piezas del pan que habían preparado entre los dos. El horno de la cocina era redondo y tenía un gran portón de acero en forma de media luna con remaches de bronce. La chimenea parecía una serpiente y sus esquinas tenían un acabado suave pero ligeramente afilado. El horno siempre se mantenía encendido, aún sin la necesidad de utilizar leña o algún otro combustible. Los únicos que sabían la verdad de tal prodigio eran Bernardo y Angus.

Una tarde, Liut descubrió el secreto del fuego eterno que vivía dentro del horno. Se había escabullido de los ojos del cocinero para ir a pasear al bosque y cuando volvió, con sendas piñas en los bolsillos, se asomó a la ventana de la cocina y vio cómo Angus introducía en la caldera del horno un par de plumas negras, después dijo una oración en un idioma que jamás había escuchado, pero que le resultaba extrañamente familiar, y se fue. El cocinero salió detrás de él, bostezando y con un pedazo de salchichón bajo el brazo. Liut esperó un par de minutos y se metió en la cocina, abrió la puerta del horno y cuál no fue su sorpresa al ver las plumas negras ardiendo fuertemente y sin consumirse. Se asombró del mágico acto y se fue a acostar, feliz de estar donde estaba, entre gente caritativa que utilizaba su fuerza para hacer el bien.

Bernardo acomodó en una informe charola un platón de lentejas, un pedazo de pan de trigo mordido y una lamparita de aceite. Salió al comedor y se encontró con su nuevo ayudante. Con desenfado se acomodó en su banco y con la cuchara en el aire le dijo:

—Hermanito, supongo que ya sabes cuál es la habitación del hermano Angus.

Liut respondió entusiasmado:

—¡Sí, claro! es la última de la montaña, la que tiene un mirador y grandes estatuas en la entrada…

—¡Perfectamente bien contestado!… Llévale la cena —ordenó y metió las lentejas en su boca.

Liut pasó del entusiasmo a la queja y replicó:

—¡Pero está lloviendo, ya casi es de noche, y queda muy lejos y…!

—Sht, sht, que no se te olvide que yo soy el encargado de la cocina y tú mi subalterno; además, no puedo abandonar mi puesto —expuso Bernardo—. ¿Quién le cantaría a la Dulcinea para que ponga los huevos del desayuno? ¿Quién? —preguntó con tono dramático mientras cerraba el puño y miraba hacia el cielo—. ¡Anda ya! No seas perezoso.

Liut, resignado, tomó la charola y salió de la cocina, la tormenta había terminado y pronto la noche se adueñaría de la montaña. Comenzó el largo ascenso y advirtió en su rostro el extraño comportamiento del viento, en lugar de dirigirse en una sola dirección, parecía soplar en varias. Avanzó en medio de colosales estatuas de serafines, atravesó el pequeño puente de piedra y, en la entrada de la explanada donde se encontraba el cuarto del hermano Angus, observó con aprensión a los dos ángeles de mármol blanco que lucían tres pares de alas y, recostados, miraban hacia el cielo. Uno de ellos tenía el rostro de un águila y el otro el de un león. Liut pasó en medio de ellos y sintió una benevolente sensación; continuó hasta llegar a los descomunales escalones, los subió con esfuerzo y al llegar a la entrada observó que el gran portón de madera y hierro, flanqueado por caballos de fuego esculpidos en la roca de la montaña, estaba abierto. Entró con excitación y cuidado de no chocar con la charola y llamó al hermano Angus a gritos sin obtener respuesta, se quedó parado en medio de la habitación si saber qué hacer, volvió a llamar al monje y nada, dejó la comida sobre un cofre de un material extraño que parecía ser madera y que tenía hojas labradas en cada una de sus cuatro caras y el rostro de un hombre barbado en la tapa. Inmóvil, escudriñó con la vista el lugar. Al fondo de la gran habitación rectangular había una celosía de madera que exhibía la silueta de un serafín con tres pares de alas que sostenía un halo de energía en las manos.

El cuarto estaba lleno de reliquias, objetos indocumentados en la historia, inventos de las épocas conocidas, y de las desconocidas también. Había ídolos y dioses paganos representados en pinturas, figuras y cuerpos de múltiples dimensiones y texturas, provenientes de las civilizaciones y creencias más antiguas de la raza humana, asimismo de otras razas.

Liut admiraba la penetrante esencia de aquellos objetos de culto, sus ojos recorrían una y otra vez las paredes, el piso y el techo. Docenas de velas encendidas y la luz de la luna llena que comenzaba a abrirse paso entre las espesas nubes, iluminaban místicamente un asombroso mural de bronce incrustado en la pared izquierda de la habitación. El muchacho se abstrajo en cada detalle de la pintura que representaba la expulsión de Adán y Eva del paraíso, el triunfo del arcángel Miguel al someter a Luzbel con su espada y como plano principal: el arcángel Gabriel, con el cosmos de fondo y polvo de estrellas brotando de su mano derecha.

Liut quedó cautivado por la imagen, sus ojos experimentaron nuevamente un cambio de color, pasaron del verde al azul profundo; comenzó a temblar como cuando en el orfanatorio había sentido la presencia de una infinita oscuridad. Quiso moverse, pero sus pies estaban pegados al piso. Un temblor recorrió sus huesos. Su percepción se alteraba. Comenzó a dolerle la cabeza. Cuando abrió los ojos ya no veía nada, se había quedado ciego, la imagen era negra y fría. De pronto, un halo de luz roja comenzó a surgir en el horizonte, creció paulatina e inquietantemente hasta definir, entre la luz y la oscuridad, la silueta de un colosal ángel de cuatro alas.

Liut estaba horriblemente pálido, su corazón latía con mucha fuerza. En aquel silencio sepulcral una vibración eléctrica comenzó a sentirse cada vez más y más fuerte, era insoportable.

Repentinamente, el formidable ser de luz se rompió en una terrible explosión que se expandió vertiginosa y fulminante en una negrura que se llenó con cientos de miles de puntos de luz, las primeras formas del universo. La energía del extraordinario fenómeno enceguó los ojos del muchacho con una luz muy clara y muy blanca. Cuando la intensidad de la irradiación disminuyó Liut comenzó a sentirse mejor, la marca de su mano brillaba intensamente en tonos azules y aunque su cuerpo estaba cubierto por el sudor, se incorporó pesadamente y ahogó un grito de asombro ante las magníficas visiones del tiempo que el sueño evocaba.

Pudo apreciar miles de estrellas y asteroides de tamaños inmensos que danzaban y chocaban unos con otros a velocidades cósmicas inimaginables. Vio entonces brotar soles y esferas preciosas, planetas llenos de magia y un mundo único que poseía agua, tierra y movimiento.

Advirtió, en tal caso, una parte de la historia de la Creación. Presenció con asombro la formación de galaxias enteras y la disposición natural de las órbitas de cientos de astros. En un abrir y cerrar de ojos se topó de frente con el primitivo mundo perfecto, el planeta Tierra: confuso en sus océanos, en su hábitat y atmósfera. Ahí, en medio del caos, vio descender del cielo a Gabriel con su armadura de oro perlado. El fino y azulado rostro del arcángel acusó gravedad, debajo de él los mares bramaban enérgicamente. Extendió el brazo derecho y cerró el puño con fuerza, al tiempo que su cuerpo irradiaba una fantástica luminiscencia y, muy despacio, abrió su delicada mano para soltar un polvo brillante, como millones de pequeñas estrellas que cayeron al mar. El arcángel alzó el vuelo entre las oscuras y violentas aguas saladas y se perdió en la inmensidad del cielo. El polvo se comenzó a mezclar con el océano y formó pequeños organismos unicelulares. Era absolutamente maravilloso, la vida en un puñado de polvo, el origen de todas las canciones y de todos los poemas.

Liut contempló cómo las células evolucionaban en complejas especies que nadaban con la corriente del tiempo. Una rocosa playa apareció en la escena, los colores que existen iluminaron su contorno, la fauna y la flora eran de una belleza exquisita, era el jardín del Edén. Ahí, entre las plantas, pudo ver a la primera pareja humana de la Tierra: Adán y Eva, con sus desnudos cuerpos en estrecha unión. También vio cómo se arrastraba una serpiente ¡con la misma marca que él tenía en la mano!: el ojo de Dios. ¿Significaba esta visión, por ventura, que él pertenecía a la raza maligna? Vio el fruto prohibido mancillado, tirado en el piso… la imagen se tornó nebulosa… sangre y fuego, dolor y destrucción. El universo se diluyó en medio de una nube verdosa dentro de la cual aparecían, brillaban y volvían a desaparecer, paisajes alienígenas y escenas titánicas en las que bullían una multitud de miradas.

Liut no podía moverse ni dejar de mirar fijamente el mural; comenzó a escuchar en la lejanía que alguien pronunciaba su nombre. Era desquiciante, ¿quién, en el nombre de Dios, pronunciaba su nombre en aquel lugar?

¿en aquella época? Salió de su trance gracias a una fuerte sacudida de hombros. Como una espiral invertida y muy rápida las visiones se perdieron en el vórtice de un hoyo negro que lo devolvió a la realidad. Gritó lleno de vértigo y dio un salto hacia atrás; vio, borroso, el contorno del hermano Angus que intentaba serenarlo:

—Tranquilo, ya pasó, calma —pero no pudo evitar que el muchacho se desmayara golpeándose la cabeza contra la esquina del cofre labrado.

Liut despertó una hora más tarde, exhausto, tembloroso y angustiado, recibió una taza de té de manos del monje y después de beberlo a sorbos en completo silencio, le preguntó:

—¿Por qué tengo éstos sueños? ¿Qué significan? ¿Es un castigo?

—Tranquilízate, hijo, lo que te voy a contar no será fácil de asimilar. Es la historia de nosotros, de ti, de mí, de tus padres… Fui yo quien te bautizó hace ya diez años con el nombre de Liutprando.

Liut se conmocionó e interrumpió de inmediato:

—¿Usted? Creí que nunca nos habíamos conocido. Esto es muy raro, pero… ¡entonces usted conoció a mis padres! ¡Hábleme de ellos! —exclamó, ansioso, el muchacho.

—Sí, los conocí muy bien, en especial a tu padre, Arel. Se puede decir que fuimos como hermanos y ahora que estás aquí debo cumplir la promesa que algún día le hice de contarte la verdad acerca de tu origen.

—¿Mi padre se llamaba Arel? ¿Cómo era? ¿Qué le pasó? ¿Por qué me abandonó? ¿Cuál verdad? —inquirió.

—Tranquilo, Liutprando, relájate. Responderé a cada una de tus preguntas, pero deberás dejar que lo haga a mi modo —Angus aclaró la garganta y con voz orgullosa y solemne continuó:

—Tu padre fue un Grígori.

—¿Un qué?— preguntó Liut, con cara de desconfianza.

—Un Grígori. Los Grígoris son ángeles observadores de categoría media y son conocidos entre las fuerzas celestiales como los ojos de Dios, su misión fue la de observar y registrar el comportamiento humano sin intervenir, a menos que les fuese ordenado.

—¡¿Qué?! ¡¿Mi padre era un ángel?! —exclamó, alterado.

—Se que no te costará mucho trabajo asimilar la información que voy a darte; finalmente, tú eres uno de nosotros y la parte nuestra que habita dentro de ti deberá guiarte para que comprendas mi explicación. Sólo escucha… tu padre, además de esa conocida tarea, tenía otra aún más compleja y secreta. Él era guardián de un arma, un arma que funciona a manera de llave y que de caer en las manos equivocadas podría ocasionar el Apocalipsis antes de tiempo. Es la…

—¡La espada de fuego!— interrumpió con un exclamación el pequeño.

Angus, atónito, le preguntó cómo sabía acerca de la espada de fuego, a lo que Liut contestó:

—En la mayoría de mis sueños y pesadillas veo una gran espada cubierta de llamas de fuego azul. Un gigantesco guardia de rostro barbado, ojos como rayos y la piel muy roja controla a dos terroríficos dragones blancos que la resguardan. La he visto muchas veces, el mango está cubierto por decenas de extraños ojos que parecen tener vida propia...

—¿Y el lugar? ¿Reconoces el lugar donde está guardada la espada? —preguntó el monje con vehemencia.

—El lugar no, parecen nubes grises moviéndose velozmente, pero es lo único que logro distinguir —aclaró.

Una débil sonrisa se dibujó en el rostro del monje, tomó su nariz con los dedos pulgar e índice, entrecerró los ojos y dijo:

—Ya me parecía. Permíteme continuar con la historia: tu padre, cansado de miles de años entre los humanos y sus inacabables guerras, renunció a su divinidad y escondió la espada de fuego para que ningún ser del universo pudiera encontrarla. Pasado el tiempo de metamorfosis ante los ojos de Metatrón, finalmente logró convertirse en un mortal. Luego se retiró a dar clases de teología e historia en una antigua universidad de España. Años después, cuando estaba en la biblioteca consultando la única copia del *Pandemonium*, conoció a Sara, tu madre.

—¿Pan de moño?

—*Pandemonium*, parece que la convivencia con Bernardo está resultando un poco nociva; después te explicaré, déjame continuar. Sara y Arel se casaron aquí, en el monasterio, y tres meses más tarde, sin ninguna explicación o argumento convincente, tu padre decidió que debían mudarse a los Alpes, en la región italiana. Ahí construyeron una cabaña para llevar una vida tranquila, lejos de los problemas mundanos. Ahora bien, escucha con atención: quedó claro que tu padre era un Grígori, es decir, un ángel facultado para la observación y vigilia del comportamiento humano. Una vez que renunció a su divinidad y sorteó las pruebas correspondientes obtuvo la categoría de mortal… aunque no cualquier mortal, pues nunca se pierde la memoria ni el conocimiento adquiridos en el pasado. Transmutado en mortal se unió carnalmente con una humana… Esta unión te convierte en un Sephyro.

—¿Un Sephyro?

—Sí, un Sephyro. El hijo de un ángel converso y un humano. Hay ciertas características, ciertos síntomas. ¿Alguna vez has sentido algo raro en tus ojos?

Liut se talló los párpados y respondió:

—A veces me arden como si tuviera fuego dentro. Especialmente cuando estoy asustado o muy enojado. También siento que se hinchan cuando tengo visiones.

—Es una herencia, los ángeles, al igual que los Sephyros, reflejan su estado de ánimo en el color de sus ojos —el monje tomó aire y continuó—. Los sueños y ofuscamientos que te ocasionan convulsiones no son más que experiencias de vida de tu padre. Por medio de estas visiones Arel desea transmitirte un mensaje. Deberás aprender a interpretarlas pues te serán de gran utilidad a lo largo de tu vida. ¿Nunca hiciste anotaciones sobre tus sueños?

El desconcierto del muchacho ante la noción de su linaje divino era grande, pero su sangre de Sephyro le permitía asimilar eventos y realidades que hubieran hecho enloquecer a los hombres normales. Estaba sentado en la cama, su mirada denotaba elevados pensamientos, alzó el dedo índice y abrió la boca para hablar, pero no dijo nada. Volteó a ver a Angus, que alzó las cejas un par de veces a modo de saludo, y comentó:

—Desde que aprendí el arte de la escritura comencé a escribir y dibujar sobre pedazos de papel que arrancaba del tapiz del cuarto en el que vivía, pues estaba prohibido tener cuadernos fuera de las horas de clases; en ocasiones, rescataba hojas a medio usar del cesto de basura de la madre superiora, en ellas cifré los sueños y visiones que tenía. Siempre dibujo lo que más me llama la atención o me sorprende. Así que para responder a su pregunta: sí, tengo varias notas acerca del posible significado de mis sueños. Pero hay algo que me inquieta, ¿qué me dice de los sueños malos?, a veces sueño con ángeles muy delgados, negros y gigantes, me persiguen pronunciando maléficamente mi nombre. Son iguales a los demonios que fueron a buscarme al orfanatorio

Angus tragó saliva y crispó los puños. Nervioso por la pregunta, respondió:

—No puede haber blanco sin negro, no hay día sin noche ni puede haber bondad donde no exista la maldad. Es el camino que los hijos de Dios escogieron. Nosotros formamos parte de las fuerzas celestiales, pero existe una legión infernal con una intensa fuerza destructora: los ángeles caídos, que con una ciencia cruel y terrible han engrosado las filas de sus ejércitos… su única misión es establecer una vorágine de locura y horror en los planetas habitados y la forma de hacerlo es por medio de… —Angus prefirió no revelar el secreto que corrompería el alma del niño—. ¡Ejem! Ellos saben de tu existencia y nunca te dejarán solo. Eres el hijo de Arel, el Grígori que escondió la llave maestra. Pero no te preocupes, yo te enseñaré a protegerte de ellos. Y ahora es tiempo de dormir ya habrá ocasión para seguir conversando acerca de estos asuntos —lo que no le dijo es que, al parecer, él era el Sephyro de la profecía de los querubines. La profecía indicaba que sólo aquel Sephyro con la marca especial en la mano sería capaz de manipular la espada de fuego.

Liut, exasperado, preguntó:

—Pero, hermano. Hay tantas cosas que quiero saber. ¿Qué significa eso de que existen otros planetas habitados?, ¿hay vida en otros mundos?, ¿nunca me dejarán tranquilo los horribles demonios?, ¿para qué me buscan? Yo no sé dónde está la dichosa espada.

—Sin peros, con el paso de los días obtendrás la madurez para saber más. Recuerda siempre que cada cosa tiene su momento… habrá un tiempo para matar y habrá un tiempo para crear. Tu tiempo llegará. Anda y ve a dormir.

Liut, resignado y con un gesto que mostraba intranquilidad por los conocimientos adquiridos esa noche, salió de la mágica habitación y se recogió en su cuarto a descansar.

Las eternas uvas del huerto

A la gula de Bernardo se sumaba el defecto de la pereza. Su sueño era tan pesado como el de un oso hibernando. Al muchacho le tomó poco tiempo descubrir que si colocaba un tarro de mermelada cerca de la narizota del bello durmiente, se levantaba de muy buen humor; entonces comenzó a experimentar con distintos aromas, por ejemplo: con el perfume de la cebolla Bernardo se levantaba recitándole poemas trágicos a Dulcinea, y es que no podía dejar de lagrimar y no quería desperdiciar el tono dramático que eso le confería. Los olores dulces lo ponían alegre, los agrios provocaban un dejo de histeria en su carácter, los ácidos lo asentaban en la tristeza. Definitivamente, los sentidos de este hombre estaban completamente dominados por los comestibles. Todo el día pensaba en comida, la cocinaba, la comía, incluso soñaba con viandas que poseían vida propia y que cantaban y conversaban con él. Cuando babeaba, sumido en un sueño profundo, bastaba con susurrarle al oído que el hermano Angus había traído chocolate del pueblo para que se levantara como una bala, directo a la cocina.

Los monjes, a pesar del voto de silencio, manifestaban su inconformidad por el cotidiano retraso del desayuno, que ya se había convertido en rutina, y dejaban notas en la cocina: los más ilusos exigían que los alimentos se sirvieran a la misma hora, algunos pedían menos sal en los guisados, otros querían aumentar la ración de pan. Lo cierto es que no había pan que alcanzara con Bernardo.

Para aliviar el disgusto de los hermanos, y por indicación del hermano Angus, Liut aprendió a cocinar pan. Se levantaba a las cinco de la mañana para hornearlo, y como las mandíbulas dispuestas a devorar masa cruda dormían, desde entonces hubo pan para todos. Más sonrisas y menos caras largas en el comedor. El pequeño también cambió la cuchara con la que Bernardo espolvoreaba la sal por una más pequeña que él mismo había labrado... los alimentos cocinados en el monasterio dejaron de ser un cheque al portador para los cardiólogos. Al terminar el desayuno limpiaban los platos en equipo. Bernardo se comía las sobras y estiraba su brazo regordete a un Liut que los lavaba y guardaba afanosamente.

Había dos productos que nunca faltaron en la cocina de Bernardo, aceite de oliva y vino tinto. Para fortuna de los habitantes del monasterio, durante las cuatro estaciones viñedos y olivos proveían sus frutos sin importar los cambios climáticos, lo cual aseguraba suficientes reservas para semejante cocinero.

Generalmente, al mediodía Bernardo tomaba una larga siesta para hacer la digestión bajo los viejos olivos del huerto. Mientras Gargantúa dormía, Liut tomaba clases de historia y geografía con el hermano Angus.

El monje había escogido una de las terrazas que estaban a un lado del huerto, y que tenía vista al mar, para las lecciones. Liut siempre hacía preguntas fuera del tema de estudio. Angus se complacía con la curiosidad y velocidad con la que su pupilo entendía las cosas. En una ocasión el pequeño indagó:

—¿Por qué estos viñedos siempre dan frutos?

A lo que el monje, ceremonioso, respondió:

—Este monasterio fue construido por ángeles y cada uno de sus rincones posee conjuros celestiales que lo protegen y esconden del mundo terrenal. Te voy a contar una historia para que sepas el por qué de las uvas: hace cientos de años llegó aquí un joven proveniente de Tierra Santa con grandes aspiraciones y un increíble deseo de cambiar el mundo. Nosotros estábamos esperándolo. Sabíamos que llegaría el día en que ese joven pisaría nuestra tierra callada en busca de sabiduría y consejos. Varios años permaneció entre nosotros ocupado en meditar, departir con serafines y cumplir con la instrucción que le correspondía. Sí, no preguntes, el adiestramiento era igual al tuyo. Cada día, al igual que tú, cumplía con las labores que le habíamos encomendado; su tarea favorita era cultivar este huerto. Él lo levantó de la nada, con trabajo y con sudor. Siglos de aceitunas han pasado y los árboles siguen alegres, las uvas brotan jugosas, los olivos respiran vigorosamente en sus troncos retorcidos y pareciera que las aves que aquí viven son las mismas que llegaron el día que aquel hombre nos llamó, lleno de emoción, para enseñarnos los primeros brotes de su esfuerzo.

Liut se quedó pensativo, la moraleja era que aún siendo un ser dotado con características superiores a las de un hombre común, era el mismo sentido de arrojo y coraje el que lograba grandes acciones y cambios duraderos. Y para muestra una suculenta aceituna.

A partir de ese día, una vez concluido el horario de clases, Liut se dedicó al cultivo y expansión del huerto. Esto se reflejó en la novedosa variedad de frutas y vegetales que los hermanos comenzaron a disfrutar en la mesa.

Los fines de semana los monjes acumulaban en enormes canastos de mimbre las uvas cosechadas. Bernardo las vertía en una gran tinaja de madera y empezaba uno de los momentos favoritos del muchacho: pisar uvas. Con energía descomunal corría y brincaba durante horas sobre los kilos y kilos de jugosos racimos. Un bambú cortado a la mitad servía como canal para el jugo que se desprendía de aquel dionisiaco maratón. Bernardo llenaba las barricas que estaban disponibles en el almacén y el complicado proceso de fermentación comenzaba. Una vez que los barriles habían reposado al menos un par de meses, el tramposo cocinero se recostaba a beber directamente del chorro que caía por el bambú. El alcoholismo era otra de sus "virtudes monacales".

Algunas tardes, después de terminar con sus labores en la cocina, Liut se escabullía para explorar los apartados rincones del monasterio. En sus largos recorridos por los laberínticos pasajes encontró, cubiertas por la maleza, esculturas de ángeles de diversos tamaños y formas, grabados rúnicos en piedras polifémicas y metales fundidos con caprichosas representaciones de las fuerzas celestiales. El muchacho jugaba a que era un científico que resolvía los grandes enigmas del universo, anotaba los registros de sus posibles soluciones en un diario y lo ilustraba con los colores que guardaba en una caja de madera. El estuche

estaba decorado con un paisaje impresionista que fasci-
naba al pequeño.

Angus le contó, cuando le regaló los colores, que aquel
estuche había pertenecido a un buen amigo suyo, un pin-
tor holandés que había muerto hace muchos años, y que
actualmente había sido inmortalizado por sus pinturas.
El monje insistía al muchacho para que plasmase sus
pensamientos, decía que el arte era la mejor forma para
liberar el alma. Además, había que encontrar una rela-
ción entre el mensaje que Arel quería enviarle a su hijo
por medio de las visiones y las anotaciones y dibujos que
había realizado antaño. Seguramente, al cotejarlas con
las nuevas experiencias y dibujos de Liut, la respuesta
aparecería.

La canícula se apoderó de la montaña. El sol se veía plateado y la fuerza del calor era insoportable. Cayó la tarde,
Liut había terminado con sus deberes, nadie sabía dónde
estaba Angus y Bernardo dormía una siesta debajo de la
higuera. El muchacho recordó la historia que le contara
el monje y marchó hacia el huerto para llenar la canasta
con uvas. Mientras corría entre los viñedos cortaba con
una vara los racimos, los cuales caían en la canasta bañados por una brisa que sólo el mar y el bosque prodigan
en su unión; parecía un guerrero en el campo de batalla
al tirar varazos por aquí y por allá. Cuando su canasta se
llenó la dejó en la orilla del camino y decidió internarse
en la maleza del monte siguiendo una vereda descendente
rumbo al mar. Como un alpinista bajó por los riscos de

piedras y ramas que arañaban sus brazos y piernas hasta que llegó a una diminuta playa. Se quitó el hábito y las sandalias y sintió la suave caricia de la espuma en sus pies. Desnudo el pecho para abrazar la arena se recostó en la blanda playa. Liut había observado y anotado el comportamiento de las mareas y sabía que hasta muy entrada la noche habría pleamar.

A unos cincuenta metros de la pequeña playa había una pequeña isla formada por una gran roca que de lejos parecía una ballena. Acostado, con las manos detrás de la nuca, el muchacho vislumbró en aquella isla lo que parecía ser la entrada de una cueva. Se despojó de la prudencia, madre de arrepentidos y cobardes, se internó en las aguas poco profundas y caminó con el mar en la cintura hasta la entrada de la cueva. Justo ahí se sumergió para introducirse por un angosto túnel. Sus ojos se encendieron debajo del agua con el mismo tono azul vivo con el que se prendía su mano, la cual también brillaba intensamente. El túnel lucía cubierto por corales y ostras de color verde que tomaron un color muy raro al mezclarse con las emanaciones luminiscentes de Liut, que siguió buceando hasta llegar al interior de la caverna. Apenas le alcanzaba la respiración, estaba a punto de ahogarse cuando vislumbró la luz encima de su cabeza, se impulsó como delfín y salió del agua rompiendo la quietud del lugar y tosiendo como condenado. Una vez en la orilla pudo contemplar la majestuosidad del lugar. Había una cúpula de piedra muy alta y los restos de lo que parecía la estatua de una serpiente. Liut se acercó a la estatua y comenzó a marearse, de sus ojos y su mano brotaron destellos enceguecedores.

Sintió el vaho en las ramas de sus nervios y cayó al piso, convulsionándose. En aquel momento pudo verla: era una enorme cámara construida desde el punto de vista extraterreno, bajo extrañas dimensiones y anómalos principios arquitectónicos, sus contornos antinaturales lo desconcertaron. La luz de la luna se filtró por misteriosas vetas y comenzó a iluminar unos mosaicos con crípticos símbolos tallados. La luz penetraba las sombras de lo alto y dejaba ver un techo abovedado inquietantemente elevado, como un cielo neblinoso de medianoche, y los muros, brillantes y negros, se erguían a alturas inconmensurables. En un extraño altar de piedra, esculpido con una gigantesca joya de color indefinido, se encontraba la imagen de una serpiente de fuego enrollada, tallada en una material cristalino y cuyos reflejos cambiaban siempre bajo el dominio de una inexplicable luz. La espada de fuego estaba postrada sobre aquella serpiente de piedra. Una voz lejana comenzó a hablarle: "No temas. Nunca estarás solo". La frase se repitió tres veces. Liut sintió el vértigo en su estómago, empapado y lleno de heridas que se había ocasionado al retorcerse en la filosa ribera de la cueva, abrió los ojos y sonrió, comenzaba a dominar y utilizar sus visiones.

Estaba seguro de que aquella voz había sido de Arel, su padre. Se recostó contra una piedra y trató de grabar en su mente la imagen que acababa de contemplar. Al poco tiempo, se percató de que el nivel del agua comenzaba a subir. Se sumergió en el túnel y en segundos ya estaba en la pequeña playa nuevamente. Alzó la mirada. El cielo tenía las mismas espirales grises que habían anunciado la llegada de los caídos en el orfanatorio. Tal vez existía un punto medio entre su visión normal, las cosas que podía ver en sus alucinaciones y los eventos vedados a los hombres, aquéllos de los que sólo él se percataba, aun cuando no alucinaba. Se puso su hábito con nerviosismo, escaló los riscos con agilidad, recogió el gran canasto de uvas y volvió a la cocina.

Bernardo entró molesto a regañarlo por su ausencia y justo cuando iba a iniciar su sermón, el muchacho se hizo a un lado y le señaló con las palmas abiertas el exuberante canasto de uvas. Los ojos de Bernardo brillaron y se abalanzó sobre la comida. Liut dejó la cocina caminando muy despacio hacia atrás para no distraer la orgía frutal en la que se perdía el cocinero.

El mal presagio

Es imposible escapar de los ojos eclipsados
del príncipe negro...

Los meses siguieron su curso con la instrucción del muchacho y sin mayores contratiempos. Eso sí, Angus le dijo que para estar preparado debería dominar al menos cuatro idiomas para empezar, lo cual no significó problema, pues Liut absorbía el conocimiento de forma pasmosa. Una mañana cálida y amigable en que Bernardo tarareaba una canción y su ayudante lavaba los platos del desayuno, de pronto apareció en la ventana el hermano Angus y le dijo al cocinero:

—Si no me equivoco, panzón, hoy es el cumpleaños de alguien.

Bernardo, sobresaltado, soltó el cucharón de madera y abrazó efusivamente a Liut.

—¡Hermanito, feliz cumpleaños!

Angus agregó:

—No todos los días se cumplen trece años —sabía que
ésa era la edad en la que un Sephyro empezaba a desarrollar sus fantásticas habilidades—. Iremos al pueblo a
comprar chocolate para hacerte un pastel.

Bernardo comenzó a saltar por la cocina, aventó su
mandil, se subió a la mesa y se puso a bailar mientras
gritaba:

—¡Pastel! ¡Pastel! ¡Pastel!

Angus interrumpió su patética demostración y dijo:

—Aprovecharemos el viaje para vender nuestras conservas y comprar provisiones. Vámonos, se hace tarde.

Ensillaron el caballo a la carreta y comenzaron el descenso hacia el pueblo. Después de casi una hora de trayecto
llegaron a la plaza y estacionaron su vehículo en el área
de desembarque de mercancías. Bernardo se deslizó hacia
el suelo y comenzó a bajar de la carreta las cajas de pan
y conservas. Angus, con calma y lentitud, le indicó a Liut
mientras señalaba con el índice al viejo jamelgo:

—Quédate a cuidar al Prieto.

—Pero, quiero conocer el pueblo —replicó el muchacho.

—Está bien, es tu cumpleaños, no te alejes mucho de
la carreta pues no nos vamos a tardar. No aceptes nada
que quieran darte y no hables con nadie.

Liut saltó del carromato y empezó a devorar con la
vista el entorno de la pequeña aldea griega. Gracias a su
agudo olfato identificó inmediatamente el olor a moluscos y pescado que los mercaderes exhibían sobre grandes
bloques de hielo. A grito pelado anunciaban sus productos
y se disputaban a los clientes. El calor era sofocante y

húmedo, las gaviotas graznaban iracundas por los aires, los pelícanos se mostraban apáticos y mal encarados en las orillas del muelle, las frutas y las verduras abundaban por doquier.

El muchacho caminaba maravillado entre los corredores del mercado. No conocía muchas cosas acerca del mundo "normal". Había pasado los primeros diez años de su vida encerrado en el orfanatorio y los últimos tres en la cima de una montaña. Los ancianos limosneros extendían sus arrugadas manos y pedían una caridad, el chico traía en su bolsillo conchas y caracoles de preciosos colores que extraía del fondo de la bahía; le dio un par de ellos a un mendigo que, al verlos, creyó que quería burlarse de él y se los arrojó a la cabeza, vociferando maldiciones. Liut se encogió de hombros y siguió su camino. Escuchó a las mujeres discutir el precio de un costal de papas, su arenga su unió al griterío histérico de las gaviotas y a los insistentes y gritones ambulantes que ofrecían cualquier tipo de mercancías provenientes de Asia y Europa. Era enloquecedor, pero entre el bullicio descubrió la presencia de una hermosa niña de largos y lacios cabellos castaños y ojos color miel que estaba en la fuente principal, observando las tortugas de diversos tamaños que vendía un viejo cejudo y gruñón.

La chiquilla tomó con sus finas manos un pequeño anfibio, lo colocó en la palma de su diestra para contemplar sus formas y colores y se percató de que el vendedor estaba distraído. Volteó a derecha y a izquierda, sonrió pícaramente y decidió huir sin pagar. El vendedor lo notó demasiado tarde pues ella ya se había confundido entre la multitud y había llegado al muelle. Liut no había perdido detalle y no fue una coincidencia que la niña chocara accidentalmente con él. La tortuga salió despedida hacia el cielo por el impacto, pero el muchacho logró agarrarla antes de que se despedazara contra los adoquines. Con la mirada hundida en el suelo extendió el animal hacia la niña; ella tomó al bicho con la elegancia natural que poseen la mayoría de las mujeres y después buscó su mirada hasta que lo obligó a alzar los ojos. Murmuró un "¡qué hermosos ojos!", y aunque él no comprendió que había dicho quedó hipnotizado al mirar los cristalinos y preciosos ojos de la niña. Con excepción de las dos horribles y gordas monjas no había tenido compañía femenina a lo largo de su vida. La nena tomó la mano de Liut, colocó la tortuga y la cerró para luego darle un beso en la mejilla y continuar su camino.

El muchacho casi se desmaya al percibir el aroma de la pequeña mujer y sentir el contacto de unos labios contra su rostro, sentía las orejas calientes, náuseas… no pudo reaccionar y se quedó petrificado con la tortuga en la mano, bañado por la anaranjada luz del atardecer. Se reanimó varios minutos más tarde, cuando una gaviota quiso quitarle de la mano el regalo que le acababan de dar.

Liut emprendió el regreso más feliz de su vida, se sentía pleno, imponente, radiante. Llegó hasta la carreta y vio a Bernardo subir cajas llenas de frascos y latas de diversos tamaños; su alegría era evidente, él también se había enamorado… abrazaba una gran barra de chocolate e imaginaba el gigantesco pastel que hornearía con ella. Se frotaba las manos como una rata al comprender la variedad de recetas que iba a poder guisar con los suculentos ingredientes recién adquiridos. El cocinero terminó de cargar los comestibles y observó en la distancia al hermano Angus, despidiéndose de la misma niña que había cautivado a Liut, la cual estaba acompañada de una señora de avanzada edad y vestimentas conservadoras.

El monje le entregó a la anciana lo que parecía un saco de cuero con monedas, se despidió de las mujeres y caminó rumbo a la carreta.

El sol ya se había ocultado en el mar y los colores de la hora mágica en que el astro ya no se ve en el cielo, pero aún hay luz, creaban fantásticas figuras en la plaza del pueblo; decenas de pájaros se congregaron entre los frondosos árboles para despedir el día con un canto fusionado; muchos puestos ya estaban vacíos y los últimos comerciantes levantaban su mobiliario.

En el camino de regreso al monasterio Angus mostraba un rostro desencajado y serio, no dijo una sola palabra y se le notaba afectado por algo que sus compañeros de viaje ignoraban. Una parte de él le decía que su pupilo era el Sephyro de la profecía, pero la otra lo negaba rotundamente. ¿Qué entrenamiento debía proporcionarle entonces? Bernardo, sentado a su derecha, comía y comía chocolate, su mente era un lienzo blanco. Liut, con la tortuga en la mano, evocaba los grandes ojos de la niña y suspiraba al mirar las primeras estrellas entre las ramas de los árboles.

Al llegar al monasterio Angus se dirigió hacia su torre sin despedirse de nadie, Liut se sentó en la terraza a contemplar la noche y Bernardo se dispuso a preparar el pastel de chocolate. Pasó poco más de una hora, Liut se paró de la banca de piedra y entró en la cocina listo para dar las buenas noches e irse a dormir, pero apenas entraba cuando Bernardo gritó:

—¡Feliz cumpleaños! —mientras señalaba, orgulloso, el enorme hojaldre que había cocinado.

El muchacho comió una rebanada y dejó al cocinero acompañado por Dulcinea y el postre.

—Me voy a dormir, el pastel te quedó increíble, muchas gracias Bernardo, nunca había tenido una fiesta de cumpleaños —reconoció.

El cocinero, sonriente, le dijo que no había nada que agradecer.

Oscuros intrusos en los sueños

Era una noche sin luna, la oscuridad cobijaba a los búhos y los murciélagos. De madrugada, en el monasterio se escuchaban los fuertes ronquidos de Bernardo que salivaba su almohada rodeada de migas. A su lado, Liut movía la cabeza de un lado a otro con la frente llena de sudor, su sueño era desagradable.

Se encontraba en un denso bosque donde la hierba era azul a la vera de un río amarillo y las araucanas habían colmado el laberinto cerrado; cargaba leña en los brazos y parecía estar perdido en ese lúgubre lugar. En el silencio de su visión tan sólo escuchaba el crujir de las ramas y las hojas secas bajo sus pies; de pronto, en la lejanía se oyó la dulce voz de una mujer que pronunciaba su nombre.

El muchacho arrojó su carga y se acercó lentamente a la dama de resplandeciente túnica blanca y rostro cubierto por un velo, se fijó en que sus manos eran finas y delgadas y no pudo evitar las lágrimas. Estremecido por el sentimiento de amor más puro de la humanidad comenzó a murmurar la palabra "mamá", repitiéndola una y otra vez, inseguro y conmovido, como si fuera un mantra. "¿Mamá, eres tú?" Se plantó frente a la hermosa mujer que irradiaba luz y el más profundo de los silencios se apoderó de la escena. Liut no podía dejar de llorar. "Mamá, ¿dónde estabas?, ¿por qué me abandonaste? ¡No sabes cuánto te he extrañado y necesitado! ¡Mamá!" Inesperadamente, la mujer cambió su sonrisa por una mueca diabólica. Su vestido se hizo jirones y se tiñó de negro, la dama se había convertido en una manifestación horrorosa.

Liut comenzó a sentir frío en los huesos. Algo parecido a un suspiro pareció oírse cerca de él: "Liutprando", entrecortado por una especie de gruñido ahogado que sobrevolaba su cabeza. Levantó la vista. Densos nubarrones se aproximaban hacia el lugar. La tempestad llegaría en cualquier momento. El viento empezó a soplar fuertemente, las ramas de los árboles se azotaban unas contra otras produciendo escabrosos crujidos, las hojas de los árboles volaban con ímpetu por doquier. El cielo se ponía más oscuro.

La mujer se había convertido en una horrible criatura del inframundo y flotaba entre la maleza, su rostro estaba desfigurado por la putrefacción, las cuencas de sus ojos estaban vacías, de su boca salió un agudo chillido que dejó al muchacho tan terriblemente impresionado que sintió que se le helaba el corazón; retrocedió, perdió el equilibrio y resbaló en un gran charco de lodo, sus músculos no le respondían, pero comenzó a arrastrarse lentamente entre el fango para huir de aquella maligna criatura.

Entonces lo vio. El mal estaba suelto, la tierra se abría y los muertos salían de sus entrañas para vengarse. Los demonios de la tierra, el aire y el agua despertaban. Era tan siniestro que estuvo a punto de perder el conocimiento. Los árboles parecían pronunciar su nombre mientras él se arrastraba en el paroxismo del terror, tapándose los oídos. Luego, a lo lejos distinguió un gran árbol hueco cuyas raíces eran de proporciones gigantescas. Corrió y se escabulló por uno de los huecos como un mapache, abrazó sus rodillas con las manos, indefenso, tiritaba de frío bajo un sepulcro de madera, ¡con una feroz tormenta desatándose sobre él!

Escuchó un grito de dolor ahogado por el rugido del trueno. Sintió que algo dentro de él cambiaba para siempre. Su agitada respiración le oprimía el pecho y no lo dejaba respirar… lentamente se tranquilizó. Un vasto silencio lo envolvía, como si todo lo que lo rodeara estuviese muerto: el silencio fue roto por el jadeo de una bestia. Abrió los ojos y vio, fascinado, la espada de la profecía. Sus ojos y su mano se encendieron como si tuvieran fuego dentro, estiró la diestra para tomarla cuando una voz subterránea y cruel comenzó a retumbar en su mente:

¡Liutprando, entrégame la espada!, ¡yo soy tu salvación! ¡Liutprando!... ¡yo soy tu salvación! ¡Liutpandro!, ¡entrégame la espada!

Bernardo lo movía impetuosamente pues trataba de despertarlo:

—¡Liut!, ¡Liut!, ¡despierta!

El muchacho salió del trance reincorporándose de un salto, abrió los ojos y comenzó a llorar afligidamente, como nunca lo había hecho:

—¡La vi, Bernardo! ¡La vi! ¡Era mi mamá! ¡Mi mamá! —y continuó sollozando, inconsolable.

Bernardo lo abrazó y trató de calmarlo:

—Tranquilo, tranquilo, es tan sólo otra de tus pesadillas, ya pasó, duérmete. Mañana platicamos. Piensa en el pastel de chocolate. ¡No! Nada de eso, tú duérmete que yo ya estoy listo para preparar el pan. ¿Son casi las cinco? No te preocupes que en este instante... —el muchacho estaba tan agotado que se había vuelto a dormir. Bernardo lo miró con ternura y lo arropó—. Bueno, sólo me recostaré un segundo a tu lado para que pued... —no terminó la frase pues también se había quedado dormido.

Liut despertó antes que Bernardo, el sol del mediodía pegaba fuerte sobre la montaña, las observaciones escritas que los mudos hermanos habían dejado en la cocina hubieran ampliado el manual de quejas de la sociedad victoriana. Las revisó con indiferencia, salió a la terraza y contempló el mar plateado por la intensa luz; la brisa era suave y decidió servirse un espantoso plato de avena quemada, pues los hermanos eran sumamente inútiles para las tareas culinarias; meditabundo, comenzó a jugar con la cuchara en la desagradable masa que tenía por desayuno. Angus apareció de pronto, se sentó a su lado, se quitó la capucha y colocó una mano sobre su hombro:

—Acompáñame, hijo, tenemos que hablar.

Subieron en dirección al cuarto del monje pero en vez de tomar el puente que cruzaba el escabroso risco se desviaron a la derecha y pasaron por un estrecho camino que llevaba a una serie de callejones formados por grandes rocas. Avanzaron por el sendero un par de horas sin sentir el tiempo ni la distancia, sin ver persona o casa alguna; hasta que al dar la vuelta por un recodo del camino llegaron a un lindero poco frondoso del bosque. Se sentaron a descansar y Liut observó atentamente cuanto lo rodeaba. El calor era insoportable. Durante el trayecto había contemplado fragmentos de grandiosas estatuas que lo habían turbado pues de alguna forma le recordaban su sueño, y era precisamente de eso de lo que quería hablar con Angus, de la visión que había tenido de su madre, pero tendría que esperar y lo sabía.

Después del silencioso descanso continuaron su marcha de forma descendente. Caminaron unos veinte minutos hasta que, finalmente, salvaron un estrecho paso que funcionaba como entrada entre dos amplias rocas. De lo que no se dio cuenta el muchacho es que aquellas rocas estaban unidas y ni una mosca hubiera pasado entre ellas, pero Angus las había movido de alguna forma poco antes de que llegaran ante ellas.

Apenas cruzaron y el clima y la vegetación cambiaron. La árida y caliente maleza se convirtió en un lugar fresco, acogedor, lleno de exuberantes plantas y coloridas flores; los árboles eran altos, frondosos, y escondían entre sus ramas los cantos de los pájaros y las ruinas de una antigua ciudad perdida. El monje siguió caminado por la verde hierba hasta llegar a un templo de meditación en cuyo centro había una bella fuente esculpida en piedra amarilla que representaba a una mujer que cargaba dos cántaros y un niño que jalaba sus faldas. De los jarrones, aunque nadie se encargara de ello, nunca había dejado de brotar agua.

Angus se sentó en una banca de piedra tallada con alas de ángel por doquier y llamó al muchacho con la mano. Una sensación de profunda tranquilidad cubría el escenario. El muchacho se sentó junto al monje que, serio y preocupado, le dijo:

—Sé sobre la pesadilla que tuviste anoche. Tampoco descansé durante ese sueño pues vi y sentí lo mismo que tú…, el enemigo te busca incesantemente y mucho me temo que esté muy cerca; tiene la facultad de poder entrar en tu mente y manipularla. Ahora deberás ser cauteloso hasta con lo que sueñas, podrías revelar información útil para señalar nuestro paradero. Y eso sería el fin, no sólo del monasterio sino de muchas, muchas cosas.

Liut preocupado y desesperado preguntó:

—¿Pero, y mi mamá? ¿Era o no era ella?

El monje suspiró y respondió al muchacho:

—La primera mujer que viste en tu sueño era una imagen de tu madre poco antes de morir, pero no era ella quien te visitaba, fuerzas oscuras y malditas utilizaron su estampa para engañarte. Los caídos buscan incesantemente la espada de fuego y por ninguna razón ni bajo ningún pretexto deben encontrarla.

—¿Pero, si buscan la espada entonces para que me quieren a mí? Yo no tengo la espada. ¿Esto quiere decir que los ángeles caídos serán invencibles si consiguen apoderarse de la espada? No entiendo.

Las pupilas de Angus se comenzaron a dilatar lentamente y en ellas aparecieron las imágenes de lo que comenzó a relatar:

—Escucha atentamente esta historia, pues te dará las respuestas que necesitas:

Después de la creación del universo convocó Dios a sus descendientes para una gran reunión y, sentándose sobre un pedazo de eternidad, con los arcángeles a su diestra y los serafines a su siniestra, proyectó las imágenes futuras de aquello que habría de suceder en la Tierra, su mundo perfecto.

"Advirtieron, entonces, ángeles y serafines, la historia de este planeta. Contemplaron el jardín del Edén, vieron a la belleza tornarse en lujuria y traición, el primer asesinato a manos de Caín, el diluvio que todo lo ahogó... se deslumbraron con los dinosaurios, los océanos y la fronda. Vislumbraron la segunda destrucción de la vida en el mundo. Subrayaron con amor y recelo las magníficas civilizaciones humanas que habrían de reemplazarse unas por otras.

"Ya el desprecio se engendraba en el corazón de Luzbel, era el único que no estaba de acuerdo en la imagen y semejanza que a él, ¡el más bello de los hijos de Dios!, tendrían los humanos.

"Entonces Dios les reveló la manera en que formaría al hombre eterno.

"Fue demasiado. Luzbel sintió como su boca se llenaba de baba y de blasfemias, el odio del universo comprimió sus miembros y gritó con irreverencia:

"'¡Jamás, Padre, permitas que los humanos sean como nosotros! ¿Cuál sería entonces la diferencia entre el Cielo y la Tierra? Es una atrocidad, una execración de tu nombre.'

"Los hijos de Dios voltearon al unísono. Los arcángeles lo miraron sorprendidos, ángeles y querubines sintieron la exhalación del miedo en sus corazones por primera vez. Dios increpó en aquel momento a su hijo más querido:

"'Luzbel, estás equivocado, nefando fue el día en que te creé, tú, mi hijo más amado, profieres tales imprecaciones contra tu padre, ¡contra Dios! Infame será tu suerte si osas desobedecerme, aún no te has percatado de que tu misión en el universo es cuidar y salvaguardar la esencia de los mundos que hemos creado. Para ese fin los he reunido ante mí. ¡Oh, infamia de la ingratitud, aléjate de mi reino! Los hombres serán también mis hijos y serán formados a nuestra imagen y semejanza, serán la representación terrestre de mi poder por sobre todas las cosas.'

"'¡No, y mil veces no! —aulló Luzbel, enloquecido— Has perdido la razón ¡Oh, poderoso Padre! Es una vileza que manchará nuestros nombres mientras dure nuestra permanencia. ¿Cómo hemos de rebajarnos a vernos iguales a aquellos que deberían agachar sus espaldas de mortales? ¿Cómo has podido pensar que una vez que nos has creado seremos tus esclavos? ¡Es una traición a nuestra raza suprema! ¡Abomino de tu nombre y de todo lo que representas!'

"'¿Te atreves a blasfemar, Luzbel? Cuida bien tus palabras, pues la bajeza de la traición no la perdono. ¡Te condenas con tus dicterios!'

"Se comenzó a sentir una prepotente fuerza negativa en el Cielo. Luzbel tenía los ojos inyectados de locura y horror, los arcángeles sintieron la turbación en sus almas. Serafines y querubines se miraron unos a otros sin entender lo que sucedía.

"Pero ciertos ángeles que admiraban la fuerza de Luzbel, acusaron grave atención a las palabras de su adalid. La transmutación de los espíritus, que se ennegrecían sin que Dios lo hubiese prevenido, cobraba fuerza.

"Dios levantó sus manos abiertas y el universo retumbó a la par que explotaron las estrellas. Gritó entonces con resentimiento a su hijo:

"'¡Son injustas e indignas tus palabras! Retírate de mi vista y recapacita sobre tus palabras y tus actos, o no vuelvas nunca. ¡Ve!'

"Luzbel lo miró fijamente, un monstruoso pensamiento se apoderó de su ánimo. Dio la media vuelta y, sin decir palabra, se retiró con paso majestuoso profiriendo una horrible carcajada que Dios habría de recordar hasta el fin de los tiempos.

"Los arcángeles acudieron con el Todopoderoso para pedirle la gracia de la ira, habían sentido aquella ofensa en lo más profundo de sus corazones repletos de amor… el abierto desafío impensable hacia el Padre, y no estaban dispuestos a aceptarlo.

"Miguel habló a su padre:

'Altísimo Padre, Dios omnipotente, creador y conservador del universo. No permitiré el ultraje y la humillación a que te ha sometido Luzbel, concédeme la cólera para expulsarlo a él y a sus serviles hermanos de este lugar al cual ya no pertenecen. ¿Quién sabe qué oscuras fuerzas se conjuraron para crear tales juicios en mi hermano? Pero no hay excusa ni pretexto que valga, los juramentos expresados hoy no deben tener tu perdón.'

'En verdad te digo que el escarnio de Luzbel no tiene mi perdón. Sin embargo, hay una ley natural que me impide destruir lo que he construido, yo confío en que mi hijo regrese y me pida que excuse y comprenda su arrebato. Recuerda que mi corazón está lleno de indulgencia y… —enmudeció, sin atreverse a confesar que las palabras de su hijo bienamado le preocupaban. No obstante, no permitiría que nadie le hiciese daño.'

Dios era el único en el Cielo que se resistía a sentir el inmenso poder que el rencor y el odio le prodigaban a Luzbel. Llamó a sus hijos gemelos Sueño y Muerte y le otorgó el descanso a sus coros. Pronto todos los seres de luz cerraron los ojos y se abandonaron a la gracia del reposo, todos excepto Luzbel en quien el encono y la bajeza crecían tanto que pronto los poderes de su padre no serían suficientes para dominarlo. Una idea fija y constante rugía en su cabeza. Destronar a su creador y conquistar la fuerza que sentía viva y más poderosa que nunca dentro de él.

"El día había llegado, ya se acercaban los aterradores y sediciosos ángeles hacia la morada de los justos, los que aman la vida por sobre todas las cosas. ¡Carnicerías crudas envenenaron el alma! La cruel matanza comenzó cuando la sangre de un querubín que mató un ángel partidario de Luzbel se derramó en el Cielo transformándose en fuego. Los seres de luz gritaron, completamente turbados por la rabia de lo oscuro. Los ángeles eran arrasados por los violentos guerreros que comandaba Luzbel. Los cuerpos de luz se deformaban a fuerza de tantos golpes; resentimiento y dolor… la desesperación se apoderó del Cielo.

"Dios tembló, la inmensa energía que el odio del universo le daba a su vástago se sintió por doquier. Entonces lo comprendió, existían poderes igualmente grandes a los suyos.

"Y para combatir al fuego con el fuego ordenó la furia a sus arcángeles, quienes con relucientes armaduras doradas y broncíneas espadas de fuego, salieron volando al encuentro de los sediciosos.

"La batalla fue brutal. Sólo un ser inmortal puede aniquilar a otro, y las entelequias ciertamente estaban destruyéndose.

"Seguía la batalla implacable y brillaban los multico-lores ojos de los arcángeles… —Liut estaba boquiabierto, esta historia sobrepasaba por mucho a cualquiera que hubiera leído o escuchado; los pájaros cantaban, la salobre brisa del mar movía las flores y acariciaba el rostro del hombre y el niño que, sentados bajo la sombra de aquel paradisiaco jardín, parecían dar cuenta de que para explicar lo invisible, bastaba visible".

—Ahora bien —continuó Angus—, cuando Luzbel se reveló contra el Padre convenció a tres cuartas partes de los Coros celestiales para que lo siguieran en su cruzada. La paz y el balance del universo recién creado estaban en juego.

"La guerra había comenzado, las legiones que seguían a Miguel y Gabriel se atrincheraron heroicamente en la entrada del primer cielo, donde fueron derrotados por las potestades de Luzbel que bombardeaban sin misericordia a miles de ángeles con sus esferas de energía, apropiándose del primer círculo celestial.

"El panorama no era nada alentador, Miguel surcaba el espacio y combatía hábilmente contra las fuerzas de Luzbel que ya casi doblegaban a las tropas del segundo cielo. Las Potestades arrasaron el segundo círculo y la batalla cuerpo a cuerpo entre Miguel y Luzbel comenzó. Durante miles de años terrestres los dos poderosos arcángeles libraron cruentas batallas hasta que, finalmente, el hijo bueno del Padre logró asestar un terrible golpe en el pecho del rebelde haciendo que se estrellara contra el suelo rocoso del asteroide en el que peleaban. El arcángel Miguel gritó con voz enérgica mientras pisaba el pecho y colocaba el filo de su espada en el cuello del hijo más querido de Dios:

"'¡Luzbel, arrepiéntete! ¡Aún puedes ser perdonado! ¡La misericordia de nuestro padre es infinita!'

"Luzbel lo miró con desprecio. ¿Arrepentirse? ¡Jamás! Sus ojos centellearon y sentenció:

'Prefiero vivir de pie en el Infierno que de rodillas en el Cielo.'

"El arcángel Miguel, molesto y triste por la negativa de su hermano, elevó su espada de fuego para dejarla caer con toda su fuerza a escasos centímetros del rostro de su hermano, y encajarla en el suelo que se partió en dos y dejó al descubierto un vacío abismal. Miguel sintió que el Padre le daba su aprobación y de una patada arrojó a Luzbel, que cayó a una velocidad infinita, hacia su inevitable destino. Atravesó el ángel el universo, pasando por estrellas y galaxias. Cayó y cayó, y con él cayeron los ángeles que lo habían seguido, hasta que entraron en la atmósfera de aquel rocoso planeta de lava que él mismo había creado: Valkos. Su caída originó la formación de un gran cráter y el estruendo que provocó se extendió a miles de galaxias.

Luzbel sufrió una transformación horrible. La armadura de combate que lo embestía quedó desintegrada por completo. Había chispas y fuego a lo largo de su cuerpo. Sus magníficas alas blancas se habían tornado negras como el eclipse y el terremoto, y de sus plumas emanaba una pestilencia humosa. El ángel más fuerte del cosmos había sido derrotado, su cuerpo estaba cubierto por marcas púrpuras y azuladas que denotaban la corrupción de su alma. Había serpientes entrelazando sus extremidades…

"Tras la caída, Luzbel cobró conciencia de lo ocurrido, lo habían humillado frente a sus tropas, desterrado del lugar que por derecho le pertenecía, lo había perdido todo, la luz se había ido, ahora sólo le quedaba oscuridad.

"Luzbel fue encerrado por el poderoso arcángel Uriel durante miles de años en el núcleo del planeta hirviente de lava junto con los ángeles rebeldes. Pero eso no lo detuvo, en el interior de la roja caverna construyó su nuevo reino a imagen y semejanza de los siete cielos de Dios y colocó en el séptimo infierno su gran trono. Flanqueado por cascadas de lava permaneció en él todo el tiempo que los ángeles caídos tardaron en construir su nueva morada: el Infierno."

Liut se había sentado en la tierra frente a su maestro, no había despegado ni un segundo su mirada de los ojos del monje pues funcionaban como pantalla de la historia que refería. La luz del atardecer se filtró entre las hojas de un ciprés reflejándose en sus pupilas y Angus salió del trance. Cerró los ojos, tomó su cabeza con las dos manos y pasados algunos segundos le dijo al niño:

—Luzbel necesita la espada de fuego que aparece en tus sueños. La espada fue forjada en los talleres del sexto cielo por serafines de alto rango que utilizaron el material más fuerte que existe en el universo. La espada de fuego funciona como la llave que necesita para abrir el último portal del universo que conduce al reino de los cielos, el portal del planeta Tierra. El fin ulterior de su lucha consiste en transportar desde el portal del Infierno a su ejército de almas corruptas y ángeles caídos.

El portal de nuestro mundo fue colocado originalmente en lo que alguna vez fue el jardín del Edén. Pronto te mostraré su ubicación geográfica en un mapa. La espada de fuego que funciona como llave fue escondida por tu padre en algún lugar de este planeta y nadie sabe su ubicación, pero la clave de ese significado está en la marca en tu mano. La marca que tú tienes es la marca de la profecía de los querubines, es la marca del ojo de Dios. Por eso los Caídos quieren secuestrarte, para que los guíes a la espada.

Liut no daba crédito. Estaba infinitamente sorprendido por la historia que acababa de escuchar, y también complacido pues finalmente comprendía el significado de aquel extraño lunar en la palma de su mano.

Angus continuó:

—Según la profecía de los querubines sólo el hijo de Arel o su descendiente pueden manejar la espada de fuego. Un conjuro mágico te protegió hasta hace poco de las fuerzas de los caídos… Cuando Luzbel se enteró de tu existencia su estrategia cambió, ahora su fuerza y energía están dirigidas a encontrarte, corromperte, y así obtener la preciada llave que le permitirá desplegar el grueso de sus tropas infernales a la Tierra, y una vez que aniquile este planeta su camino será la destrucción del Cielo.

Es por eso que he decidido prepararte, tu destino es mucho más complicado de lo que imaginas.

Liut preguntó:

—¿Por qué no ha venido Luzbel a buscarme aquí si me encontró en el orfanatorio?

—Este lugar está protegido por fuerzas más grandes de las que podrías imaginar.

—¿Y cómo sabe usted todo esto?, ¿acaso…? —preguntó el muchacho, aunque intuía la respuesta.

—Sí. Yo, al igual que tu padre, fui un ángel —respondió, orgulloso el monje.

Liut jadeaba y tirándole del hábito le pedía que hablara más sobre su padre.

—Arel fue un ser ejemplar. Ambos iniciamos nuestra existencia como ángeles de bajo nivel. Realizábamos labores que eran básicas pero importantes. Nuestra emoción por el hecho de existir y ser parte de esta gran creación nos llevó siempre a esforzarnos un poco más de lo que se requería de nosotros, por ello fuimos rápidamente ascendidos por el mismísimo arcángel Miguel y adquirimos la categoría de Grígoris.

Nos enviaron a este planeta justo un día antes de que Adán y Eva fueran expulsados del jardín del Edén por traicionar el mandato de Dios. Tu padre fue el primero en percatarse de la maligna presencia de Luzbel en la Tierra, quien en forma de serpiente había tentado y corrompido a la joven pareja. Valientemente, desafió al príncipe y lo expulsó del jardín, ganándose su rencor eterno por ello.

El arcángel Gabriel tuvo la penosa tarea de desterrar al resto de los seres que habitaban el Edén. Con la espada de fuego selló la entrada principal que se encontraba al poniente y nunca más un humano pondría pie en aquel bello y prodigioso lugar. Después de cerrar la entrada escogió a siete Grígoris, con sus respectivas legiones de Coros, quienes serían distribuidos a lo largo y ancho del planeta para vigilar, proteger y registrar los hechos que construirían la historia de la raza humana. A tu padre y a mí nos fue confiada la región que hoy se conoce como Medio Oriente y Europa.

Antes de partir a cumplir nuestra misión Gabriel le entregó la espada a tu padre, encomendándole la tarea de resguardar la llave para siempre. Un gran honor sin duda.

Por eso tú, que tienes la sangre de Arel en tus venas, eres un portador, es decir: eres de los pocos seres capaces de maniobrar la espada. Mientras la luz de tu padre permanezca en este lugar esa arma deberá ser protegida y por ningún motivo deberá llegar a las manos del enemigo. Ya son pocos los ángeles que quedan en la Tierra y no sé que tan vulnerables se hayan vuelto ante las reglas.

—¿Cuáles reglas? —preguntó el muchacho que ante la noche se había envuelto en su hábito. Quería comentar acerca de la luminiscencia que irradiaban las estatuas pero se contuvo y dejó que Angus continuara con su historia.

—En tiempos ancestrales los ángeles podíamos intervenir directamente en la vida de los humanos, incluso mediar las guerras. Los que hoy son caídos hábilmente abusaron de sus poderes y se hicieron pasar por deidades y seres mitológicos. Ahí se encuentra la explicación del por qué tantas religiones y dioses diferentes en el planeta tierra. Los Caídos eran ángeles con ansia de poder y estaban desperdigados a lo largo y ancho de la Tierra. Debido a aquellos engaños se nos impusieron una serie de reglas irrompibles y se nos prohibió interactuar con los humanos. Como lo oyes, los ángeles tampoco somos perfectos.

El rostro de Liut estaba colmado de preguntas. La noche era cálida y agradable, estiró los brazos, se levantó del suelo e inquirió:

—Dígame, hermano ¿por qué los ángeles se han ido? ¿por qué nos abandonaron?

Angus carraspeó y respondió:

—Los seres de luz perdieron, poco a poco, la fe y el respeto por la raza humana. Cada siglo que pasaba los hombres se volvían más ambiciosos, invertían su intelecto e ingenio en desarrollar armas mortales, al parecer sin advertir que todos vivían bajo un mismo sol. En los tiempos antiguos había legiones de ángeles que custodiaban a los hombres, les dábamos conocimientos y los protegíamos. Lo único que los hombres debían hacer era respetar su entorno y conservar los regalos naturales del hermoso planeta que les había sido obsequiado.

"Pero por cada uno que arremete hacia la luz, hay diez mil empujando hacia la sombra. Así, la culpa, el miedo y el crimen se convirtieron en el triunvirato que gobernaba a los hombres. Además, estaban los ángeles que se hacían pasar por feroces dioses sedientos de sangre, confundiendo el corazón y el espíritu de las personas.

"Fue entonces que el arcángel Miguel dio la orden a sus legiones de retirarse de este mundo para volar hacia planetas más evolucionados. Cada vez hubo menos contacto entre humanos y seres de luz. Hoy sólo quedan ángeles guardianes de almas justas, voluntarios que decidieron quedarse en la Tierra. Nosotros no los abandonamos, los humanos se abandonaron a sí mismos pues ya el odio, la crueldad y la ambición cunden como única forma de vida…"

Los ojos de Liut se tornaron color violeta y las lágrimas bruñeron su mirada. La respuesta era cruda, pero él sabía que era cierta. Angus vio que el muchacho iba a decir algo, lo atajó, se puso de pie y le dijo:

—Con el paso del tiempo lograrás saciar tus interrogantes. A partir de mañana nos reuniremos en este lugar después de la hora de la comida, pues la instrucción especial ha de comenzar cuanto antes. Usa tu mano derecha para abrir el pasaje de piedra que conduce a mi jardín. Asegúrate de que nadie te siga. Te transmitiré mis conocimientos y te enseñaré a luchar para que puedas defenderte de cualquier tipo de ataques, en especial de los que envician el alma, pues es ahí donde el mal buscará ennegrecer tu espíritu.

Luzbel convocó a los habitantes de Valkos en las profundidades del averno, allí hizo la gran promesa para calmar y motivar el ánimo corrosivo de sus tropas. Había sido derrotado, pero no vencido, y su odio crecía con cada pensamiento y palabra que emitía:

—¡Para esto hemos peleado! —aulló en la catacumba, y cuando lo hizo su voz produjo un sonido hueco que puso de manifiesto la desolación del lugar, rebotó en los

acantilados de lava con un extraño eco ahogado y metálico que le obligó a bajar la voz—: Hoy nuestros hábitos
arden, nuestra luz se ha convertido en rencor y oscuridad.
Seremos llamados *caídos* y habitaremos entre las llamas
eternamente —estas palabras comenzaron a escucharse
en los rincones del averno.

Luzbel se levantó del trono, bajó los escalones de tierra
roja y se dirigió hacia la ciclópea puerta que resguardaba
su morada, la abrió violentamente y un rayo de luz pene-
tró con fuerza en la niebla e iluminó con un formidable
reflejo a las huestes infernales que se extendían hasta el
lejano horizonte. La escena era titánica. Luzbel alzó los
brazos desatando un fuerte viento y gritó:

—¿Son ustedes los que cruzaron fuertes y altivos la
cordillera de los cielos? ¿Son ustedes los que marcha-
ron conmigo con la cabeza muy alta por la cima de los
planetas? El triunfo… la sangre de nuestros hermanos
caídos en batalla. Todo se perdería, todo, incluso la gloria
y el honor de nuestra empresa, si demostráramos ser un
ejército débil. ¡Es imperativo que juren ahora mismo que
lucharán hasta el final! ¡La batalla decisiva está próxima!
Comenzaremos una nueva guerra y conquistaremos ¡el
trono del Cielo! ¡No serviremos!—remató atrozmente.

Una diabólica e informe masa de seres delgados, negros y grises comenzó a batir sus alas, gruñir y agitarse
en medio de la nauseabunda neblina. Eran los caídos. Las
almas corrompidas del Infierno se retorcieron detrás de los
poderosos ángeles mientras lanzaban horribles mugidos.
El extremo inferior de aquellas entidades finalizaba en

una especie de cola curvada sobre la que se mantenían erguidos. En lugar de brazos tenían larga y serpenteantes extremidades que finalizaban en unas manos bestiales de forma atrozmente humana.

Los rostros eran negros y sus facciones resultaban repulsivas y grotescamente humanoides.

Los hombres grises sin rostro se retorcían en el piso, aguardaban con grilletes sobre sus cuellos que los liberaran para comenzar la hecatombe.

Luzbel contempló a su espantoso ejército. El príncipe tenía los ojos eclipsados con un brillo inusual y sus siniestras carcajadas retumbaron por los rincones de los siete infiernos.

El entrenamiento

> El mundo es un lugar mágico, es sólo que
> nadie se detiene a observarlo...
>
> *Angus*

Liut estaba aguijoneado, excitado, maravillado... La asombrosa historia que Angus le había descrito mientras las imágenes de lo que narraba aparecían reflejadas en sus ojos, había cambiado por completo su modo de ver la vida. Todo lo que sabía le parecía incompleto... en algún momento había creído que en los libros y el empirismo encontraría las respuestas a los grandes enigmas del universo, pero lo que acababa de presenciar iba mucho más allá del limitado conocimiento humano. Se sentía importante, fuerte, ¿así que era el hijo de un ángel y una mujer? Sí, era un Sephyro, y eso explicaba la forma de la marca en su mano, la luz que irradiaba, el cambio de pigmentación en sus ojos, y sobre todo, lo ajeno y distante que se sentía de la raza humana. ¿Pero acaso ésos eran sus poderes? Su marca y sus ojos brillaban, pero no veía cómo podría enfrentarse a los caídos que lo buscaban iluminándolos de azul. Bueno, si podía mover gigantescas rocas con la palma de su mano tal vez la materia se rendiría ante sus poderes, tal vez no. Se llenó de sospechas e incertidumbre, ansiaba comenzar su entrenamiento para poder luchar contra las fuerzas del mal.

Su mirada se había quedado sumida en interrogantes, observó a su alrededor y se percató de que Angus se había retirado. El muchacho comenzó el regreso hacia el monasterio, lleno de sueños, esperanzas y altas expectativas sobre el porvenir.

Liut le pidió al hermano Filio, el sastre de la orden, que lo ayudara a confeccionar un atuendo ligero y cómodo para su adiestramiento en el arte de las batallas. En una semana el monje le había preparado un atuendo de combate digno de un arcángel. El muchacho lo recibió con alegría y lo guardó con recelo en un escondite de su cuarto donde Bernardo no podría mancharlo con sus dedos eternamente grasientos.

Cada nuevo día el muchacho pensaba que el momento había llegado, por fin podría ponerse el traje y comenzar con la acción. Pero Angus se empeñaba en explicarle las reglas y fenómenos que rigen el universo. Las semanas pasaban, el monje continuaba hablándole de las diferentes formas de vida que poblaban el cosmos y no se cansaba de colmarlo con libros y pergaminos de información ultraterrena. Las lecturas eran pesadas y difíciles de comprender, pero tenían la virtud de que algunos de esos volúmenes estaban escritos por su padre y otros por Angus. Liut lograba captar la esencia fundamental de las palabras y pinturas de aquella biblioteca etérea.

Después de un largo día de esfuerzo: levantarse a las cinco para hornear pan, servir el desayuno, limpiar, largas horas de estudio que comprimían su cerebro hasta que casi le estallaba la cabeza, le gustaba salir a la terraza a dibujar y escribir la mágica sabiduría de aquellas nociones totalmente nuevas para cualquier mortal.

Los nueve coros y el nacimiento de Luzbel

Amaneció en Monte Ángelis, el cielo tenía el color del mar, el sol secreto que purifica la vida de los hombres alumbró el rostro de Liut... contempló el océano y las montañas y estuvo seguro de hallarse en el lugar en el que empieza el mundo. Su espíritu se encontraba inmensamente vivo.

La lección de aquel día no se llevó a cabo en el jardín de Angus. Esa vez el monje y su pupilo fatigaron el camino de piedra donde es azul la arena, rumbo al extremo norte de la abadía. El viejo Angus saltaba y escalaba casi a la misma velocidad que Liut, sólo que no dejaba de quejarse, mucho extrañaba en aquel momento sus blancas alas. Durante el trayecto la lejanía se erizó de montañas de diversas formas y tamaños. Siguieron por el laberinto que no tiene sendero hasta alcanzar el punto más alto. Tan pronto llegaron se postraron en una escarpada roca del monte desde la cual se observaban las montañas detrás de las montañas.

Liut bajó la cabeza y advirtió que estaba sentado en una piedra labrada con forma de manos superpuestas. A su derecha se encontraban los restos de una escultura, un magnífico serafín con tres pares de alas vigilaba el horizonte.

Angus inició su lección:

—Antes de que comencemos con el manejo de armas deberás comprender algunos pensamientos metafísicos, es decir, pensamientos que están más allá de lo que perciben los sentidos, y aunque esto suene a nada es algo de lo que te he hablado desde el primer día que llegaste con nosotros.

"Escucha: he mencionado las antiguas montañas, he mencionado la vida y la muerte, el orden lógico del universo, los misterios del alma humana. El organismo no es más que un obediente animal al que le basta la limosna del descanso, un poco de agua y comida, para continuar, abatido o eficaz, con su existencia. No hay placer más complejo que el espiritual, al cual únicamente se accede por el camino del esfuerzo. El número de pueblos no es infinito, el viajero que recorra el mundo acabará, algún día, por haberlos pisado todos —el muchacho lo miró con admiración y asintió con la cabeza—. Ahora bien, dejaré que reflexiones sobre ello y comenzaremos de inmediato con el entrenamiento físico. Recuerda siempre lo que escribí hace cuatro mil años: *"mens sana in corpore sano"*.

"Para aprender a defenderte del enemigo primero debes saber de dónde proviene, cuál es su origen; por lo tanto, debes conocer el orden que rige a las tropas celestiales, para que sepas dónde se genera su fuerza y cuáles son sus debilidades. Presta mucha atención; si te concentras, mis palabras estremecerán lo más profundo de tu alma y evocarán en tu mente las imágenes que tu padre te ha heredado. Tú, como un sephyro, tienes mayor responsabilidad que cualquier ser de este planeta. La conciencia nos convierte a todos en cobardes, y con eso me refiero a que el conocimiento es un arma poderosa y autodestructiva, pues cuando uno tiene la comprensión de que puede trocar la injusticia y el dolor por el amor y la caridad, pero no hace nada al respecto, pues… Con tu naturaleza has recibido habilidades, dones y secretos al que ningún humano sería capaz de acceder."

Liut estaba atento a las palabras de su maestro, se sentía poderoso, capaz de lograr cualquier cosa; sus ojos se tornaron azules, estaba listo para empezar la lección.

Angus hizo un reverencia a la estatua del serafín, volteó hacia el cielo y esbozó una sonrisa, entonces declamó con voz solemne:

—En el inicio existía sólo el Padre, la gran mente creadora había meditado en la inmensidad de su energía durante tiempo infinito. En determinado momento comprendió que ya no debía estar solo, hacía eones que había adquirido la capacidad de transformar la oscuridad en luz, de crear a un ser semejante a su naturaleza, de darle forma al vacío y fundar el universo.

"En medio de la sombra más negra que haya existido cerró Dios su puño de luz y formó el fuego. Abrió lentamente la mano y contempló la vida. Con un ligero soplo millones de chispas rojas, amarillas, blancas y naranjas comenzaron a surgir y se dispersaron entre sus grandes dedos luminiscentes resplandeciendo y desplazando a la Nada. Con la otra mano moldeó una esfera eléctrica de energía blanca que poseía un núcleo rojo. La esfera comenzó a irradiar rayos violáceos y se encendió tanto que hubiera dejado ciegos a los seres vivos de nuestro planeta. Finalmente, abrió Dios sus manos y lanzó la esfera hacia el naciente universo. El primer sol del cosmos había sido formado y brillaba intensamente en medio de la negrura. Un magnífico y colosal ángel con cuatro pares de alas de fuego salió de la esfera con una inmensa explosión que irradió energía a lo largo de la mitad del universo, dotándolo de lunas, cometas y estrellas.

"'Luzbel, que significa luz bella, será tu nombre —sentenció, orgulloso, el Padre—. Tus ojos de luz formarán galaxias llenas de vida, color, cantos y armonía. ¡Abre tus ojos, Luzbel, es tiempo de que sea Tiempo!'

"El majestuoso ángel entreabrió lánguidamente unos ojos que brillaron y llenaron de luz la mitad del universo en la que persistía un vacío de oscuridad. Después exhaló con fuerza y un estallido surgió de su aliento. Una nebulosa de luz, gases y partículas se esparcieron inimaginablemente rápido y crearon el Caos.

"Al ver el Padre el resultado de su obra, llamó a su hijo y expresó:

"'Luzbel, la primera lágrima de Dios cayó cuando extendiste las alas. Mi tarea apenas comienza, es preciso que me ayudes a dotar de vida y hermosura a varios planetas.'

132

"'Se hará como tú digas, ¡Oh, poderoso Padre! —respondió el hijo pródigo.'

"'Crearé una legión celestial que nos asistirá en la Creación —exclamó el Padre—, cada uno tendrá una función definida y juntos poblarán el universo con múltiples tipos de existencia, forma y belleza.'

"Entonces integró Dios en sus manos agua, fuego, polvo y viento, una masa informe a la que añadió varios elementos etéreos que la mente humana jamás entendería. La masa comenzó a retorcerse como si tuviera vida propia, exhaló Dios su aliento sobre ella y uno a uno comenzaron a surgir ángeles de diferentes jerarquías y, por lo tanto, de incomparables formas. El Padre estaba henchido de orgullo. ¿Por qué había esperado tanto para la creación? La respuesta era simple: "todo tiene su tiempo".

"Los seres de luz se dividieron en ángeles, arcángeles, principados, potestades, virtudes, dominaciones, tronos, querubines y serafines.

"Desplegaron sus alas y con un aleteo demencial comenzaron a sobrevolar el universo al tiempo que dejaban caer polvo estelar y entonaban cantos cuyas vibraciones otorgaban estabilidad y movimiento a algunas estrellas, y formaban montañas y vegetación en otras. Las lágrimas de alegría del Padre llenaron planetas con océanos que se alimentaron de las partículas siderales que los ángeles soltaban, creando de aquella forma las primeras formas de vida animal…"

Liut estaba maravillado, había mirado lo que el ojo humano no puede ver. Escuchado lo que los oídos no oyen.

Se había impregnado con la más bella historia de creación en el universo conocido.

Angus concluyó:

—Parte de esta historia estoy seguro de que las has visto en sueños, y si no es así, pronto aparecerán —el pupilo interrumpió con agitación:

—La noche en que tuve la visión en su alcoba pude ver imágenes cósmicas, aunque no eran precisamente del momento que usted refiere, sino de eventos que sucedieron después. Aún hay muchas cosas que no entiendo, ¿por qué la guerra donde el amor imperaba?, ¿por qué Luzbel se rebeló contra Dios cuando tanto lo quería?

—La información que te revelo, muchacho, está dosificada a partir del grado de madurez que observo en ti. No quiero que te vuelvas loco antes de tiempo. ¡Ja, ja, ja! El atardecer casi comienza, hemos pasado el día descifrando ángeles y providencias. Es hora de que cumplas con tus obligaciones en la cocina pues si por alguna razón crees que ahora que te entrenaré dejarás tus antiguas labores, estás muy equivocado; todo lo contrario, tu trabajo será más duro que nunca. Las respuestas llegarán en el momento que deban llegar. No antes ni después. Ahora, ayuda a este viejo a bajar de la montaña.

El hombre y el niño comenzaron el regreso hacia el monasterio, en la lejanía el sol se ocultaba detrás del mar creando idolátricas y cambiantes formas en el cielo, las nubes se hicieron amarillas y luego rojas, la montaña cambió de color y las aves celebraron el incomprensible evento con un canto ceremonioso.

Vida en el monasterio

Los meses siguieron su curso en la abadía. Debido a su condición de Sephyro cada año que pasaba Liut crecía un poco más de lo normal. El entrenamiento por fin se había orientado al aspecto físico. El muchacho salía de su aposento cada día a las cinco de la mañana, horneaba el pan y disponía los utensilios para que Bernardo pudiera preparar el desayuno, después bajaba corriendo por los senderos del monte hasta la pequeña bahía con la isla de piedra y nadaba diez kilómetros de ida y vuelta.

Aún no le había comentado nada a Angus de su visión en la isla de piedra, cada vez que pretendía hacerlo expresaba una idea totalmente diferente y no era sino horas después que se percataba del fallido intento.

Al salir del agua realizaba un variado tipo de flexiones y ejercicios. Después volvía a la cocina para desayunar con los hermanos, siempre y cuando el perezoso chef los honrara con su voluminosa presencia.

Al caer la tarde se encontraba con el hermano Angus en la cima de la montaña, donde las nubes ocultaban las ramas de los árboles.

En esa parte del entrenamiento su maestro insistía:

—Verás, muchacho, para vencer a un ángel caído no bastará con tu gran fuerza física, los ejercicios que realizas diariamente no son rival ante los poderes de luz que puedes desatar con tus manos.

"Hoy hablaremos de la marca que tienes. Yo también tengo una en mi mano derecha, pero no es igual a la tuya.

La marca que tú tienes es una leyenda. Cuando el jardín del Edén fue cerrado con la llave de fuego surgió el rumor de que existía una profecía que el querubín del sexto cielo había descubierto por error. Y ese error le costó muy caro pues fue desterrado al Limbo."

—¿Cuál era la profecía? —preguntó el muchacho.

Angus, un tanto impaciente, prosiguió:

—Mira, todos los ángeles, absolutamente todos, portamos nuestro nombre grabado en la mano con el fuego de Dios. Es el bautizo de los seres de luz. Los Sephyros, si las tienen, poseen marcas muy débiles —Angus miró fijamente al muchacho, esperaba que lo que le iba a revelar no corrompiera su ánimo—. La marca que tú tienes es el ojo divino de Dios. Es la misma marca que tiene Luzbel, sólo que la suya está distribuida en dos partes, él es el único ángel que tiene una marca en cada mano, ahí reside su inmenso poder. La profecía habla de un Sephyro que posee la misma marca de Luzbel. Este Sephyro impedirá que el dominio de la maldad prevalezca en el universo.

Liut estaba atónito, sintió que una potente fuerza recorría su sangre, pero no pudo decir nada.

—No debemos precipitarnos —pronunció Angus—. Cuando naciste y vimos brillar la marca, tu padre, Larzod y yo, investigamos acerca de la leyenda. Comparamos tu marca con cientos y en aquel momento creímos que eras el elegido. Aún no estoy seguro, aunque los presagios consideran indicar que la profecía es verdadera. Lo cierto es que pronto lo sabré. Observa muchacho.

Angus subió las mangas de su hábito, estiró la mano derecha con el puño cerrado y mientras la extendía se escuchó un curioso zumbido. Al abrirla por completo un fuego rojizo bailaba etéreamente sobre ella, como si tuviera una pequeña antorcha. La cerró y el fuego se apagó. Después miró a su pupilo y alzó las cejas un par de veces, invitándolo a intentarlo.

Sorprendido y ansioso por probar si era capaz de semejante hazaña, Liut se concentró y cerró su mano, pero al abrirla sólo salieron pequeñas chispas de color azul, como si tratara de echar a andar un encendedor sin gas. Liut pasó aquella tarde y muchas otras, intentando una y otra vez encender fuego sobre su palma sin obtener los resultados que esperaba.

Con el paso de los meses perfeccionó la magia y ya era capaz de jugar con las llamas azules que creaba su mano derecha.

Angus le enseñó a formar con sus manos pequeñas esferas de energía azul que podían ser lanzadas contra cualquier atacante, pero le advirtió que sólo podría utilizar ese recurso de forma ofensiva y en caso de vida o muerte; de lo contrario, la esfera se volvería contra su propio cuerpo.

En una ocasión, mientras Bernardo consumía una abrumadora porción de camarones frescos que el hermano Desmond había pescado para celebrar el cumpleaños número noventa y ocho del hermano Romeo, se dio cuenta de que el horno perdía fuerza, pues las plumas negras llegaban al fin de su fuerza, lo cual significaría una catástrofe pues no habría pan para acompañar la comida.

Lo único que el cocinero hizo para solucionar el problema fue quejarse, pero Liut aprovechó la oportunidad para probar suerte con sus nuevos poderes. Entró a la cocina y se plantó frente al horno de piedra, generó una pequeña esfera de fuego azul y la lanzó a su interior. Esa energía fue suficiente para cocinar los panes casi instantáneamente. Vanidoso por su logro, el muchacho salió de la cocina y sonrío a los mudos tragadores de saliva. Le aplaudieron. Hizo una reverencia y se dirigió a la cámara de su maestro.

Cuando entró en la habitación observó que el monje acomodaba sobre una paca de paja un horrible casco con cuernos que tenía pintados insólitos símbolos en sus puntos cardinales. Luego sacó de su armario un arco muy raro, fabricado con una extraña madera azulada. La pieza ostentaba un decorado finamente aplicado con runas y plumas de metal en alto relieve. Entregó a Liut el arco y una flecha, y el muchacho, como siempre, preguntó:

—¿Para qué usar arcos y espadas si tenemos nuestros poderes divinos?

—Los caídos tienen un sentido del honor tan grande que siempre comienzan las batallas con armas tradicionales. Si violas ese código y utilizas tus poderes divinos, Metatrón se enteraría de inmediato y terminarías en el Limbo. Es por eso que debes dominar estos artefactos bélicos—. Angus continuó con voz melancólica:

—Las cosas no siempre fueron así. Antes nuestros poderes se utilizaban para la construcción y el desarrollo del universo, pero la guerra terminó con la mayoría de aquellos planes. Como ya te he contado, Luzbel se rebeló porque le fue ordenado proteger, servir y compartir sus conocimientos con los nuevos seres creados del barro. No pudo resistir que los humanos tuvieran su forma y semejanza. Entonces inició la conspiración y luego la guerra.

"Luzbel, junto con los ángeles que lo habían seguido, fue recluido en el núcleo de Valkos, el planeta de fuego que él mismo había creado. Muchos de nosotros fuimos asignados a ese mundo para evitar justamente lo que está sucediendo ahora. Valkos es un astro gigantesco cubierto de rocas y lava en su totalidad. Ahí construyó Luzbel el Infierno y envió un claro mensaje a sus aliados: la guerra debía continuar.

"Nosotros, ignorantes de sus malignos planes, seguíamos "controlando" a los caídos. Se reunieron en poco tiempo un formidable número de batallones y legiones que sólo esperaban las instrucciones de los generales proclamados por el príncipe para entrar en batalla. Los habitantes del planeta, seres fuertes y extremadamente inteligentes, aunque crueles y ambiciosos, aprendieron de las Virtudes a fabricar armas de energía cósmica, con un solo propósito: destruir a cualquier forma de vida que se interpusiera en el camino del derrocamiento del Padre.

Los seres de luz abandonamos Valkos. Ése fue nuestro gran error, creímos que la situación estaba bajo control y muy tarde nos enteramos de lo que se había fraguado bajo nuestras propias narices.

Una vez que volvimos a las alturas la guerra comenzó. En los patios del primer cielo esperábamos instrucciones del arcángel Miguel, quien mandó Coros y Potestades a investigar qué tramaban los rebeldes. El consejo celestial, al enterarse de la existencia de las armas de los Caídos mandó construir en los talleres de luz del segundo cielo lanzas y espadas para la inminente batalla. Otras armas más poderosas se mandaron cincelar a la estrella de los dos soles azules. Ahí, la evolucionada especie del planeta elaboró gran parte de nuestro armamento…"

Liut interrumpió:

—¿Cómo se llama ese planeta?

—Se llama Blezu, es el planeta de los dos soles azules —respondió Angus—. Te contaré el origen de ese mundo y de muchos otros. Lo que te voy a decir rompe con el esquema de conocimiento que posee el ser humano, pero espero que lo comprendas… El Terminado, Metatrón, el gran serafín, la voz de Dios, anunció la última tarea y petición del Padre a sus siete arcángeles. Dios ordenaba que cada uno de estos poderosos seres creara un planeta propio que tuviera las características y dimensiones que ellos escogieran. Una vez fundadas las superficies y particularidades de estos mundos angélicos ordenó el Padre que llevaran los arcángeles ante su presencia agua, fuego, polvo y viento o algún material inerte proveniente del planeta que cada uno había creado. Los hijos de Dios surcaron el firmamento sideral y recogieron sus muestras. Las ofrendas fueron presentadas en el séptimo cielo.

El Padre amasó con sus propias manos cada montón de materia que le habían ofrecido y le otorgó la vida a las criaturas pensantes que habitarían el universo. Las siete nuevas especies tenían diferencias físicas y de inteligencia considerables pero a la vez eran similares entre sí.

"Debes entender, muchacho, que el universo es ancho y ajeno. El arco que ahora tienes en tus manos fue fabricado en el planeta de los soles azules y es un obsequio de Larzod. Aparenta ser un instrumento primitivo, pero a diferencia de una bomba creada por el hombre, este arco es capaz de matar a un ser de luz."

Liut asintió, tomó la flecha, la acomodó en el arco, tensó la cuerda y disparó. La flecha traspasó un enorme y hermoso roble que el monje había plantado doscientos años atrás e hizo que se derrumbara. Angus, enojado, se dirigió hacia él, le pegó un grito y le arrebató el arma:

—¡Parece que aún no estás listo!

Liut cumplió dieciocho años y el entrenamiento se intensificaba cada vez más. Incluso hubo días en que sólo dormía dos horas, claro que su cuerpo de Sephyro le permitía tales excesos. Apuraba sus deberes en la cocina y el huerto para dedicar más tiempo al ejercicio, el manejo de armas, el estudio y la meditación. Bernardo, por su parte, notaba con creciente ansiedad la ausencia del joven sin que pudiera hacer nada al respecto. Pero un día se preguntó por qué no investigar para saber qué sucedía en esas largas jornadas en que ni pupilo ni maestro eran vistos por el monasterio.

Un día decidió saciar su curiosidad. Liut lavaba los platos de la comida apresuradamente, terminó, dejó su mandil a un lado y listo para salir traspuso un pie en la puerta, pero el cocinero lo detuvo interponiéndose en el quicio.

—Sht, sht, momentito, joven. ¿A dónde vas con tanta prisa por las tardes? ¿Crees que no me doy cuenta? Cada día te apuras más en cumplir tus tareas y luego desapareces. Angus es como un fantasma, ya nadie lo ve ni habla con él. ¿Qué están tramando? —preguntó, de manera fisgona.

Liut, confiado y tranquilo, respondió:

—Sólo voy al bosque a leer en compañía del hermano Angus, y también a hacer un poco de ejercicio que, por cierto, no te caería nada mal, ¡panzón! —y le dio unas palmaditas en la barriga.

Liut pasó junto a un Bernardo que se negó a moverse un solo milímetro, se atoró con él en la puerta y después de un breve forcejeo, barriga contra barriga, logró librarse del cachalote humano y salir corriendo. El cocinero se quitó el mandil y murmuró entre dientes:

—¿A leer? Hum… se me hace que este diantre esconde algo.

Bernardo salió dispuesto a perseguir a Liut. Aunque el muchacho le llevaba una ventaja considerable, tenía idea de a dónde se dirigía; alguna vez había ayudado al hermano Angus a reforestar su jardín y estaba casi seguro de que ese era el lugar al cual el muchacho escapaba en los ocasos.

Sudoroso y jadeante tropezó con troncos y arbustos, las ramas de los árboles arañaron sus brazos, se clavó espinas y las ortigas quemaron su piel, el bosque no es ambiente para una ballena. Luego de casi una hora en agonía por fin llegó hasta el pasaje por donde se ingresaba al jardín. El gordinflón se detuvo e inhaló grandes bocanadas de aire. Después de recobrar el aliento estuvo tentado a dormir una siesta en la frescura de la sombra de un hermoso ciprés, pero consciente de que las grandes empresas requieren de grandes hombres continuó su recorrido hasta un promontorio que le permitió observar como maestro y alumno perfeccionaban el arte del tiro con arco. Se arrastró sigilosamente entre las hojas y logró refugiarse detrás de una barda de piedra, desde ahí podría observar con sus curiosos ojos. Buscó algún punto ciego para espiar pero su excesivo peso echó abajo el frágil muro donde estaba agazapado.

Angus desenvainó su espada de entrenamiento al escuchar el estrépito de las rocas, y veloz como el viento giró hacia su izquierda colocando la afilada hoja de su arma en la garganta de Bernardo. Tenía los ojos encendidos y parecía dispuesto a degollar al cocinero.

—¿Angus? —lo llamó con nerviosismo Liut.

El monje reaccionó al escuchar la voz de su pupilo y muy despacio retiró la espada. Agitó la cabeza mientras abría y cerraba los ojos, clavó su arma en la tierra y gritó:

—¡Bernardo! ¿Qué estás haciendo aquí? ¡Pude haberte lastimado!

Bernardo tomó unas ramas del suelo, se las mostró al monje y tartamudeó:

—¡E… es… esta… estaba re… re… rec… reco… ¡recolectando…!

Angus, que detestaba las mentiras y les atribuía gran parte de la culpa de los males de este mundo, hubiese querido decapitarlo, pero se limitó a preguntar:

—¿Recolectando?

El cocinero, abrumado por el interrogatorio, confesó a gritos mientras colocaba una mano sobre su frente para que no le vieran los ojos:

—¡Está bien!, ¡está bien! Decidí seguir a Liut pues me moría de curiosidad por saber a dónde iba todas las tardes.

Angus, complacido de que el pecador aceptara su falta, le dijo:

—Bueno, ahora que sabes la verdad, nos serás de gran ayuda en el entrenamiento.

El cocinero no dio crédito a sus oídos. ¡Él también sería entrenado como un caballero! Se levantó del suelo con un pequeño salto, pero sus rodillas no pudieron soportar el impacto y volvió a derrumbarse; sin perder el talante preguntó desde el suelo:

—¿Hermano, de verdad me enseñará a manejar armas? ¿Seré como un caballero templario? Yo siempre quise ser un caballero templario, hermano Angus, un caballero como Ricardo Corazón de León. No lo decepcionaré hermano, no se arrepentirá. Usted verá que yo…

El monje extendió su mano más que para ayudarlo a levantarse para que se callara y expresó:

—¿Templario? No sé. Quijote, tal vez. Pero tendrías que adelgazar como doscientos kilos, lo que si te aseguro es el nivel de Sancho Panza.

Bernardo no entendía porque lo habían atado a un árbol y le habían puesto una manzana sobre la cabeza. Su ágil mente le indicó que tal vez la prueba consistía en que con

su increíble fuerza rompiese las cuerdas que lo aprisiona-
ban, ¿y la manzana?, era el dulce premio por la empresa
lograda. Comenzó a tensar los músculos de su cuerpo
para reventar sus ataduras, en cinco segundos estaba tan
rojo como un tomate deshidrato al sol. En cada nuevo
esfuerzo respiraba con pesadez y emitía chillidos de ratón.

Angus sonreía. Se acercó a Liut y le dijo en tono de
broma:

—Esto es mucho mejor que los montículos de paja, ¿no
crees? —y señaló una paca repleta de flechas incrustadas.

Liut no se notaba entusiasmado, de hecho comenzaba
a angustiarse. Bernardo, inmovilizado por las cuerdas, se
puso pálido al observar la paca de paja que tenía flechas
clavadas por todas partes excepto en el blanco.

Angus reconvino a Liut:

—Ahora tendrás que tener verdadera confianza en
ti. Si no confías en ti ni el mejor entrenamiento podrá
convertirte en un gran guerrero. La fe, hijo mío, mueve
montañas y parte océanos —y murmuró para sí mismo—:
Yo lo he visto.

Bernardo estaba a punto de un ataque de pánico y justo cuando iba a empezar a gritar Angus volteó, lo señaló
con el índice y lo miró fijamente. El cocinero supo que
debía tranquilizarse, tragó saliva y le preguntó a Liut:

—¿Qué dijo?

—Nada, tú cierra los ojos —respondió con gravedad
el muchacho.

—¡Ay sí! ¡Tú, cierra los ojos! Me hubiera quedado en
la cocina. Es hora de mis panecillos con mermelada y yo

atado a un árbol a punto de perder la vida —masculló entre dientes.

Liut creyó estar listo, miró la obesa masa que se retorcía delante de él y declaró:

—No puedo dispararle a Bernardo en la cabeza ¿Y si fallo?

—No le vas a dar en la cabeza, vas a darle al centro de la manzana. Tú puedes, visualiza el blanco, concéntrate muchacho —afirmó Angus.

Liut tensó la cuerda del arco, la mano le temblaba. Bernardo emitió su característico y agudo chillido de ratón. El muchacho cerró los ojos y soltó la flecha. Al ver que la saeta se dirigía a su rostro el cocinero se agachó lo más que pudo, escuchó un sonido seco y tambaleante y observó que la flecha se había clavado justo en el lugar del cual había movido su cabeza. Entonces comenzó a gritar con horror, desesperado. Angus, molesto con Liut y con Bernardo, se dirigió al cocinero arrancó la flecha del árbol y exclamó:

—¡Bernardo!, ¡estás gritando como una niña, contrólate!, ¡hombre de Dios, contrólate! —y mientras gritaba escupiendo saliva le propinó dos tremendas bofetadas. Luego continuó su regaño—. Querías ser un templario ¿o no?

Bernardo respondió lloriqueando:

—Pero no así. ¡No así!

A manera de respuesta el monje apretó aún más la cuerda que lo abrazaba al tronco. Colocó nuevamente la manzana sobre su cabeza y dijo con los ojos cerrados, tanto para él como para su pupilo:

—Fe... fe... y más fe. Sólo así lo lograremos.

El cocinero asintió y se esforzó por guardar silencio, entre dientes emitía súplicas de perdón al Padre. El monje volvió con su pupilo y le atizó un golpe en la cabeza.

—Y tú, concéntrate. Nunca, pero nunca, cierres los ojos ante el enemigo, si lo haces es seguro que morirás. Debes verlo a los ojos con seguridad, como si no tuvieras nada que perder. Vamos, inténtalo de nuevo. Pero si vuelves a fallar estarás tú en el árbol y Bernardo con el arco —amenazó.

Liut acariciaba su cabeza por el fuerte golpe, tomó la flecha que Angus sostenía y apuntó directo a la manzana sin dejar de mirar fijamente a Bernardo, el cual se veía más asustado que nunca.

Liut disparó la saeta y partió limpiamente la manzana en dos. Bernardo creyó que el crujido había sido el de su cráneo y se desmayó.

La ética de un Sephyro

Después de aprender el uso de las armas y el manejo de la energía básica, Angus instruyó a su pupilo en el arte de los cuatro elementos, conocimiento ocultado a los humanos. Liut debía conocerlos y aprender a utilizarlos si quería sobrevivir a la descomunal fuerza de las hordas del príncipe de Valkos. Uno por uno estudiaron el poder, significado y manipulación de los elementos: agua, fuego, tierra y viento. Lo que más le interesaba al maestro era la ética que debía aplicarse una vez adquirida esa sabiduría vedada a los hombres. El muchacho debía comprender en primer lugar lo colosal y complejo que es el universo que el Padre creó, debía entender el proyecto divino y anteponerlo sobre cualquier sentimiento, emoción o deseo humano.

El monje debía enseñar a su pupilo que antes que cualquier cosa estaba el Padre y su proyecto, porque si el Sephyro era corrompido por Luzbel la guerra sería inevitable, y las consecuencias funestas para los habitantes del cosmos. Angus, a pesar de haber sido ascendido a Grígori, nunca dejó de ser un ángel de nivel bajo, y comparado con los arcángeles su fuerza era insignificante; además, carecía de los preciados conocimientos que estaban fuera de su jerarquía. Sin embargo, sabía que si su pupilo resistía a las tentaciones del enemigo, la tenebrosa corrupción del alma que embriagaba los corazones de poder, su entrenamiento habría sido exitoso.

Una mañana de verano en que Liut había llevado a pastar un pequeño rebaño que Bernardo había ganado haciendo apuestas en la plaza del pueblo, percibió un insólito viento frío en la hora en que el calor prácticamente derretía las piedras del monasterio. Interrumpió su contemplación y notó que faltaba una oveja de las catorce que había llevado. Empezó a llamarla a voces, tomó su bastón, colocó su mano sobre la frente como si fuera un vigía que oteara el horizonte y aguzó su fino oído. El viento helado incrementaba su fuerza, incluso lo hizo tambalearse justo cuando escuchó que el animal extraviado se quejaba en la lejanía. Liut calculó que estaría a un kilómetro, más o menos, de los lastimeros balidos. Velozmente se abrió paso entre ramas y hierba con su cayado, iba tan rápido que sólo veía una miríada de hojas y ramas a su paso. Los balidos cesaron y detuvo su carrera, caminó despacio hasta un enorme arbusto que le tapaba la vista, lo hizo a un lado con las manos y se quedó petrificado al ver la imagen que apareció ante sus ojos.

Frente a él se alzaba el mismo bosque que había visto en aquella terrible visión que Luzbel utilizara para tratar de engañarlo al presentarle la figura de su madre. ¡Ahí estaba el gigantesco árbol cuyas raíces se abrían para permitir el paso! Era enloquecedor, no era una visión, se sentía normal, su mano no brillaba, no tenía náuseas ni vértigo; sintió que la cordura quedaba a un lado y se sumía en un reino de pesadilla y sin razón. Parecía estar en otra región del mundo, ese bosque no correspondía a la flora de la montaña. Además… era de noche… ¡En el nombre del Padre! ¿qué clase de magia era aquella? Trató de lograr agilidad y relajamiento, respiró profundo y escuchó el quejido de su oveja. ¡Ahí estaba! En el hueco del gran árbol.

No lo pensó dos veces y se arrastró hacia el interior de la imponente secoya. Se dio cuenta de que el animal estaba herido, lo acarició para tranquilizarlo, después quitó las vainas espinosas que ahorcaban su cuello y lo liberó de su calvario de dolor y soledad. La oveja se fue dando saltitos y Liut examinó el interior del árbol. Sintió que el suelo se movía bajo sus pies. Despejó la tierra con las manos hasta que se volvió húmeda, una roca de extrañas características sobresalió entre el lodo y las hojas… una piedra que tenía grabada la marca del ojo de Dios. Se estremeció al constatar que era idéntica a la marca que él tenía. La luna depositaba sobre la roca una luz temblorosa. El Sephyro había enmudecido y estaba inmovilizado por la impresión. Un balido lo devolvió a la realidad; azorado, colocó la marca de su mano sobre aquella superficie rocosa y una implosión de luz azulada dio lugar a que la piedra se moviera y revelara lo que parecía ser una pequeña caja fuerte de un extraño metal anaranjado. El cofre se abrió por sí solo, una pluma metálica salió flotando y luego descendió de forma ondulante sobre la mano del muchacho. Liut apretó la pluma con fuerza y se percató de que en la caja había un pergamino anudado con un pedazo de cuero. Lo extendió sobre un pedazo de tierra seca, una carta y la mitad de un mapa estaban en su interior. El gimiente ulular del viento se hacía cada vez más fuerte y la danza de los rayos de luna parecía ser más y más rápida hasta que creó un efecto de estroboscopio. De pronto, escuchó los sonidos de una apacible música distante. Se recostó en el árbol y leyó el pergamino escrito con runas angélicas:

"Hijo mío, te escribe tu padre, Arel, si encontraste mi pluma y esta carta es que ya has alcanzado la edad y madurez necesarias para continuar con mi honorable misión. Ésta te liga a ti y a tus descendientes por la luz y la sangre que nos une. Deberás viajar a España, buscarás un pueblo con el nombre de San Raffelo, ahí asistirás a la universidad y estudiarás lo que pienses que te pueda ayudar a concluir la misión. En la biblioteca de ese lugar deberás buscar un libro en el que dejé escondida la otra mitad de este mapa. Por razones obvias no puedo revelarte su nombre, pero te dejo un acertijo que deberás resolver para poder encontrarlo: 'no es la Biblia, tampoco es una novela sino un cuento de supervivencia entre gigantes y un reino que ganar'. Ahora bien, no te precipites en ir a buscar el mapa, habrá una clara señal que te indicará que el momento ha llegado: cuando veas a los caídos matar en nombre de Dios, podrás descifrar el acertijo. Recuerda siempre que cada cosa tiene su tiempo."

El muchacho cerró los ojos y deseó intensamente tener una visión de su padre, pero nada sucedió. Cuando los abrió el sol lo deslumbró, el bosque extraño había desaparecido y se encontraba nuevamente en la maleza del monte que tanto amaba. Era de día otra vez. Volvió a enrollar el pergamino, guardó la carta y el mapa en su bolsillo y regresó al monasterio sin dejar de apretar fuertemente la pluma que su padre le había dejado.

Después de la comida Angus se retiró a leer en las escaleras de su habitación, la sinfonía del mar y su brisa refrescaban su barbado rostro y su espíritu.

Liut subió apresurado las escaleras, la pluma metálica de Arel colgaba de su cuello, se sentó junto a su maestro y se dispuso a contarle la fantástica experiencia que acababa de vivir. Pero antes de que comenzará, Angus se le adelantó:

—Así que encontraste la armadura de tu padre —expresó, con la mirada fija en el océano.

—¿Cuál armadura? Sólo encontré esta pluma y un pergamino —respondió Liut, extrañado.

—En algún lugar de mi biblioteca guardo un libro escrito por Larzod —comenzó a decir el monje—. Contiene una exhaustiva investigación del origen y funciones de este maravilloso obsequio que acabas de recibir. Ya lo leerás en otra ocasión.

"Ahora te diré lo básico para que conozcas el funcionamiento y propósito de las plumas metálicas. Si la tocas dos veces con tu mano derecha y pronuncias ciertas palabras que después te enseñaré, la pluma flotará y comenzará a multiplicarse exponencialmente hasta cubrir tu cuerpo por completo con una sólida armadura. No hay arma que el hombre haya fabricado que pueda destruirla. Si la tocas una vez y la tomas firmemente con tu mano izquierda se convertirá en tu espada de combate. Esta pluma funciona como resguardo y guía en el universo para los ángeles.

"Después de que te bauticé, tu padre escondió esa carta junto con su armadura en algún lugar de la montaña. Luego partió con tu madre hacia los Alpes y nunca volví a verlos."

—En el orfanato me dijeron que mis padres habían muerto en un incendio —dijo el muchacho.

Angus negó firmemente con la cabeza.

—Fueron descubiertos por Atalus y Caín.

—¿Caín? ¿El que mató a su hermano? No puede ser.

—Así es, Caín el maldito, cuya sangre se diseminó entre los humanos e hizo cundir la maldad en el mundo —al ver que el muchacho iba a hacer otra pregunta el monje lo atajó—: Sí, sigue vivo, la fuerza oscura es inmensa. Por favor no hagas preguntas hasta que termine de hablar —y prosiguió con la historia—. Una vez que Atalus y Caín los descubrieron —Liut quiso preguntar si Atalus era el mismo ángel caído que había luchado con Larzod en el orfanato, pero se contuvo— utilizaron a Sara como rehén para forzar a tu padre a revelar la ubicación de la espada de fuego. Arel no habló y ambos fueron asesinados. Tu madre te había escondido en un baúl en el que, gracias a Dios, te quedaste dormido. La policía te encontró al otro día, llorando desesperadamente en un cuarto donde dos cadáveres habían sido horrible-mente descuartizados, supusieron que eran tus padres y decidieron llevarte al orfanatorio.

"Esa es la verdad de la historia. Ahora que lo sabes y tienes las instrucciones de tu padre en tu poder, mi misión ha terminado. Llegó la hora de que continúes tu camino solo. Te he dado las bases y las reglas. Una enorme res-ponsabilidad pesa sobre tus hombros, de ti depende que Luzbel no tenga nunca la espada de fuego."

Liut respondió con solemnidad:

—No lo defraudaré, maestro, aplicaré con sabiduría lo que hasta ahora he aprendido.

Los preparativos para el viaje estaban listos, Liut navega-ría el Jónico y el Adriático hasta llegar al norte de Italia, ahí emprendería la travesía en tren hasta el pueblo de España donde estaba su nueva residencia.

Angus había enviado una carta de recomendación an-gélica porque, cuando nadie lo veía, esparció misteriosos cristales transparentes sobre ella. La carta, dirigida al consejo que se encargaba de inscribir a los alumnos, causó la mejor de las impresiones y, a pesar de no contar con papel alguno que avalara sus estudios, Liut fue admitido para cursar estudios de arqueología. Había escogido la carrera que lo guiaría por los caminos de la historia precisa de la humanidad.

Bernardo organizó un banquete pantagruélico para despedir a Liut. Los catorce hermanos estuvieron presentes y comieron y brindaron a la salud del muchacho.

Después de la comilona Liut regresó a su habitación con una vieja maleta de piel que el hermano Angus le había regalado; se sentó en una silla y examinó el interior de su nuevo bolso. Encontró un papel viejo y amarillento, lo abrió, se trataba de una cédula profesional de médico, escrita en alemán y con sellos nazis. Bernardo entró en ese momento y con cara larga preguntó:

—¿Cuándo te vas, hermanito? ¿Por qué no te quedas con nosotros? Éste es el paraíso —afirmó, mientras mordía la pierna horneada de la oveja que Liut había salvado en el bosque.

El muchacho guardó el papel en la maleta y respondió con seriedad:

—Debes comprender que mi camino es diferente al tuyo, tengo una misión muy importante y es preciso que me vaya. El pasado me acecha y si me quedo aquí, los caídos terminarán por encontrarme. Los signos se han mostrado con profundos significados, los años han pasado y hoy somos más grandes y fuertes; todo tiene su tiempo, Bernardo, todo tiene su tiempo. Mira —le dijo y lo abrazó—, el enemigo me está pisando los talones; tú, más que nadie sabes acerca de mi extraña vida, muchas noches te he contado extraordinarias anécdotas hasta que te quedas dormido. Bueno, pues por fin he encontrado el significado de mi existencia. Debo irme, hermano, pero te llevaré siempre en mi corazón —en ese momento Liut lo soltó y se alejó un par de pasos.

El cocinero expresó con abatimiento:

—Lo sé y lo comprendo, parece que fue ayer cuando, asustado como un ratón, entraste hambriento a mi cocina. Desde entonces supe que eras un excelente muchacho y que todo iría bien. Pues nada, visítanos alguna vez, siempre serás bienvenido.

—Vendré a visitarte, te lo prometo. Ahora voy a dormir, mañana daré el primer paso de un viaje de miles de kilómetros.

Liut se recostó, miró los murales en forma de doble A que estaban en el techo y se puso a recordar los buenos y malos momentos que había vivido en el monasterio. La noche se despidió de él con una brisa serena y se quedó dormido con el sonido del mar.

El sol se ocultó tras una espesa bruma y la mañana lucía enrarecida. Para el desayuno no hubo pan de doce granos ni avena ni canastos llenos de frutas. Liut estaba en el comedor, rodeado por los hermanos que le regalaban cosas. Lo equipaban para poder enfrentar el mundo terrenal.

El hermano Filio le confeccionó un saco a cuadros verde y café con la tela de su cortina. El hermano Apolonio le regaló su viejo reloj de oro; el hermano Ambrosio le proporcionó la brújula que había utilizado en sus tiempos de marinero; el hermano Romeo le obsequió una cantimplora. Angus ya le había regalado su viejo morral, tenía más de tres mil doscientos sesenta y seis años con él. Le dijo que era especial y le guiñó el ojo.

—Siempre que verdaderamente lo requieras, encontrarás lo necesario para sobrevivir —le explicó al entregárselo.

En su interior le dejó un libro de anotaciones con mapas y rutas que él mismo había trazado; correspondían a lugares secretos, ocultos al ojo humano, escondidos en el planeta Tierra y otras partes del universo.

Liut se despedía con grandes sonrisas y abrazos en la entrada del monasterio. Pronto descubrió que además de emoción sentía miedo, nunca había convivido con personas normales. Estaba cómpletamente listo y sentía la inseguridad que invade al hombre cuando se enfrenta a lo desconocido. Los nervios de su cuerpo temblaban, sus sentidos parecían haberse agudizado sobrenaturalmente. Sólo faltaba Bernardo, que llegó corriendo con un pesado bulto que rebotaba contra su lomo. Agitado y sollozante le entregó a Liut cincuenta sándwiches de varios sabores.

—Toma hermanito, para que los comas en el camino —Bernardo se abalanzó sobre él y lo abrazó, y con lágrimas en los ojos le pidió—: No nos olvides, Liut. Por favor, vuelve a visitarnos, cuidate mucho, sabes que aquí siempre tendrás un hogar y una familia.

El muchacho, triste y conmovido, declaró:

—Jamás podré olvidarlos y, por supuesto que volveré, esto es un hasta luego —y a Bernardo, que seguía llorando sin poder contenerse—: Tranquilo, volveré antes de que Dulcinea lo note.

Liut abordó la carreta con el hermano Angus; el Prieto, con paso cansino, comenzó su armonía minimalista de herraduras contra adoquines. No habían avanzado ni medio kilómetro hacia el puerto y el muchacho giró su cabeza para ver como se perdía en la distancia aquel paraíso en la tierra, el monasterio angélico que había sido edificado en un tiempo anterior a los hombres, la abadía que lo había escondido de la bestialidad inhumana de Atalus.

¡Atalus! Esperaba no volver a ver nunca a ese horrendo y terrible demonio; pero ya podía aparecerse cuando quisiera, las cosas serían diferentes, lucharían y lo vencería, terminaría uno por uno con los esbirros del príncipe infernal. Sonrió satisfecho y seguro de sí mismo. Las estatuas aladas lo despedían radiantes de energía positiva y el muchacho ya no se sorprendió cuando vio los ojos llenos de vida en el busto de un monumental querubín de mármol rojo. Su metempsicosis lo había vuelto fuerte y osado; el Tiempo había llegado, debería enfrentar a los hados del mal y vencerlos, tal era su empresa y la llevaría a buen término. Vengaría a su padre y su madre, protegería la espada de fuego y el reino del Padre estaría a salvo.

El maestro y su pupilo llegaron al puerto. Los rayos del sol se reflejaban sobre un cambiante océano y producían extraños juegos de luz y sombra. Las gaviotas graznaban enloquecidas pues un bote atunero descargaba su boqueante y epiléptica carga sobre la madera podrida del muelle. Un intenso olor a moluscos y vísceras marinas inundaba el ambiente. La gente caminaba en múltiples direcciones cargando bultos y maletas, los mercaderes seguían vociferando, como lo habían hecho toda la vida.

Angus detuvo la carreta y ambos descendieron. El monje sacó una bolsita de su hábito y se la entregó a su discípulo.

—Este crucifijo perteneció a tu padre —le mostró una cruz de madera engarzada en un anillo de metal del planeta Espiria—, ahora es tuyo, está hecho de una astilla de la santa cruz. Y estos dineros serán suficientes para tu manutención en la universidad —le explicó al tiempo que le entregaba una decena de pesadas monedas de oro macizo

Liut besó la cruz y admiró su nueva fortuna.

—Hijo, sé que comprendes que al no estar en el monasterio las cosas cambiarán, ya no estarás protegido en un refugio divino y serás vulnerable ante los caídos. Tengo fe en que Larzod te proteja y me mantenga al tanto de cualquier eventualidad que ocurra. Además, no olvides que en el mundo real las cosas son diferentes. La gente teme a las manifestaciones de lo que adora. No podrían soportar que les contaras tu vida, te encerrarían en el pabellón de los furiosos del primer manicomio que vieran. A lo largo de la historia los ángeles hemos rescatado grandes hombres de los hospitales psiquiátricos. Las personas comunes son incapaces de percibir la inmensa y tenebrosa existencia que ruge tan cerca de ellas; el hombre atraviesa la época donde cree no necesitar a Dios, la fe se está perdiendo. El alma es algo de lo que pocos se ocupan. En esta etapa del mundo se idolatra a un dios de papel.

—¿De papel? —preguntó el muchacho.

—Sí, hijo, de papel —sacó de su bolsillo un billete y tomó uno con su mano derecha.

—Sé que suena absurdo, pero este pedazo de papel decide quien es bueno o malo en el mundo moderno; el hombre ha violado, matado, y aniquilado civilizaciones enteras en el nombre del oro. Las personas viven y mueren completamente obsesionadas por el poder que les da el dinero. Millones de buenos hombres han fallecido por no tenerlo y otro tanto de almas malditas prevalecen en la tierra a costa del sudor y la sangre de los demás. Masacres, holocaustos, guerras mundiales, todo en nombre de este ídolo de papel. Y eso le da fuerza a Luzbel, él mismo encargó al demonio Oropel que corrompiera el alma de los hombres para que sólo se preocuparan por las telas que los visten, el número y calidad de cosas que tienen. Ese ángel caído susurra en los oídos de los hombres de espíritu débil para que cierren el corazón a todo sentimiento humanitario y dejen que países enteros sucumban por hambre y enfermedades endémicas y… —Angus se dominó, se dio cuenta de que se excedía ante el muchacho, ya se daría cuenta de la realidad y formaría su propia opinión—. Nunca olvides que es sólo eso, papel y, ¿te digo un secreto?, no lo necesitas para entrar al reino de los cielos.

Liut afirmó con la cabeza y el ceño fruncido. Aunque su maestro tenía razón, él tenía puesta su esperanza en la raza humana. Lo abrazó con fuerza y le agradeció:

—Nunca olvidaré sus enseñanzas, maestro Angus. Gracias por todo. Tenga fe y verá que soy el elegido. Sé que aún lo duda, que su corazón le dice que algo no está del todo bien. Pero yo soy el Sephyro de la profecía. No lo dude. Hoy, más que nunca, estoy seguro de ello.

El monje replicó:

—Hijo, los astros se alinean, el destino apremia, el tiempo de la piedad y el amor están amenazados. Los signos indican que eres el elegido, y como tal debes comportarte. Ve —dijo y dio la media vuelta— si las cosas salen según lo previsto nos veremos pronto. Dios mío —murmuró para sí mientras se alejaba—, espero que Liutpandro sea favorecido con tu infinita gracia.

SEPHYRO EL CANTO SEGUNDO

Diario Liutprando
Fragmentos

Orfanatrofio
Santa Teresa

suora di capucin

Registrazione

Il bambino è ora oficially giù la custodia dell'orfanotrofio da questo momento finchè è dell'età o ottiene adottato.

Nome   Liutprando

Età   2 anni

Documenti Certificato di nascita

Data

Liut 2 años: Registro oficial

de ingreso a Santa Teresa.

Leopoldo

Brilla
en las
noches

Marca
de mi
mano

Llut 5 años. Sus días en el orfanatorio.

Liut 7 años: Descripción de sus sueños y
apariciones en el orfanatorio.

Liut 9 años: Premonición de un
ataque de Atalus en el orfanatorio.

En este lugar la marca no me pesa,
al contrario me siento más vivo que nunca.
Hoy vi por primera vez el mar, el monasterio
se cubre con piedras angélicas y con la luz
del atardecer se pintan de colores mágicos.

Ningún dibujo que yo haga de esto
podrá ilustrar lo que mis ojos ven.

Ruinas

Angel
de Piedra

Aves

Negro

Liut 10 años: Llegada al
monasterio,la primera
vez que vió el mar.

Bernardo la
trota mejor q̃
a los monjes

Dulcinea

Árboles cerca de
comedor

Liut 10 años: Monasterio.

Liut 11 años: Trazos de vista
general del monasterio.

Cuarto
de Angus

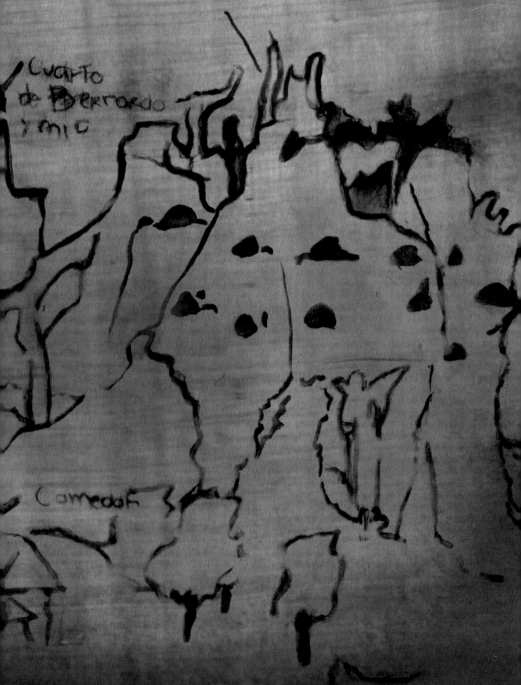

Sobre este gran Serafín de
piedra escuché las anécdotas
más increíbles que Angus
tenía para contarme.
sin duda sus lecciones darán fruto.

Liut 13 años: Estatuas
de diferentes coros
que ilustró durante
su entrenamiento.

Querubín

Yo.

El príncipe negro
desde su creación ardió
en fuego y los soles
que lleva en los ojos
dieron luz y vida al universo.

Su caída me parece lamentable, ahora
esos ojos de luz se transformaron
en sombras con un solo propósito:
odio y destrucción. Es difícil escapar
de los ojos eclipsados del príncipe
negro.

Espada de fuego

Liut 13 años: Visiones de la espada
de fuego y la creación de Luzbel.

Es difícil escapar de los
ojos eclipsados del
príncipe negro

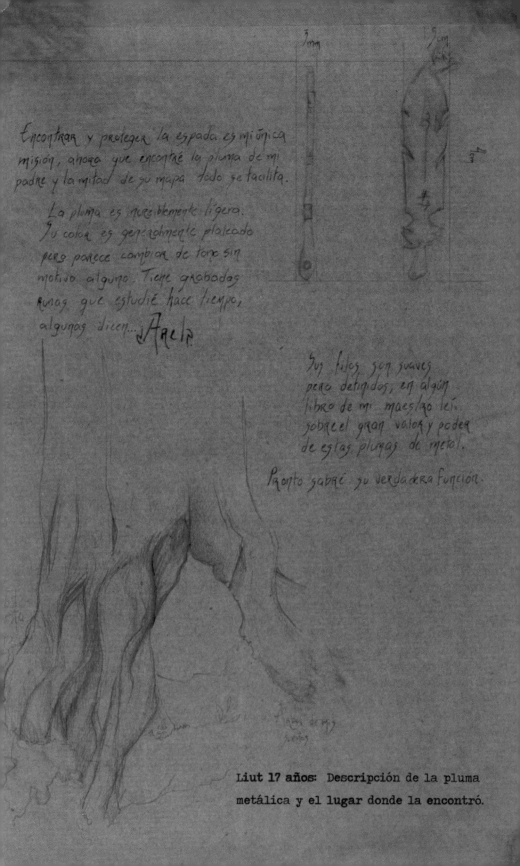

Encontrar y proteger la espada es mi única
misión, ahora que encontré la pluma de mi
padre y la mitad de su mapa todo se facilita.

La pluma es increíblemente ligera.
Su color es generalmente plateado
pero parece cambiar de tono sin
motivo alguno. Tiene grabadas
runas que estudié hace tiempo,
algunas dicen... ¡Aela

Sus filos son suaves
pero definidos, en algún
libro de mi maestro leí
sobre el gran valor y poder
de estas plumas de metal.

Pronto sabré su verdadera función.

Liut 17 años: Descripción de la pluma
metálica y el lugar donde la encontró.

Estímado Liutprando:

T e doy la más cordial bienvenida a tu segundo hogar,
la Universidad de San Raffelo. Me siento sumamente honrado
de tenerte entre nosotros. Sé, de antemano, la oportunidad y
responsabilidad que representa para ti el estar con nosotros.

Liutprando, la carrera de arqueología demanda un compromiso
no sólo con nuestra sociedad sino con la humanidad entera.
¡Siéntete orgulloso porque desde hoy, la verdad tú la construyes!
Esta universidad encarna los principios históricos e innovadores
que socialmente hemos construido a través de los siglos.

La institución demanda a nuestros estudiantes ser los mejores
y nuestra trayectoria en la excelencia académica nos avala.
Sé que contigo lograremos alcanzarnuestro objetivo.
Y que tú conseguirás que tus sueños se hagan realidad.

Recibe mis sinceras congratulaciones.

Lux, Ars et Libertas

Arqueólogo Adrián Vázquez E.
DIR. DE CARRERA

Liut 17 años: Carta de admisión a la universidad

Perséfone:

Ser perfecto creado del más puro barro,
tus ojos me cautivan e hipnotizan,
tus cabellos afectan cada poro de mi piel,
tus labios sanan mi lastimado ser.

Quisiera saber siempre qué piensas,
quiero saber qué sientes cuando te miro.

Deseo dibujar sonrisas en tu rostro de fino papel
hasta que tengamos que volver a la gran estrella.
Por favor bella musa, nunca sueltes mi mano,
sin tu guía estaría en completo obscuridad
y mis pensamientos se difuminarían en el limbo.

Canta por siempre a los vientos nuestro amor
para que los ángeles cuiden nuestros sueños
en nuestra humana oscuridad.

Cada átomo de mi ser, cada rayo de luz que poseo
es tuyo hasta el final de los tiempos

Liutprando

Liut 21 años: Una carta que Liut escribió
a Perséfone en la Universidad

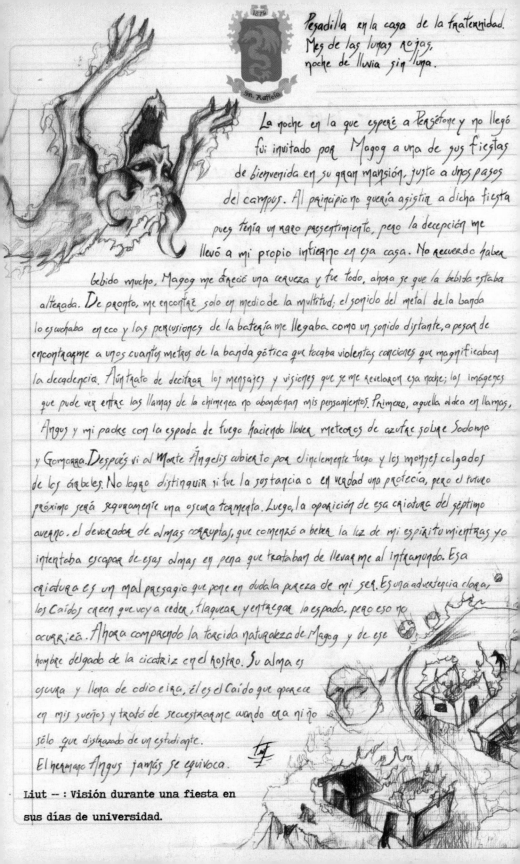

Pesadilla en la casa de la fraternidad.
Mes de las lunas rojas,
noche de lluvia sin luna.

La noche en la que esperé a Perséfone y no llegó fui invitado por Magog a una de sus fiestas de bienvenida en su gran mansión, justo a unos pasos del campus. Al principio no quería asistir a dicha fiesta pues tenía un raro presentimiento, pero la decepción me llevó a mi propio infierno en esa casa. No recuerdo haber bebido mucho, Magog me ofreció una cerveza y fue todo, ahora se que la bebida estaba alterada. De pronto, me encontré solo en medio de la multitud; el sonido del metal de la banda lo escuchaba en eco y las percusiones de la batería me llegaba como un sonido distante, a pesar de encontrarme a unos cuantos metros de la banda gótica que tocaba violentas canciones que magnificaban la decadencia. Aún trato de descifrar los mensajes y visiones que se me revelaron esa noche; las imágenes que pude ver entre las llamas de la chimenea no abandonan mis pensamientos. Primero, aquella aldea en llamas, Angus y mi padre con la espada de fuego haciendo llover meteoros de azufre sobre Sodoma y Gomorra. Después vi al Monte Ángelis cubierto por el inclemente fuego y los monjes colgados de los árboles. No logro distinguir si fue la sustancia o en verdad una profecía, pero el futuro próximo será seguramente una oscura tormenta. Luego, la aparición de esa criatura del séptimo averno, el devorador de almas corruptas, que comenzó a beber la luz de mi espíritu mientras yo intentaba escapar de esas almas en pena que trataban de llevarme al inframundo. Esa criatura es un mal presagio que pone en duda la pureza de mi ser. Es una advertencia clara: los Caídos creen que voy a ceder, flaquear y entregar la espada, pero eso no ocurrirá. Ahora comprendo la torcida naturaleza de Magog y de ese hombre delgado de la cicatriz en el rostro. Su alma es oscura y llena de odio e ira, él es el Caído que aparece en mis sueños y trató de secuestrarme cuando era niño sólo que disfrazado de un estudiante.

El hermano Angus jamás se equivoca.

Liut — : Visión durante una fiesta en sus días de universidad.

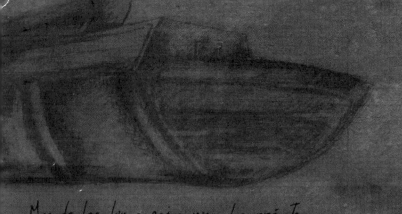

Mes de las lunas rojas, nunca las veré otra vez.

A quien lo lea:

Parece que de pronto mi misión está perdida en este plano; me encuentro sentado en el interior del arca de Noé; se conserva en perfectas condiciones en el interior de esta gran bóveda construida por Ángeles.

Volví al campamento lleno de dicha por haber descubierto la caverna y encontrado la espada y me topé una imagen de muerte y destrucción. Los guardias y el cocinero están tirados en la arena, muertos; Paul y Pierre no aparecen por ningún lado. En el interior de la única carpa que no fue incendiada me esperaba un ángel caído con una sucia máscara que retiró para dejar ver su podrida naturaleza; insectos repugnantes paseaban por su rostro sin ojos. Con una tétrica voz que se escuchaba en cada rincón del lugar, me amenazó en dialecto caído exigiendo mi vida y la espada a cambio de los únicos seres que amo y que tengo en este mundo que los humanos tanto se han empeñado en tornar gris con sus absurdas leyes y su desmedido crecimiento. Héspere, Angus, Bernardo y Saúl me aguardan sometidos por Caín y los Caídos.

No sé quién leerá estas mis últimas letras, si tuviera un hijo me gustaría que fuera él. Estoy lleno de pánico, mi cuerpo tiembla, mis manos no dejan de sudar y siento que no tengo fuerza, volví por la espada a la bóveda después de charlar al caído. Llegué a pensar un plan lleno de ira y estupidez, tomar la espada y combatir a Caín y los Caídos, pero justo antes de tomar el arma apareció el mismo ángel que me sacara de la sombra aquella horrible noche, apenas diferente a máscara sus perfectas alas blancas rematadas en puntas de flechas; portaba ya elegante máscara de cristal color perla con unas extrañas runas en dorado que yo logré verificar. Mi ángel guardián, enigma casi místico como nunca había visto a un ángel, me pidió que fuera tan cuerda a proporcionar la espada la vida de un puñado de hombres. Por un segundo en mi humana cabeza antepuse la paz del universo por mis deseos personales; debo admitir que a mi mente pasaban como un extraño genio, que mi madre por no haber salvado a mi madre, pero ahora me queda claro que sólo hizo lo que tenía que hacer, y yo haré lo mismo, no le entregaré jamás la espada a Lucifer, ni a Caín. Afrontaré la situación de frente para la última consecuencia, y sé que mi vida se perderá en el intento, por eso deseo decir esto.

La vida es el regalo más maravilloso que Dios nos pudo dar, en ocasiones seré gris, pero si tú ojos se esfuerzan un poco verás la gran gama de colores que la existencia ofrece. Los años son como suspiros y el tiempo avanza sin piedad; los planetas giran sin descanso al igual que las vías del río, por eso nunca te detengas, sigue adelante. Lucha siempre por lo que amas; cada minuto es decisivo, no pierdas el tiempo en cosas vanas y superfluas, recuerda que el plástico y el papel no entran al cielo. Disfruta en compañía lo que este mundo mágico te ofrece gratuitamente cada día que estés despierto; las estrellas, los atardeceres, la risa de los hijos, los insectos, contempla la perfección de un árbol, el sabor de la comida, la armonía de las aves, la brisa de la mañana, el frescor de la noche, el amor de una mujer. Disfruta pues, tu corto viaje por este mundo, porque la vela de la vida se extinguirá cuando menos lo imagines, será muy tarde para querer vivir entonces.

Yo, Liutprando, hijo de Sara y Abel, estoy agradecido con Dios por haberme permitido
surgir a tanto en un mundo lleno de tristeza.

Liutprando

Liut.— Última expedición. Monte Sinaí.

San Raffelo

Liut partió del puerto de Pilos rumbo a Venecia en un viejo transbordador, durmió una siesta en su camarote y salió a cubierta. Era una noche sin luna y las crestas de las olas se vislumbraban claramente sobre las inquietas aguas. La noche se volvía cada vez más oscura y, mar adentro, los barcos, invisibles para él, navegaban solitarios, produciendo murmullos agitados y lejanos.

Liut se sentía extrañamente acompañado por algo que merodeaba silencioso, más allá del nivel de su percepción. Era Larzod, que invisible volaba encima del barco y con un ensalmo divino lo protegía de los ojos malignos. Leviatán, el almirante infernal, controlaba el tránsito en los océanos y lo hubiera descubierto de inmediato de no ser por el angélico prodigio.

El muchacho estaba maravillado con el desierto de agua que se extendía, inconmensurable, ante sus ojos, y reflexionaba sobre aquella pretérita época en que el hombre se hallaba más cerca del océano materno, cuando las criaturas de las que procedemos yacían lánguidas en las soleadas y poco profundas aguas. Cavilaba, pues el estupor que le producía la contemplación del mar durante horas y horas le daba la capacidad de apreciar el momento con sentidos que parecían casi ajenos a la existencia humana.

Aunque estemos acostumbrados al océano, desde hace miles de años oculta un halo de misterio, como si algo, demasiado vasto como para tener forma, acechara en el universo líquido; como si una abrumadora entidad estuviese aguardando el día propicio para salir de entre las remotas aguas, para caminar sobre la tierra y reclamar lo que por derecho le correspondía.

Y precisamente, para evitar que eso sucediera había que proteger la espada de fuego.

Después de tres días de navegación el Sephyro tocó tierra firme. No se detuvo a visitar la magnífica ciudad y abordó el tren que lo llevaría a su destino. Día y noche observó el montañoso paisaje a través de la ventanilla. Pasó horas de tranquilidad y reflexión, estampando en su corazón las imágenes traídas por las variables campiñas.

La última noche de su recorrido en ferrocarril la atmósfera comenzó a oscurecerse paulatinamente hasta llegar a la negrura total. Liut se asomó a la ventanilla de su compartimiento y observó, sobresaltado, las siniestras espirales grises que se habían formado en el cielo. Era extraño estar fuera de casa, aislado bajo los tenebrosos cielos batidos por vientos salitrosos. Pero estaba bien cuidado.

Aquél, al que su propia sangre buscaría, lo protegía del horror que no cejaba su búsqueda.

Liut fue el único pasajero en bajar en aquella desolada parada. La vetusta estación de piedra y madera estaba desierta y tenía dos letreros, uno enorme que decía San Raffelo con letras góticas y otro que indicaba el camino a la universidad. Con su maleta de piel extraterrena y su apretado saco de cuadros verde y café, Liut recorrió los cinco kilómetros de asfalto que separaban a la estación de tren del pueblo. Después de un rato en que sólo vio casas aisladas en el monte, pudo observar y escuchar las campanas de la torre del reloj de la universidad.

Entró al pueblo por la calle principal. Atravesó el túnel que delimitaba el área habitacional del centro, donde se ubicaba el palacio municipal y una fuente de bronce dedicada a Neptuno. Observó, perplejo, la modernidad. Las construcciones y las personas eran totalmente diferentes a lo que estaba acostumbrado. Ensimismado y distraído no se percató de que un automóvil casi lo atropella, ¿qué clase de vehículo era esa bestia de acero? Su infancia encerrada en un orfanatorio que se obstinaba en pretender que la Edad Media seguía vigente y su adolescencia entre los mudos monjes no lo convertían en un joven muy cosmopolita que digamos. Una vez que vio gran cantidad de autos en la plaza comenzó a caminar lentamente, examinaba a las personas provenientes de diferentes países, los turistas, ellos le significaron la impresión más grande; se veían tan extraños con sus sombreros y sus cámaras.

Era una revelación del mundo actual. Las coloridas vestimentas, los autos, las mujeres, ¡las mujeres!, una turbación recorrió su sangre al contemplar la más perfecta y maravillosa obra del Señor.

El centro del pueblo se revelaba ante los ojos del Sephyro con esplendor. Las mesas en la calle, bajo el refugio de sombrillas verdes, se extendían a lo largo y ancho de la empedrada glorieta y le daban un tono acogedor a la plaza. Los olores de las deliciosas viandas que jamás había probado despedían su aroma en la calle y cautivaban su estómago. En contraste, en los callejones más oscuros el hedor a cañería era intenso y repugnante.

Liut atravesó la plaza y siguió de largo, cruzó por otro túnel hasta desembocar en la avenida Isaac Newton y ya se encontraba a unos cuantos pasos de la puerta de la universidad San Raffelo.

El Sephyro entró al campus vacío y contempló con admiración su nuevo hogar. La universidad tenía el aspecto de una mansión gótica; estaba llena de ventanales, torres, arcos y columnas del más puro estilo medieval; altos y extensos techos de tejas color verde olivo con caída de doble agua la coronaban, jardines perfectos con frondosos árboles la embellecían, ningún parecido manifestaban aquellos enrejados de flores, plantas colgantes y pequeños estanques con patos, ante el jardín de Angus. Le impresionó como el hombre había civilizado la naturaleza.

Caminó por un amplio sendero de canto rodado que atravesaba serpentino una verde explanada de pasto para desembocar en la entrada principal del edificio. La empedrada senda pasaba a un lado de la fuente central de la universidad, una hermosa construcción que hacía veinticinco años había remplazado al busto del santo patrono del pueblo. El manantial de bronce tenía nombre: *El paraíso perdido*, en homenaje al exegeta texto de Milton, y poseía una imponente estatua que representaba al arcángel Luzbel en el momento de su caída, rodeado de serpientes plateadas con ojos de aerolito escarlata. Al pie de la estatua había una placa con la siguiente inscripción: *Lux, Ars et Libertas*. Luz, arte y libertad, el juramento de la *alma mater*.

Esa fuente le recordó diversas imágenes que perturbaron su mente. Caminó hacia atrás sin dejar de verla y aceleró el paso para alcanzar la entrada. Aquella tarde, sintiendo el bullir en su interior del fuego de la vida, Liut presintió en la atmósfera el principio del fin.

Una vez dentro de la construcción siguió las instrucciones que le diera Angus, observó el mapa del campus y ubicó la sección de dormitorios. Cada edificio se distribuía y diferenciaba con nombres de personajes mitológicos. Se dirigió a la residencia Hidra, en la cual se ubicaba su nueva habitación. Atravesó nuevamente el jardín y ubicó la casa que le correspondía. Buscó su nombre en el periódico mural donde se publicaban los cuarto asignados y vio que le correspondía el 112. Subió con agilidad las escaleras, atravesó un largo pasillo con vitrales religiosos y llegó ante la puerta de su nueva vivienda.

Era una habitación pequeña, apenas una tercera parte de la que compartía con Bernardo en el monasterio, pero no necesitaba más. Colocó su maleta sobre la cama y observó, sonriente, su dormitorio; tenía los muebles elementales para hacer confortable su estadía. Un ropero de caoba, una pequeña mesa junto a su cama con una lamparita para leer, un escritorio frente a la ventana con vista a los jardines y una pequeña chimenea de cantera gris con un dragón labrado, el distintivo de San Raffelo. Una puerta interior lo comunicaba con la habitación de al lado; Liut, respetuoso como siempre, ni siquiera se acercó a ella; abrió su maleta y sacó sus escasas pertenencias; los libros de Angus, los recuerdos de su padre y su diario.

Ordenaba sus cosas en el escritorio cuando escuchó que tocaban la puerta interior, se incorporó y pensó quién podría ser, no había visto un alma desde su llegada, la puerta se abrió y dejó paso a una olorosa nube de humo.

—Espero que no te moleste —dijo un joven de aproximadamente treinta años, con un enorme habano entre los dientes.

El cabello despeinado le daba un aire vivaracho, y aunque eran las cuatro de la tarde estaba vestido con un pijama de seda negra con solapas en color tinto. El hombre, bien parecido, de mirada segura y sonrisa libertina, rompió el silencio:

—¿Qué tal compañero? ¿Puedo preguntar tu nombre? —investigó con tono aristocrático al tiempo que exhibía una gran sonrisa.

—Mi nombre es Liutprando —respondió, con amabilidad.

—¿Lut… qué? —su interlocutor casi se ahoga con el humo, le dio un ataque de tos—. No, no y no. No puede ser, eso no es un nombre, es una condena, una maldición, una manda. Pero bueno, como sea Lucas, bienvenido a San Raffelo en donde todos tus sueños se hacen realidad —expresó, con un dejo de desilusión en su voz. Carraspeó y se presentó—. Mi nombre es Paul Edward Hamilton Bingham, tercero. A tus órdenes.

Después de presentarse, el vecino comenzó a husmear por la habitación, evaluaba cada objeto y detalle hasta que se topó con el saco hecho con las cortinas del hermano Filio. Lo tomó en sus manos para examinar la textura de la tela y le dijo mientras lo señalaba:

—Y bienvenido al siglo XXI. No me dijiste que tenías una máquina del tiempo. ¿Dónde compraste tu ropa?, ¿en una tienda de antigüedades?

—¿Máquina del tiempo? ¿Cómo la de H. G. Wells? —preguntó Liut.

—¿Eh? ¿Ésa es la marca? Pues está horrible y perdóname que te lo diga, pero yo por nada de este mundo usaría ropa de ese diseñador.

—...

—Así que seremos compañeros por los siguientes cuatro años, si necesitas algo sólo toca la puerta, puedo conseguir lo que sea: chicas, fiestas, trabajos escolares, licor —apretó la cabeza con las manos y en su rostro se dibujó un rictus de dolor.

—¿Hedonismo? —preguntó Liut.

—¿Eh? ¿edo... qué? Eres muy raro, amiguito. Dices cosas muy extrañas —y en tono cínico y presumido remató—: espero contar contigo para los trabajos, exámenes parciales, tareas y esas cosas. Ya verás, Liam, ¡seremos un gran equipo!

—Puedes llamarme Liut, así me llamo desde los trece —le dijo el muchacho al darse cuenta de que su interlocutor jamás sería capaz de pronunciar su nombre.

—¿Liut? Pues no avanzamos mucho, pero algo es algo. En fin, voy a darme un baño. Nunca mezcles vodka con champaña. Ciao.

—Espera, dime una cosa. ¿Por qué no hay nadie en la universidad?

—Las clases empiezan pasado mañana. Por cierto, hablas muy bien el español pero se nota que no es tu lengua materna —dijo, esperando una respuesta.

—Mi lengua materna es el italiano, pero hablo trece idiomas. Lenguas vivas y muertas.

Paul alzó una ceja, salió de la habitación y azotó la puerta. Liut permaneció perplejo ante la extravagante personalidad de su nuevo compañero. El resto del día lo dedicó a recorrer las inmensas y bien conservadas instalaciones de la universidad, luego merendó en la cafetería del pueblo una pieza de pan con una taza de chocolate caliente.

En la noche, mientras observaba las estrellas desde su escritorio, dibujó y escribió en su diario las impresiones de aquel, su primer día en el mundo moderno.

Se levantó a las cinco de la mañana e hizo sus ejercicios, tomó un baño y aseó su habitación; estaba listo para iniciar el día. Se sentó a leer y después de un rato Paul tocó la puerta y entró sin esperar respuesta. Su bata de terciopelo negra estaba manchada y sus cabellos despeinados. En su rostro aún había marcas de almohada y sus ojos estaban hinchados; además, apestaba a cerveza rancia. Dio un enorme bostezo, estiró los brazos emitiendo un sonido extraño de semiesfuerzo y dijo:

—Buenos días, vecino, ¿quieres desayunar en mi cuarto? Ordené unos huevos benedictinos, son la especialidad de Pierre.

—Claro. Gracias, en un momento estoy contigo— dijo Liut, mientras cerraba el libro que leía, tomaba su reloj de mano y guardaba recelosamente el saco que le había dado el hermano Filio.

Al entrar al cuarto de Paul quedó sorprendido por la amplitud y ostentación del espacio. Era una recámara muy lujosa, nunca había estado en contacto con los objetos favoritos de Oropel y la verdad es que se sintió muy a gusto. La habitación contaba con un desayunador Luis XV para dos personas con sillas de ébano finamente labradas al estilo renacentista. La mesa era de cristal de Bacará y estaba servida con porcelana inglesa y cubiertos de oro blanco. Al centro había una chimenea de mármol rojo coronada por una pintura del siglo xix donde el bisabuelo de Paul vestía un uniforme con condecoraciones de la realeza Tudor, retratado con una mano cruzada en el pecho y la otra mano en el puño de la espada. Al fondo estaba la cama *king-size* flanqueada por arcos de caoba y una cabecera de cedro con apliques en hoja de oro. Era como estar en un museo, el ambiente era impecable y la luz inundaba cada rincón filtrándose por los enormes ventanales cuyas finas cortinas de doce mil hilos estaban recogidas.

Aclarándose la garganta, Paul invitó a su vecino mientras señalaba con el índice:

—Toma asiento, compañero —después dio un par de palmadas y el mayordomo, Pierre, entró con un carrito de servicio con dos platos de fruta y pan integral. El inseparable mayordomo no conocía otra indumentaria que el frac, "el uniforme ideal para la servidumbre" —decía siempre Paul—, tenía unos sesenta años, el pelo canoso cortado a cepillo, los ojos verdes y serenos.

—Buenos días, señor —le dijo a Paul y volteó a ver a Liut—. Señor —lo saludó mientras asentía con la cabeza. Luego sirvió la fruta en la porcelana y el jugo de naranja en copas de cristal cortado.

Liut examinó los finos cubiertos y no pudo contener su curiosidad.

—Paul, ¿te puedo hacer una pregunta?

—Por supuesto, ¿qué quieres saber?

—Eres joven y esto debe ser muy costoso. ¿Cómo haces para pagarlo?

Paul respondió desvergonzadamente mientras partía la fruta con elegancia:

—Digamos que mi padre es muy rico y yo sólo gasto su dinero para molestarlo —respondió, mientras se llevaba una rebanada de kiwi a la boca.

—¿Molestarlo?, ¿pero, por qué querrías molestarlo? Es tu padre —incriminó Liut.

—¿Padre? ¡Vaya padre! Desde que soy pequeño quiere que sea un hombre de negocios como él, y sinceramente ¡odio los negocios! Yo soy como un hippie, claro que limpio y con recursos. Y cuando termine mi aburrida carrera tendré que casarme con la hija mimada de un duque, una bruja. Es por eso que he tratado de prolongar lo más posible mi estadía en la universidad. Aunque no tengo las mejores calificaciones, he cursado tres carreras sin lograr aprobarlas y me he metido en muchos problemas. Aún así, continúo por aquí, supongo que es porque mi padre da grandes contribuciones a la universidad. Pero la arqueología, mi hermano, es mi último boleto, si no termino esta carrera me desheredarán, y no queremos que eso suceda ¿verdad que no Pierre?

Pierre negó con la cabeza. Era un hombre totalmente inexpresivo, tenía cara de queso panela; encogió los hombros y sirvió el segundo de los cuatro tiempos del exquisito desayuno. Liut, cabizbajo, dijo:

—Lamento escuchar eso.

Paul, alegre, respondió:

—¡No importa, no hay que preocuparnos por eso ahora! Mejor hablemos de ti —pidió, mientras masticaba sus huevos benedictinos.

Liut también empezó a comer sus huevos y pensó en Bernardo, cuánto le hubieran gustado, se deleitó con el sabor y dijo:

—De mí no hay mucho qué contar. Nunca conocí a mis padres, pasé mi infancia es un orfanatorio y después fui criado por monjes que no hablaban en un monasterio de Grecia hasta hace seis días.

Paul, cabizbajo, le puso una mano sobre el hombro y expresó:

—Lamento escuchar eso.

—¡No importa, no hay que preocuparnos por eso ahora! —repitió Liut con candidez.

Ambos rieron y Paul, a quien le encantaba la ingenuidad del muchacho, levantó su copa de jugo diciendo:

—Salud, por una nueva amistad. Tenemos mucho que aprender el uno del otro.

Liut levantó su copa y la chocó contra la de Paul, riendo, pero al no dominar su fuerza la hizo añicos. Se deshizo en disculpas y quiso limpiar el desorden, pero antes de que se levantar de su silla ya Pierre, con un mandil encima del frac, había recogido y secado el desperfecto. Luego les sirvió café expresso endulzado con chocolate y bollos recién horneados. Los jóvenes devoraron los alimentos y el mayordomo buscó la mirada de su amo para saber si debía servir el cuarto tiempo, el digestivo favorito de Paul, una buena crema irlandesa con unas gotas de vodka para empezar el día. Pero al ver que se levantaban de la mesa reservó las copas en el carrito de servicio.

Al concluir el desayuno Liut comentó:

—Oye, Paul, ¿me podrías acompañar al centro? Debo comprar algunas cosas.

Paul dejó instantáneamente a un lado su copa de jugo al escuchar su palabra favorita, abrió los ojos muy grandes y exclamó:

—¿Compras? Ahora sí nos estamos entendiendo. ¿Qué quieres comprar? Ropa, zapatos… Por favor dime que es un saco. ¿Es un saco, verdad?

—Pues no, no es un saco. Más bien quiero comprar los libros y útiles que están en la lista.

—¿Útil…? Sí, claro. Los útiles —dijo, desilusionado.

—Pero no sé si acepten mis dineros —agregó Liut y le extendió una pesada moneda de oro. Paul se asombró, era hermosa.

—¿Tus dineros? ¿Así le dicen en el campo? Pues vamos a la tienda de antigüedades a ver cuánto nos ofrecen por tus dineros —propuso.

Dieron una caminata por los jardines de la universidad para hacer digestión y a continuación se dirigieron a una pequeña tienda ubicada en el barrio más viejo del pueblo. El local era pequeño y acogedor, si bien un poco asfixiante pues estaba repleto de diversas antigüedades. Cuando los jóvenes entraron sonó una campanita; no había nadie. El silencio y los anticuados objetos le daban al establecimiento un ambiente añejo especial. A Liut le recordó el cuarto de Angus, aunque las cosas de la tienda no parecían tan antiguas como las del monje. De la parte trasera apareció el dueño, un anciano mal encarado que al verlos se dirigió hacia en el mostrador. Observó con desagrado a Paul que tocaba y movía de su lugar cuanta reliquia veía ante él, sin el menor atisbo de educación o respeto. Es curioso que a veces aquellos que más tienen sean los que peor se comportan. Liut se dirigió hacia el abuelito mientras sacaba de su bolsillo una moneda.

—Buenas tardes, señor. ¿Cuánto me podría dar por una moneda de éstas?

El anticuario tomó la moneda y la examinó fingiendo incredulidad y desinterés.

—Esta moneda no vale nada, te puedo dar diez euros.

Liut guardó silencio y volteó a ver a Paul, no tenía ni idea de cuánto serían diez euros. Angus no le había advertido el valor de las monedas. Su educación jamás consideró el valor económico que lo humanos le dan a las cosas. Paul escuchó la respuesta del coleccionista, se acercó decididamente al mostrador y le arrebató la moneda. Entrecerró los ojos y molesto, le recriminó:

—¿De qué está hablando? ¡Ahh! Estas monedas son del año 321 a.C. y provienen del imperio griego. Lo sé porque mi padre colecciona monedas antiguas. Vámonos, Liut, este hombre es un ladrón; un verdadero coleccionista pagaría miles por una sola moneda.

El anticuario se retorció en su asiento, inclinó la cabeza y reconsideró:

—Déjeme ver —le arrebató a su vez la moneda a Paul y se calzó los anteojos especiales para reconocer antigüedades—. Está bien, compraré un par de monedas, por seis mil euros cada una —ofreció.

—Es una cantidad razonable, pero no, gracias —respondió Paul, soberbio.

El vendedor, desesperado, insistió:

—Bueno, bueno. Nueve mil euros por cada una y sólo porque nunca había visto monedas de esa época en tan buenas condiciones. Es mi última oferta —advirtió.

—Ahora sí nos estamos entendiendo, abuelito —le dijo Paul y le extendió dos monedas de oro.

Salieron de la tienda y Paul le pidió el dinero a Liut para contarlo.

—Siempre debes contar el dinero que te da la gente. Ya no vives entre curas mudos, éste es el mundo real y el robo es la forma de vida más solicitada. Vaya que si eres ingenuo. Con este costalito de monedas podrías comprar San Raffelo si lo quisieras.

Liut, deslumbrado por la capacidad de regateo de su nuevo amigo, afirmó:

—Eres muy bueno para hacer negocios, no sé por qué lo niegas. Se ve que lo traes en la sangre, y uno no puede negar la herencia de la sangre, es lo más fuerte, lo más importante que hay en la vida

—Cuando tienes un padre que no te vende sólo porque no va a poder deducir impuestos, algo se aprende. Ahora vamos a que me invites una cerveza, son las cinco de la tarde y aún no he bebido nada, me estoy oxidando. ¡Necesito una fresca, sutil y poderosa cerveza!

—¿Cerveza? ¿La bebida alcohólica que está hecha de cebada? ¿No prefieres vino? —preguntó y se imaginó a Bernardo durmiendo la mona al lado de varias botellas de tinto vacías—. Bueno, bueno, cerveza. Yo te la invito, pero sólo una copita, mañana iniciamos clases y yo recuerdo que cuando uno de los monjes bebía demasiado al otro día no podía hacer nada.

—Ya, ya, ya. Un poco de líquido no le hace daño al cerebro ni al cuerpo; además, no podrás llamarte un estudiante si no tomas cerveza. Relájate, me he presentado ebrio a los parciales y no pasa nada.

—¿No pasa nada? Hace años que debiste haber terminado una carrera, y por lo que veo parece que hace años
que debiste salir de aquí y dejar de esconderte de tu padre,
que no ha hecho sino darte un techo, ropa y comida para
que salgas adelante.

Pero Paul ya no lo escuchó, se había dirigido a la
barra y regresaba con una jarra de dos litros de cerveza
oscura… Liut tomó un vaso que le ocasionó náuseas y su
acompañante no sólo se terminó la jarra sino que pidió
otra para llevar.

Las clases comenzaron un caluroso martes de verano. Liut
estaba listo con sus libros y útiles y entró a la habitación
de Paul para que juntos fueran al salón. Lo vio muy peinado y vestido elegantemente.

—Vamos —dijo Paul, y se aprestó a salir.

—Y tus libros y útiles ¿dónde están? —preguntó Liut
con preocupación.

—¿Libros? ¿Quien usa libros en estos días, hermano?
Tenemos internet.

—¿Internet? ¿Qué es eso?

—Vaya, vaya, de verdad que estabas viviendo como
mono en la montaña.

Liut, confundido, espetó:

—¿De qué hablas, Paul? Mejor vámonos. Si no salimos
ahora mismo llegaremos tarde a la clase de geografía. Es
el primer día y, tú sabes, la puntualidad es una excelente
carta de presentación.

Paul lo interrumpió.

—¿De qué diablos hablas? Nadie llega puntual el primer día. Anda, ve a barrer el salón y me apartas un lugar lejos del maestro para poder tomar una siesta.

Cuando Liut escuchó la palabra "diablos" una imagen fugaz traspasó su cerebro como una navaja. Se tambaleó y sintió que sus ojos se encendían. Paul lo sostuvo y lo tranquilizó.

—¿Qué pasó? ¿Estás bien? —al ver que el muchacho recobraba la compostura y le aseguraba que se sentía mejor lo dejó partir.

El salón, con forma de antiguo teatro romano, exhibía algunos bustos de mármol de grandes personalidades de la historia y la ciencia. Al fondo había un gran mapa del mundo clásico.

Liut se asombró cuando escuchó la enloquecedora algarabía que ocasionaban decenas de voces al hablar al mismo tiempo. Localizó un asiento disponible en la segunda fila y se encaminó hacia él. Al cruzar por el pasillo sintió la aguda mirada de una bella mujer de oscuras vestimentas, cabello rojo y penetrantes ojos verdes.

El maestro Emilio Barrasca entró con paso seguro al salón, miró al alumnado y el bullicio se calmó, a continuación escribió su nombre en el pizarrón y tomó asiento. Los alumnos observaron con atención los movimientos del maestro hasta que el rescatado silencio volvió a romperse por la entrada ruidosa de Paul, que se tropezó y soltó sus mapas un segundo antes de desplomarse al suelo. Se paró de un salto, sacó el pecho, elegantemente recogió del piso sus mapas y, ante las miradas puestas en él, se presentó:

—Buenos días, mi nombre es Paul…

—No hemos llegado a esa parte jovencito, guarde silencio y tome asiento —le advirtió con severidad el profesor.

—Ok, ok —dijo Paul en voz baja y se sentó.

Las chicas del salón sonrieron pero la mujer del cabello rojo ni se enteró de la irrupción del payaso, tenía su mirada clavada en la espalda aprisionada por un espantoso saco de cuadros.

Liut se sintió incómodo. Advertía una extraña presencia, pero muy vagamente, como aquel que atisba dentro de una región sin luz y sólo ve formas y movimientos nebulosos. Su mente reconocía el rostro de esa chica pelirroja, le era familiar, pero no recordaba dónde la había visto. En sus años en el monasterio sólo había bajado al pueblo tres veces y la única mujer que había conocido fue aquella hermosa niña que le regaló la tortuga y de la que se había enamorado.

La clase terminó y los alumnos comenzaron a salir de la cátedra atropelladamente, como si les hubieran avisado que había una bomba; no había tiempo que perder, era necesario alejarse lo antes posible del estudio, del conocimiento, y dedicar el resto del día a no hacer nada… Liut permaneció en su pupitre y revisó sus anotaciones sobre el tema expuesto; mientras tanto, Paul le pedía el teléfono a una compañera. En la penúltima fila estaba sentada la mujer pelirroja, no parecía tener la mínima intención de moverse. Paul volteó los ojos por sobre el hombro y se dio cuenta de que la inquietante dama no despegaba la mirada de su compañero, se acercó a su vecino y le dijo con acento tendencioso:

—Creo que le gustas a la chica que está allá arriba; debo decirte que si bien es extravagante y sensual y podría ser la única mujer de este mundo que te acepte con este saco, todos le temen. A ella y a su grupo de amigos.

—No sé qué es, pero hay algo que me resulta familiar en esta mujer. Como si la conociera de antes —declaró Liut, rascándose la cabeza.

Paul se puso de pie y le preguntó a su vecino cuál era la tarea. Liut caminaba detrás de él, distraído, cuando de pronto una blanca y delgada mano se aferró a su brazo jalándolo hacia abajo para dejar sus rostros a escasa distancia. La pelirroja le susurró delicadamente al oído:

—Así que tú eres Liut —el muchacho escuchó murmullos agitados y lejanos en su mente y se determinó a ignorarlos. La hermosa mujer estaba vestida con una diminuta falda de colegiala y lucía un atrevido corsette color tinto.

—¿Cómo sabes mi nombre? —respondió Liut, nervioso, mientras la chica lo rodeaba, enervándolo con su aroma y envolviéndolo en un halo de misterio.

La fastuosa hembra respondió:

—Eso no importa, querido. Simplemente lo sé. Yo me llamo Magog —le informó y pasó la lengua sobre sus labios.

—¿Ma... Magog? —tartamudeó—. ¡Magog! Es un nombre muy raro pero creo que lo he escuchado en... —la muchacha se acercó a su nuca y con una espiración caliente que estremeció sus entrañas, le dijo:

—No sólo mi nombre es extraño —y tocó suavemente el lóbulo del tembloroso muchacho con la punta de su lengua, como una serpiente que busca a su presa.

Las voces en su mente se convirtieron en espantosos alaridos. Retrocedió simulando compostura y le dijo mientras se alejaba de ella:

—Mucho gusto, Magog, pero ya tengo que irme, luego platicamos… —y como caminaba de espaldas tropezó con una silla y cayó al suelo. Se paró como un resorte y corrió hasta el lugar donde Paul lo esperaba.

—¡Le tienes miedo a las mujeres! —gritó su nuevo amigo, para que todos los oyeran—. Tantos años viviendo con el monje loco te deben haber afectado.

—No es eso. Bueno sí, la verdad es que les tengo miedo. Se ven tan majestuosas… pero esta chica tiene algo que me pone realmente nervioso —no podía explicarle a su inculto vecino que sentía una sensación de vaga inquietud, una especie de visión fugaz que aparecía como una fotografía y se desvanecía al instante: un espíritu, una sombra, un presagio que nacía del silbar del viento, de la contemplación del inmenso horizonte y de aquel cielo gris que arrojaba tenebrosas nubes sobre un firmamento que se volvía más y más extraño. Algo no estaba bien.

—Paul, ¿de qué color es el cielo esta mañana? —preguntó, mientras contemplaba la atroz atmósfera que lo envolvía.

—¿Te quedaste ciego o qué? El cielo está increíblemente azul… ¡Igual que tus ojos!

Liut agachó la mirada y se concentró, sintió que el conato de visión desaparecía e incorporó la cabeza

—Claro. Sólo quería confirmarlo.

—Confirmarlo —repitió—. ¡Tus ojos son verdes otra vez!

—Mi querido amigo creo que deberías dejar de beber, seguramente fue un reflejo el que te hizo alucinar. Una ilusión óptica. Además, los ojos claros siempre cambian de color —explicó, un poco más calmado aunque alerta.

Paul sacó una botellita de whisky de su mochila y la arrojó con determinación hacia el césped.

—Un reflejo, sólo fue un reflejo —murmuró.

Mientras eso sucedía Magog se dirigió rápidamente hacia la torre más alta de San Raffelo. La torre del reloj, una de las edificaciones emblemáticas de la universidad e icono del diminuto pueblo español.

Reconocida por su bella arquitectura ojival, la torre albergaba la majestuosa oficina del rector, conocido en la universidad como el doctor Caine. El doctor Caine era un hombre delgado, de ojos verdes y nariz afilada. Su rostro era extremadamente cruel, sus facciones acusaban brutalidad y venganza.

La oficina del rector estaba hoscamente decorada. En la pared izquierda había un gran mueble de madera que exhibía una colección de aparatos de tortura de la Santa Inquisición, y otros aún más antiguos. También había oxidadas dagas y espadas de diferentes formas. En la pared derecha había dos enormes ventanales separados por una armadura negra del siglo XII y un escudo templario. Dos lámparas que sostenían velas que el rector había traído desde los montes Cárpatos adornaban el techo ojival. El ingente portón de acceso estaba adornado con rostros de demonios fundidos en bronce e incrustados en la sólida madera.

La puerta crujió horriblemente y abrió paso a la oscura belleza de Magog. La muchacha se dirigió con paso firme al escritorio de Caine. Él se encontraba sentado de espaldas a ella y fijaba su atención en un fresco de la expulsión de Adán y Eva del jardín del Edén, pintado con óleo sobre un fragmento de piedra.

Magog exclamó eufórica:

—¡Lo encontré, Caín!, ¡lo encontré! —sonreía, llena de malicia, mientras colocaba las manos en la cintura y apoyaba su peso sobre una pierna.

El doctor Caine volteó furioso y le espetó:

—¡Ya te he dicho que no me llames así! ¡Y menos mientras trabajo! —se recompuso de inmediato y preguntó—: ¿estás segura de que es él?

—Lo he visto en sus ojos. Es un Sephyro —afirmó.

Una diabólica sonrisa se dibujó en el rostro del rector.

—Tenemos que averiguar si es el Sephyro de la profecía —el doctor Caine se frotó las manos—. Parece que ha llegado el momento. Es hora de que la venganza del príncipe se cumpla y este maldito tormento que ha acosado mi alma por miles de años se termine —se levantó de su asiento, se acercó a Magog, disminuyó su tono de voz y le dijo—: Relaciónate con él poco a poco para que estemos seguros. Sedúcelo. Este muchacho debe ser puro e inocente. Si es quien creo y mi informante no falla sé que fue entrenado por el viejo Angus en uno de esos malditos monasterios escondidos. ¡No lo subestimes! ¡No quiero pasar otra eternidad en este intolerable lugar!

Magog dio un taconazo en el suelo y respondió enfurecida:

—¡Que tu puesto no te haga olvidar quién soy! Recuerda que no somos iguales. ¡Sé lo que hago! —le gritó, señalándolo con el índice y fulminándolo con la mirada mientras daba un portazo.

El rector sonrió con disgusto. Se concentró, puso la mirada en blanco y percibió los rugidos de Valkos. El príncipe lo sabía. La maldad pronto se desataría en la Tierra. La espada de fuego abriría el portal. ¡El cielo ardería como nunca! Distinguió una nota discordante, un sonido como el que sale de los cuernos de batalla, tan tenebroso e incierto como el destino de la humanidad.

Perséfone

Los hombres de aquellos tiempos celebraban
el regreso de Perséfone, pues con ella regresa-
ban la fronda y la vida a la tierra. Había sido
raptada por Hades, y engañada, pues le dio
a comer semillas del inframundo, y aquellos
que comen la comida de los muertos nunca
más pueden regresar con los vivos. Su renaci-
miento era un símbolo del florecimiento de las
plantas, del triunfo de la vida sobre la muerte.

Crónicas, **Arel**

Liut había observado como Magog entraba en la torre
del reloj después de haber engañado a Paul y sintió
una desagradable fuerza opresiva en su pecho. Decidió alejarse lo más posible de aquel lugar y se encaminó hacia
la biblioteca. Aunque aún no era tiempo de buscar el libro.
En la carta que dejó su padre le especificaba que sabría el
momento apropiado para ir a buscar la otra mitad del mapa.

Después de unos minutos de camino traspuso la puerta principal del edificio. La esbelta construcción era excepcional, no sólo por su bóveda de crucería y contrafuertes exteriores sino por la amplitud e iluminación del espacio interior que alojaba la biblioteca de San Raffelo, una de las más completas de Europa. Liut se dirigió a un estante, tomó un par de libros de geografía antigua para complementar su primera clase universitaria y se sentó en una de las pocas sillas desocupadas. Abrió un libro para ver el índice y una fuerza irresistible lo hizo voltear el rostro. Súbitamente, su mirada quedó prendida y su percepción aisló todo pensamiento, la chica más bella del mundo estaba frente a él.

Lo que vio fue a una mujer muy blanca, con dos perlas negras en los ojos, de nariz y boca pequeñas; con un chongo que se afirmaba en un pincel manchado de colores y mordido por doquier. La mujer brilló cuando una franja de luz se coló por los ventanales y llenó la biblioteca con un ambiente cristalino. Parecía una desarreglada muñeca de porcelana esforzándose en sellar y acomodar pilas de libros. Liut la miraba boquiabierto desde su lugar y no fue hasta que un hilillo de baba cayó en su mano que pudo reaccionar.

Dos atolondrados estudiantes pasaron junto al mostrador que ella atendía. El primero dejó una torre de libros en la orilla del mueble de madera y el segundo los tiró de un codazo. Se rieron como retrasados mentales y salieron de la biblioteca celebrando su estúpida broma con aspavientos y gritos. Liut se paró de inmediato y se apresuró a recoger los libros del suelo; la chica del mostrador ya estaba de rodillas haciendo lo propio y cuando vio que el muchacho se acercaba lo incriminó:

—¿Qué?, ¿tú también vienes a reírte de mí?

Liut se quedó estático, incapaz de emitir una sola palabra. La chica se enojó al no obtener respuesta.

—¿Qué, eres mudo? —le preguntó, mientras volteaba hacia él, dispuesta a desquitarse, pero cuando vio sus verdes y brillantes ojos quedó cautivada. Las facciones de su rostro se suavizaron y esbozó una sonrisa. Liut también se perdió en aquellos ojos negros. Sus sentidos se entrelazaron en un sortilegio arcano, las miradas se reconocieron de miles de años atrás. Los ojos oscuros de la bella mujer se aclararon insólitamente hasta lograr un tono miel.

Liut le entregó el resto de los libros mientras ella se ponía de pie con torpeza y los tiraba por todos lados. El muchacho tomó sus cosas y huyó lo más rápido que pudo de la bilbioteca.

En la noche tocó a la puerta de Paul.

—¡Adelante! —gritó el vecino.

Liut entró y lo vio cómodamente recostado en un sillón forrado de cuero italiano, tomaba whisky en las rocas y leía revistas para caballeros. Se sentó en un elegante taburete frente a él y se quejó:

—Paul, ¡soy un idiota!

—Está bien, el primer paso es la aceptación —respondió con una sonrisa.

—Es en serio, conocí a la muchacha más bella del mundo en la biblioteca y no me atreví preguntarle su nombre. Esto de tenerle miedo a las mujeres ya no me está gustando. Me tienes que ayudar.

—La mujer más bella del mundo, dices. Pues debería ir más seguido a la biblioteca. ¿Qué raro que no la conozca? Dime, ¿cómo es?

—Es la chica que atiende en el mostrador.

Paul escupió su trago de manera escandalosa y exclamó arrebatado:

—¡No me digas que te enamoraste del ratón de biblioteca!

—¿La conoces?

—¡Claro! Es una santurrona intelectual, nunca se le ha visto en fiestas o reuniones; alguna vez la invité a salir y me rechazó —Paul guardó silencio y esperó la reacción de Liut ante la confesión que acababa de realizar, pero como su vecino no dijo nada, agregó—: y nadie rechaza una invitación de Paul tercero, ¿estás de acuerdo?

—Sus ojos tienen algo fascinante, me recordaron mi infancia —explicó Liut, sin escuchar los rebuznos de su compañero.

—Pues invítala a salir —sentenció Paul, un poco disgustado de no poder ridiculizar la situación.

—Pues… no sé su nombre, y la verdad… no creo que quiera —exclamó.

—Su nombre, mi hermano, es Perséfone —informó Paul, mientras apuraba el whisky en su garganta.

Liut, emocionado, se puso de pie y dijo:

—Perséfone. ¡Qué hermoso nombre! Perséfone es la diosa griega hija de Démeter y Zeus. ¿Sabías que los romanos la llamaban Proserpina?

—¡Uffffff! Amiguito, así no vas a llegar a ninguna parte, a las mujeres no les gustan esas cosas intelectualoides.

—¿Cuáles cosas? ¿De qué cosas hablas?

—Esas cosas que haces hablando raro y de cosas raras.

—Vaya, veo que a pesar de la fortuna que has tenido a tu disposición para educarte apenas y conoces palabras suficientes para expresar, a medias, una idea. Pero yo te ayudaré. Tú serás mi maestro en el amor y yo te enseñaré a hablar con propiedad y te daré los conocimientos básicos en todas las áreas.

—Di lo que quieras, hermanito, pero yo prefiero besar a una chica que a un libro, prefiero vivir las experiencias que leer como otros las vivieron.

Liut le concedió razón:

—Pues eso no te lo voy a negar. Pero dime, Paul, cómo la invito a salir, qué le digo.

—Pues te acercas con mirada seductora y le dices: "oye, nena, ¿quieres salir a tomar algo o qué?" Es infalible —aseguró—. Y haces cosas más o menos así.

Acomodó las solapas del saco hacia arriba y apretó los labios con los dientes en una pose de galán, aunque más parecía que tenía ganas de ir al baño; además, movía los ojos de un lado a otro como si tuviera estrabismo; parecía un ave de la jungla en ritual de cortejo.

Liut frunció el ceño e interrumpió.

—No creo que con esas palabras pueda convencerla, ni a ella ni a ninguna otra —exclamó.

—¡Poco sabes de las mujeres! Las mujeres odian a los hombres intelectualoides. Por eso la mayoría de los pensadores y los artistas siempre están solos, son gays o están acompañados de chicas horribles. ¡Ah!, que no se me olvide, si te pones nervioso silba esta alegre melodía — y comenzó a silbar *Imagine*, de John Lennon.

Liut lo miró con compasión, tal vez él era un palurdo de la montaña, pero Paul era un cínico de la ciudad, y no precisamente porque siguiera la doctrina de Antístenes. Le extendió la mano dándole las gracias por sus consejos y regresó a su habitación.

Varias semanas transcurrieron antes de que Liut se atreviera a dirigirle la palabra a Perséfone. Pasaba tardes enteras en la biblioteca sólo para intercambiar miradas con ella mientras leía, o al menos pretendía hacerlo. A pesar de que la muchacha correspondía sus miradas y le sonreía, él seguía sentado sin atreverse a mover un solo músculo. Valiente adalid para resguardar la espada de fuego.

Finalmente, una mañana se decidió a invitarla a salir; se puso su apretado saco, peinó, recogió y ató sus largos cabellos rubios y con paso seguro se dirigió a la biblioteca; en la entrada verificó su aliento y acomodó su corbata color verde botella. Caminó con aplomo y tomó el picaporte, en ese momento las piernas le temblaron y las rodillas no le respondieron por lo que cayó postrado de hinojos. Respiró con dificultad y se incorporó. Trotó en su lugar e hizo flexiones, era la única manera que conocía de tranquilizarse: liberar endorfinas.

Apenas logró traspasar la puerta y ya se había escondido detrás de un librero, separó un par de tomos enciclopédicos y desde ahí observó a su amada Perséfone.

Liut empezó a murmurar y hacer ademanes. "¿Te gustaría salir conmigo? No, no, así no. ¿Oye, nena, quieres ir a tomar algo? No, no, eso es muy Paul. ¡Caray, no puede ser tan difícil!"

Representaba su propio *entremés* cuando sintió una mano sobre su hombro. Con la imagen de Perséfone tomada de su mano y corriendo juntos por un arco iris en el que llovían flores blancas, dio un rápido giro y dijo abrúptamente:

—Oye, nena ¿quieres salir conmigo o qué?

Justo cuando terminó de decir estas palabras se percató que se trataba de la señora Barajas, la quejosa anciana encargada de catalogar los libros de la biblioteca.

—¿Cómo te atreves a pedirme eso? ¡Degenerado! —le gritó la vieja propinándole una sonora bofetada. Y luego se alejó vociferando acerca de las mentes retorcidas de las nuevas generaciones.

Liut se quedó parado, rojo como un tomate. Todos lo miraban, quería que se lo tragara la tierra y ¡ahí venía Perséfone! Era demasiado. Se mareó, comenzó a sudar. La muchacha se acercó paso a paso y Liut la veía en cámara lenta, una horrible sensación aprisionó su estómago y lo hizo doblarse. Justo cuando Perséfone estaba junto a él y su aroma lo atontó, le dijo:

—Perdón, enseguida regreso —y salió como una bala rumbo al baño.

La muchacha se quedó parada durante unos segundos con la palabra en la boca y luego regresó a su lugar.

Después de varios minutos, el muchacho por fin salió del baño. Estaba pálido y tenía la frente perlada por el sudor. Se dirigió como un autómata hacia el mostrador. Se paró frente a ella y balbuceó:

—¿Ir algún café o lugar?

La muchacha, divertida y complacida de que por fin hubiera tomado valor le respondió:

—Mi nombre es Perséfone y podemos ir a tomar un café, nada de fiestas, ¿está bien? Salgo de la biblioteca a las ocho.

Liut asintió, emocionado, y daba la media vuelta para irse cuando la sonriente muchacha le preguntó:

—Espera, ¿tú no tienes nombre?

—Mi nombre es… me llamo… sólo dime Liut —dijo, y continúo su huida.

—¿A las ocho entonces? —gritó la chica y el pasmado chambelán asintió una vez más justo antes de salir por la puerta.

Paul, como todas las tardes desde que tenía quince años, hojeaba revistas para caballeros y bebía whisky con un habano entre los dientes. Contrario a sus buenas costumbres, Liut entró en su habitación precipitadamente y exclamó con júbilo:

—¡Paul! ¡Lo hice! ¡Invité a salir a Perséfone!

Paul, distraído, se masajeaba el pie derecho.

—¿A quién? Ah, sí, la chica de la biblioteca. ¿Ya ves? Te dije que mi técnica no fallaría. Qué raro que conmigo no funcionó; en fin, suerte de principiante.

Liut sonrió y se retiró a su cuarto decidido a arreglarse lo mejor posible para su cita.

Rosas del pantano

A las ocho en punto Liut estaba afuera de la biblioteca, en el trayecto compró una humilde y marchita rosa blanca a una pobre niña gitana. Contempló la flor casi muerta y murmuró una oración en dialecto angélico: "revive, que tu encanto marchito recupere la luz". La rosa recuperó su lozanía y expandió sus pétalos en un acto de creación perfecta.

Ahí estaba, parado con una flor blanca en la mano mientras observaba los últimos colores del atardecer. El crepúsculo trajo consigo una luna difusa y opaca que poco a poco comenzó a abrirse paso entre las densas nubes. La noche empezó a teñirse de azul y las tinieblas retrocedieron. Nuevamente la vida se llenaba de bellos reflejos. En el aire flotaba un aroma a hierba mojada, aquel perfume actuaba sobre sus sentidos como un brebaje estimulante.

Cuando salieron los últimos estudiantes de la biblioteca, y Perséfone detrás de ellos, Liut sintió mariposas en el estómago, ¡pero esta vez no huiría al baño!, sacó la pastillita blanca que Paul le había dado desternillándose de risa y la tomó de inmediato. El cabello de la muchacha estaba suelto y cepillado. Sus delgados labios tenían un hermoso brillo de color rosado y sus grandes ojos reflejaron la luz de la luna. Cerró la enorme puerta del recinto y observó a Liut, parado como una estatua que ofrece una flor.

Perséfone pasó a su lado, tomó la flor dándole las gracias y comenzó a caminar sin percatarse de que Liut se había quedado con la mano extendida y mirando al vacío. La muchacha suspiró, sí que sabía escoger a sus pretendientes, y aclaró:

—¿Nos vamos?, ¿o te vas a quedar ahí toda la noche?

Liut salió de su trance, dio disculpas y en un breve trote la alcanzó. En el camino hacia el centro trató de relajarse y estableció un monólogo acerca de las constelaciones que se podían apreciar en noches de cuarto menguante como ésa. La muchacha lo escuchaba con interés y el trayecto hasta la plaza le pareció de lo más agradable.

Llegaron juntos a la plaza del pueblo, donde bullía la vida estudiantil, restaurantes, bares, cafeterías y librerías se abarrotaban de jóvenes gritones. Perséfone consiguió una mesa en la terraza de una cafetería al lado de la fuente de Neptuno. Los dos ordenaron té chai latte y se sumieron en el mutismo. Ella tampoco era una animadora de fiestas que digamos. Abrumada por el interminable silencio y porque su compañero de cita no hacía sino entrelazar los dedos de sus manos y silbar una horrible melodía, Perséfone se decidió a preguntar.

—¿De dónde eres?

—De Italia, nací en un pueblo de los Alpes.

—¿Cuál?

—Eso no lo sé. Soy huérfano y desconozco mucha información sobre mi pasado.

—Lo siento —dijo la chica, arrepentida de haberlo molestado.

—Mejor hablemos de ti.

—De mí tampoco hay mucho que decir. También ignoro gran parte de mi pasado; sólo una vez vi a mi papá y eso fue cuando tenía dieciséis años; nunca conocí a mi mamá y crecí con una nana en Francia. Ella me contó que mi madre, antes de morir, había previsto los arreglos para mis cuidados y que mi padre, por alguna razón que hasta ahora desconozco, no podía ni puede verme.

—Vaya, nuestras infancias se parecen un poco. Y luego, ¿cómo llegaste a San Raffelo?

—Cuando cumplí dieciocho decidí escapar de casa y eso mi nana jamás me lo perdonará. Y lo siento mucho, pero estaba cansada de vivir rodeada de mentiras, necesitaba descubrir la verdad. Tengo sueños muy raros, como si alguien tratara de decirme algo. He investigado al respecto pero no son muchas las respuestas que he encontrado en la psicología y la filosofía.

Liut se sorprendió, pero no podía apresurarse; Angus le había enseñado que siempre hay que sopesar la información antes de emitir juicios y conjeturas. Pues muchas veces uno interpreta situaciones en cuanto a su realidad y olvida el contexto. Así que no dijo nada.

—En fin, llegué aquí invitada por un maestro que había conocido a mi madre en Alemania, me ofreció una beca a cambio de trabajar en la biblioteca y acepté.

—¿Y qué te contó acerca de tu madre?, ¿la conoció bien?

—En realidad, es poco lo que hemos hablado al respecto.

—Bueno, todo tiene su tiempo —afirmó el muchacho—. ¿Y qué estudias?

—Estudié lenguas muertas. Ahora termino mi tesis que trata sobre el origen de la protolengua del arameo.

—Vaya, qué interesante, a mí también me gustan las lenguas muertas. Podría ayudarte con tu tesis; te voy a prestar unos libros fundamentales que me legó mi antiguo maestro —dijo, imprudentemente, pues si cualquier humano leyera los libros secretos las consecuencias podrían ser catastróficas; pero bien dicen que el amor idiotiza a los hombres, que jala más el cabello de mujer que la yunta de bueyes.

Perséfone le regaló una tierna sonrisa y en ese momento Liut se convirtió en su esclavo incondicional.

—¿Sabes? He notado algo diferente y especial en ti, siento como si te conociera de algún lado; no sé, es muy extraño —dijo la bella muchacha.

Liut respiró hondo, se llenó de valor y tomó la mano de Perséfone. La cálida sensación que recorrió cada poro de su piel fue tan fuerte que el Sephyro sintió que por fin llegaba al nirvana. Ni la meditación ni el estudio del espíritu, nada de eso, sólo la suave caricia de la mano femenina fue capaz de engendrar el cúmulo de fabulosas emociones que lo embargó.

Así se quedaron, tomados de la mano en medio de la noche caliente, mirándose a los ojos y sintiéndose profundamente vivos. Después de unas horas regresaron a la universidad y se despidieron sin besarse. Pero no importaba, porque a partir de esa noche eran novios.

Los meses pasaron rápidamente. El caluroso verano se convirtió en otoño. Liut descollaba en sus clases, y era, sin duda, el alumno más inteligente de la escuela. Pasaba horas en la biblioteca. Perséfone le llevaba libros y café mientras él estudiaba y anotaba sin cesar en sus cuadernos. Por las tardes caminaban juntos por los extensos jardines de la universidad y charlaban sobre las maravillas del universo. Los fines de semana salían a pasear al campo y leían sus libros favoritos. Liut realizaba acrobacias sobre los prados para impresionar a su novia que reía y reía al verlo, colmada de felicidad.

El muchacho se sentía libre y feliz, no sabía que el rector siempre lo vigilaba y conocía cada uno de sus movimientos. Al saber que los Sephyros intuían el mal rápidamente, el doctor Caine había soltado un ensalmo sobre la universidad para que no se diera cuenta de la presencia siniestra que lo rondaba, acechante, y cada vez más cerca.

Por su parte, Magog no perdía oportunidad para acercarse al Sephyro con cualquier pretexto. Liut, como cualquier hombre que tenga sangre caliente en las venas, la encontraba increíblemente atractiva y peligrosa, amablemente le explicaba lo que ella preguntaba, y aunque ya no sentía la fuerza asfixiante y bestial emanando de ella, aún percibía una insólita sensación cuando la tenía cerca.

Así transcurrió la estación en la que llueven hojas, los árboles perdieron su follaje, las aves emigraron al sur, Liut y Perséfone vivían un idilio y el doctor Caine estaba más cerca que nunca de saber si Liutpandro era el Sephyro de la profecía de los querubines.

El invierno llegó a San Raffelo. Las corrientes de aire frío mantenían las calles del pueblo y las veredas de la universidad vacías. Pronto llegaría la nieve.

Liut y Paul salían del aula magna junto con el resto del grupo. Perséfone esperaba en los escalones:

—Perse, ¿qué haces por aquí? ¡Qué sorpresa! —exclamó el muchacho.

—La señora Barajas me cubrió, así que vine a invitarte un chocolate caliente y…

Magog apareció repentinamente contoneándose con una minifalda negra, se colocó entre los enamorados, miró con lujuria a Liut, metió una tarjeta en el bolsillo de su saco y le dijo:

—Te espero en mi fiesta, guapo —y observó despectivamente a Perséfone de la cabeza a los pies. Después se retiró haciendo ruido con sus tacones de aguja.

Perséfone, que no había emitido palabra alguna, pues ésa mujer le causaba temor. Dijo sarcásticamente:

—¿Así que ésas son tus amigas, guapo?

—Ella no es mi amiga. Siempre me está hostigando, lo hizo sólo para molestarte. Claro que no iré a su fiesta —afirmó Liut.

Perséfone se colgó del brazo de su novio y preguntó con voz aniñada:

—¿Lo prometes? ¿Verdad que no vas a ir?

—Lo prometo —aseguró Liut.

Esa misma noche Liut y Paul jugaban ajedrez frente a la gran chimenea de mármol rojo. Pierre le servía agua fresca a Liut y whisky a Paul, quien tardaba horas en decidir qué pieza mover. El vecino esperaba pacientemente y en voz baja comentó:

—Oye, Paul, realmente estoy enamorado de Perse y creo que voy a pedirle...

Paul interrumpió violentamente.

—¡Nooo! No lo hagas, Liut, eres muy joven para casarte. ¡Rayos, esa mujer te ha hechizado! Casarse es lo peor. ¡No lo hagas! Vas a sufrir, no tienes idea de lo difíciles y pesadas que son las mujeres —estaba realmente ofuscado.

Liut, sonriente y sereno, prosiguió:

—Déjame terminar. No le propondré matrimonio. Sólo voy a pedirle que sea mi novia, es todo.

—¿Qué? ¿Tu novia? Ja, ja, ja, ja, ja, ja. Eres tan ingenuo y anticuado. ¿Cuánto tiempo llevan saliendo juntos?, ¿seis meses? Todos los consideran novios. Es obvio que no se lo tienes que preguntar ¡Dios, no sé cómo sigues vivo!

—¿Qué? —preguntó Liut, extrañado de que su elegante amigo no quisiera seguir las reglas del protocolo.

—Nada, olvídalo. ¿Ya dormiste con ella? —preguntó con malicia.

—¿Perdón? ¡Oye, ésa es información confidencial! Es algo íntimo, no sé cómo te atreves a preguntarme semejante cosa.

—¡De qué rayos hablas! No te estoy preguntando el color de su ropa interior ni a que huele su...

—¡Paul!

—Está bien, está bien, lo siento.

—No he dormido con ella —y agregó avergonzado—. Ni siquiera la he besado.

—¿¿Queeeé!! Ése debe ser un nuevo récord mundial. Creo que hasta los novios de la primaria se besan al mes de salir juntos. ¿Hay problemas?

—¿Problemas? —preguntó Liut.

—Sí, problemas —y se señaló la entrepierna—. Tal vez algo no está funcionando como debiera y…

Liut se dio cuenta de que su amigo estaba ebrio y decidió dejarlo con sus necedades.

—Ya me voy a dormir. De cualquier manera se lo voy a decir a Perse.

—Pues si así por lo menos te besa… ¡adelante! —Paul se recostó en su sillón y antes de que Liut cruzara la puerta ya se había dormido.

Al otro día, una vez terminadas las clases, Liut corrió a buscar a Perséfone y la encontró afanada en sellar libros ante una larga fila de entrega. Los viernes, la mayoría de los alumnos sacaba libros para realizar los trabajos de fin de semana.

—Perse, necesito preguntarte algo importante, ¿puedo verte a las ocho y media en la fuente de Neptuno? —preguntó.

—Está bien, te veo a esa hora —respondió la atareada muchacha.

Liut sonrió y se retiró de la fila. En una de las mesas de lectura, dándole la espalda al mostrador y muy atenta a la plática del Sephyro, se encontraba sentada Magog.

Un manto de estrellas congeladas envolvió la noche. Hacía mucho frío. Liut llegó a la cita puntualmente y se sentó en la fuente. Observaba a cada instante su reloj de bolsillo mientras movía los pies con impaciencia y nerviosismo.

Perséfone se alistaba para ir a la cita. Dejó su mandil de lado y se acomodó el cabello. Buscó a la señora Barajas para despedirse de ella. La anciana transportaba libros en un carrito y, de pronto, uno de los pesados libreros cayó con estrépito sobre ella.

—¡Por Dios! —gritó Perséfone y corrió hacia la mujer. Con fuerza descomunal movió a un lado el librero de roble como si fuera un vestido, pero era demasiado tarde. El cuerpo inerte de la anciana yacía sepultado bajo decenas de libros.

La muchacha se extrañó del halo de pestilencia que envolvía el lugar y pensó si habría alguna cañería rota. Lo que no vio fue la monstruosa y funesta silueta del reptil que se disolvió en una bruma negra un segundo antes de que llegara.

Eran las nueve y media y Liut continuaba sentado en la fuente. Escuchó los truenos que amenazaban la tormenta y sintió las primeras gotas mojando su cabeza y deslizándose por su cuello. Dio un pequeño salto y se refugió bajo el túnel que da entrada a la plaza. Sacó de su bolsillo la tortuga que había labrado en un trozo de madera el día que cumplió trece años, la acarició y esperó que escampara.

Su reloj marcaba las diez de la noche. Perséfone no llegaría. ¿Le habría pasado algo?

De pronto, los ojos de Liut se tornaron violeta. Un miedo letárgico y lastimoso se apoderó de él, sintió que algo ineludible iba a suceder, volteó hacia el cielo y se atemorizó al ver el odio con el que brillaban las gélidas estrellas, la voracidad con la que los rayos agrietaban la noche.

Entre la lluvia y la oscuridad apareció un elegante auto deportivo que lo deslumbró con sus faros, ingresó al túnel, disminuyó la velocidad y se detuvo con un suave ronroneo. Era Magog. La hermosa mujer examinó a Liut, colocó el brazo sobre la portezuela y le dijo coqueta, mientras deslizaba hacia la mitad de su nariz unos lentes demasiado oscuros para manejar en la noche:

—No te ves muy bien, guapo. ¿Puedo llevarte?

Liut trató de disimular su turbación, escondió su tortuga de madera y respondió:

—No, muchas gracias. Creo que caminaré.

Magog insistió amablemente:

—Está lloviendo, guapo. Y no quiero que un galán como tú se moje. Además, hace frío. Vamos a mi fiesta, te vas a sentir mucho mejor.

El muchacho apreció la situación. Perséfone no había acudido a la cita, seguro que tendría una buena explicación. Pero no podía seguir esperándola, no le gustaba nada estar en ese túnel. La maldad era palpable en aquel lugar, lo mejor sería ir a la universidad, el único lugar donde se sentía realmente a salvo. Así que, finalmente, cedió:

—Bueno ¿por qué no? —subió al auto y Magog aceleró con un rechinido de llantas.

Aun cuando la cotidianidad hace invisibles a las personas, la muerte de la señora Barajas convocó a una multitud de curiosos que hablaban, manoteaban y opinaban al mismo tiempo. Ésta era la escena afuera de la biblioteca de la universidad San Raffelo: una ambulancia, un carro de la policía, luces rojas girando entre las hojas, gritos, llanto, risas, los sonidos humanos se ensamblaban para tratar de explicar la muerte, para valorar la vida más que nunca, aunque fuera por unos minutos, para sentir qué mejor esa anciana que ellos.

A pesar de la hora, casi las once de la noche, un número considerable de estudiantes y maestros observaba cómo sacaban el cuerpo sin vida de aquella mujer que durante veinte años había trabajado en la universidad, cubierto por una sábana verde que mal disimulaba las manchas de sangre. Perséfone respondía a las incómodas preguntas de la policía y sí, ella también era egoísta, miraba su reloj y pensaba en la cita a la que no había podido acudir.

La tortuga de madera

El amor es la fuerza más grande que existe
en el universo y cuando fluye, la existencia se
antoja perfecta, maravillosa. En ese momento
el corazón brilla como una estrella…

Angus, 1942.

El ferrari negro recorrió como un bólido las estrechas calles y en pocos minutos se ubicaron frente a la mansión de Magog, mejor conocida como "la casa de las rosas negras". La residencia había sido levantada bajo los principios de la arquitectura neoclásica, poseía un pórtico con tres grandes rejas de hierro y un patio rodeado de corredores por los que se accedía a las habitaciones cubiertas con cortinas de terciopelo negro para evitar la luz del día. Los muros del interior de la casa estaban pintados de negro o rojo. Liut observó la peculiar vivienda y se sintió más tranquilo que cuando estaba bajo el puente.

Magog entró tomada de la mano de su nuevo trofeo y se abrió paso entre la multitud. La música era atronadora. En el vestíbulo había una barra atendida por varios meseros; el alcohol fluía como las cataratas del Niágara; la gente saltaba y bailaba eufóricamente al ritmo de la banda de rock gótico que amenizaba la noche.

Magog condujo a Liut hasta la barra y volteó a ver a un hombre de aspecto maligno. El muchacho no se percató de que ahí estaba Atalus, disfrazado de humano y sin mostrar la bestialidad de su cuerpo. Parecía un hombre joven con largos cabellos negros, el rostro agudo y vestido al estilo *dark*. El doctor Caine había pedido que lo enviaran pues de ser ciertas sus sospechas, su presencia sería absolutamente necesaria. El caído se ocultaba sigiloso, confundiéndose entre los humanos con un trago de coñac en la mano. Se acercó a espaldas de Liut para comprobar si podía percibirlo. El Sephyro no pudo sentir la bestial presencia del terrible demonio… el hechizo del rector aún surtía efecto.

Liut volteaba de un lado a otro, confundido, no sabía por qué había cedido ante la insistencia de la pelirroja mujer, él detestaba las fiestas, el ruido, el descontrol, la pérdida del valioso tiempo que nunca habría de regresar. No quería darse cuenta de que esa mujer dominaba sus sentidos.

Movía su cabeza a diestra y siniestra para encontrar la explicación, por qué le gustaba tanto a los hombres inocular sustancias en su cuerpo, ¿acaso el amor, el arte, la vida no eran suficiente ambrosía? En tanto el muchacho reflexionaba desde un pringoso taburete de cuero rojo,

Magog abrió la tapa de su exótico anillo de perlas negras y vertió un polvo blanco en un vaso de cerveza.

Liut se animó un poco al reconocer, en medio de la frenética multitud, a su danzante vecino acompañado por tres exóticas chicas. Esa imagen lo tranquilizó y lo hizo reconsiderar varias de sus estrictas reglas de vida. Finalmente, en la vida había que divertirse, no todo era estudio y trabajo. Sonrió y desde su asiento empezó a balancearse al ritmo de la música como si tuviera mal de parkinson.

Magog le acercó el vaso de cerveza que había preparado y Liut le dio un pequeño sorbo. Paul lo reconoció, encantado de que su vecino estuviera con la mujer que nadie había podido tener y levantó su vaso de whisky a manera de brindis. El Sephyro hizo lo mismo y al ver que su vecino apuraba la bebida de un solo trago lo imitó y dio cuenta de su tarro de cerveza.

Minutos más tarde deambulaba mareado por la fiesta. Su desequilibrio al caminar invitaba a pensar que había tomado más de la cuenta pues la cerveza, infectada con alguna droga, comenzaba a surtir efecto. Sentía el cuerpo adormecido y pronto perdió el control de sí mismo. El lugar donde posaba la mirada se desvanecía deformándose suavemente en formas tétricas y horribles.

Torpemente comenzó a abrirse paso entre la multitud que bailaba enloquecida al ritmo de vibrantes y densas percusiones. Puntos de luz y bolas de colores comenzaron a nublar su vista, los sonidos se arrastraban, sentía frío en el interior de su cuerpo, mucho frío. En su mente se mezclaron un revoltijo de acantilados tenebrosos y figuras inquietas. Tambaleante, logró salir del salón principal, se recargó en la pared con la cabeza agachada, gruesas gotas de sudor resbalaron de su nariz, sentía náuseas, el piso se movía a sus pies con eméticas ondas. Alzó el rostro lamentablemente desencajado y se quedó paralizado de horror cuando vio pasar la enorme y deformada silueta de Atalus con su espantosa hacha goteando sangre. El rencor, la abrumadora majestad de la noche de Valkos se reveló en uno de sus generales más terribles ante los ojos del extraviado Sephyro.

Quiso decir algo pero la silueta ya no estaba. No sabía qué hacer. La droga no lo dejaba pensar. Se sentó en el suelo, todo giraba a su alrededor, tenía que salir de ahí lo antes posible. Trató de arrastrarse fuera de la casa mientras cabeceaba y pronto se vio frente a una gran chimenea que tenía esculpida una solemne escena: hombres musculosos con cabezas de cabra sostenían a una gran serpiente.

El fuego crepitaba debajo de los monstruos mitológicos y los sentidos de Liut quedaron hipnotizados al instante; no podía dejar de mirar las oscilantes llamas que se movían cada vez más y más rápido, lanzando destellos de fuego como miles de lenguas gusanosas. El color de los ojos del Sephyro mutó del verde al azul marino y en el fuego se materializó la imagen de una antigua población. Al principio era borrosa y difusa pero gradualmente su visión cobró claridad:

La espada de fuego estaba clavada frente a las puertas de Sodoma. Su padre y Angus, aún jóvenes, la sostenían firmemente mientras caían del cielo bolas de fuego que quemaban horriblemente casas, personas y animales. ¡Era una lluvia de fuego! Liut escuchó claramente los gritos y lamentos de dolor de las almas perdidas. Algo de aquella oscuridad, de aquella sensación de horror, se encapsuló en su corazón que latía a punto de explotar. Un caballo de tres cabezas apareció galopando entre la niebla, un hombre que portaba una fastuosa máscara roja lo montaba, detrás de él cabalgaban Magog y Atalus en dos enormes y oscuros corceles.

La visión era horrible, la humareda, la vorágine de la destrucción, el fuego y las bestias. Entonces el Sephyro fue capaz de percibir con claridad las tinieblas que se extendían más allá de esta frágil existencia. El miedo a un destino lleno de horrores indescriptibles lo inundó; quería despertar, mover las piernas, pero era incapaz de abandonar el lugar en el que estaba postrado.

Las llamas de la negra hoguera se arrebataron y borraron aquella visión para traer una diferente: entre el fuego azulado pudo vislumbrar el Monte Ángelis. Su amado monasterio por la sangre estaba manchado, los monjes que tanto quería se movían tétricamente en los árboles, colgados y quemados.

La angustia invadió su espíritu, sintió la negra bilis recorrer su cuerpo, se saturó de pánico y cayó desmayado de espaldas al suelo. Al abrir los ojos el color verde volvió a sus pupilas, pero aún no concluía la visión, lo peor apenas comenzaba. Tirado en el piso comenzó a convulsionar con horribles estertores.

En el techo distinguió un portal de oscuridad que se abrió para dejar paso a un enorme agujero cilíndrico. De ese inframundo comenzó a salir, moviéndose epilépticamente, una horrible criatura: el devorador de almas corrompidas. Liut había visto su imagen y descripción en los libros de demonios de Angus. La criatura tenía seis patas con aguzadas garras y una gran cola en forma de vértebras. Su rostro carecía de ojos y de sus cuencas salían serpientes, su mandíbula constaba de afilados y largos colmillos, y en su espalda tenía una joroba de fuego negro. La terrorífica figura dejó de agitarse y de su boca abierta brotó vapor y fuego escarlata. Desesperado, Liut se arrastró por el piso tapándose los ojos. De pronto se vio rodeado de seres de piel gris y sin facciones en el rostro. Una viscosa sustancia negruzca los cubría y ¡trataban de tocarlo! Liut pataleó histéricamente. Como si brotase de un viento invisible, sentía el soplo de una vida palpitante y extraña: la personificación de todo los horrores que había preconcebido, de todas sus visiones pululando por los abismos del cielo. De esas criaturas emergieron dos demonios de piel azulada, ojos blancos y cabeza de carnero, los vio abrir las fauces como navajas y abalanzarse sobre él al mismo tiempo que lanzaban horribles gruñidos.

Era desesperante, los viscosos brazos grises de los hombres sin rostro acariciaban su cuerpo, el devorador de almas corrompidas babeaba sobre su cabeza y lanzaba una hedionda pestilencia por los belfos, los demonios con cabeza de chivo rasguñaban su cuerpo. El terror que su cerebro atormentado sentía dentro de un cuerpo incapaz de batirse, a pesar de la angustia infinita, estuvo a punto de frenar el funcionamiento de su corazón.

Los asistentes de la fiesta que transitaban por donde, lo que parecía un drogadicto estaba tirado en el piso, retorciéndose y sacudiéndose "es que no se deben mezclar las drogas y el alcohol", lanzando manotazos y con espuma en la boca, decidieron que pronto se le pasaría y que no había por qué alarmarse antes de tiempo.

El efecto de la droga disminuía su intensidad y Liut logró incorporarse. Vomitó frente a la asqueada concurrencia; con los ojos vidriosos, el cabello despeinado y temblando profusamente, buscó con la mirada a los demonios y salió corriendo de la fiesta como si le hubieran inyectado anestesia en las piernas, tropezando y empujando al que se interponía en su camino.

El fuego desatado

Liut salió de la fiesta a trompicones y chocó con la espalda de uno de los miembros del equipo de rugby que bebía cerveza con sus compañeros en el jardín que daba entrada a la casa. El jugador, molesto por el agravio, volteó y le dio un empujón que lo envió hasta el patio central donde colisionó con otro miembro del equipo al cual se le derramó la cerveza encima de su uniforme. Sintió la camisa mojada pegándose a su piel, lanzó un grito de consternación, como si le hubieran tirado el único trago de agua en el desierto, tiró su vaso con furia, giró hacia el drogado muchacho y enfurecido lo insultó:

211

—¿¿Qué te pasa, idiota!! —al tiempo que le encajaba un gancho en la mandíbula.

Liut recibió de llenó el golpe y cayó hacia abajo, pero alcanzó a colocar las manos como una lagartija antes de tocar el pasto. En su mente retumbaron las carcajadas y palabras de los niños que lo molestaban en el orfanatorio; el niño gordo que lo apedreó en los columpios apareció ante él con chamarra de deportista. El Sephyro impulsó los brazos hacia arriba, con un movimiento rápido y ligero como la brisa, y tocó al fornido atleta en el estómago con dos dedos que dispararon una fuerte descarga de energía. El joven voló tres metros con serios daños en los órganos internos y cayó sobre el resto de los integrantes del equipo, quienes brindaban con el trofeo, cuya copa dorada estaba llena de cerveza.

Los jugadores voltearon al unísono y su reacción instintiva fue atacar. Gritaron blasfemias e imprecaciones y como una furiosa horda de bestias se arrojaron contra Liut.

El Sephyro estaba en guardia y recibió a los primeros tres atacantes con puñetazos y patadas que les quebraron los huesos. Los demás aullaron enloquecidos y se lanzaron a la pelea. Evitó hábilmente los lentos movimientos de sus contrincantes, derribándolos con certeros golpes que los mandaron al hospital. Uno de los más grandes tomó una garrafa de cerveza y trató de estrellársela por la espalda, pero Liut dio una patada circular e hizo que la botella se proyectara sobre la cabeza del agresor. Antes de que cayera el impulso de la misma patada lo volvió a encontrar, fracturando su mandíbula en dos.

Era la primera vez que peleaba, estaba drogado y no se daba cuenta de la fuerza que utilizaba. El último jugador que quedaba en pie se abalanzo sobre él por detrás. Liut giró, lo tomó del cuello levantándolo del piso y lo azotó violentamente contra el concreto, se arrodilló sobre él y lo comenzó a golpear en la cara con ofuscada brutalidad, una y otra vez y cada vez más fuerte, hasta que la sangre del inmóvil joven salpicó su rostro. Su cuerpo temblaba, tenía el puño cerrado a la altura de su cabeza, estaba listo para rematarlo, para acabar con su miserable existencia, pero las vías celestes cuyo aire es el cuerpo le recordaron una frase de Angus: "Es más fuerte y poderoso el hombre que se controla a sí mismo que quien controla una nación…".

Gritó muy fuerte con los brazos abiertos hacia el cielo y dobló una pierna para pararse, justo en ese momento un taco de billar se quebró en su espalda. Los ojos del Sephyro se tornaron azul metálico, volteó y vio a un borracho que lo amenazaba con un palo roto. Frunció el entrecejo. Le metería ese palo por la garganta, ya estaba harto de que… sintió que la presión del cuerpo lo abandonaba, un ataque de vértigo lo envolvió y se desmayó.

Una lluvia helada comenzó a caer y envolvió con su manto de tinieblas la universidad. El viento cortante soplaba desde el norte. El rugido de un trueno atronó en el cielo con violencia, y en el instante en que el rayo formaba el relámpago Magog vociferó desde la entrada de su casa:

—¡Suficiente, idiotas!, ¡fúera de mi casa! —tampoco se trataba de que mataran al Sephyro.

213

El borracho se tambaleaba mientras agitaba su palo de billar y le gritó.

—¡Cállate, zorra! —y caminó hacia ella, amenazante, dispuesto a golpearla.

Atalus apareció detrás de Magog, le arrebató el taco y lo partió como si se tratara de un lápiz. Arrojó los pedazos de madera al piso y emitió un grave rugido sin abrir la boca. El ebrio jugador se orinó en los pantalones al ver a aquel enorme *chico dark*, cayó de rodillas y se puso a llorar.

El sonido gutural que lanzó la bestia se escuchó hasta la plaza del pueblo y originó sentimientos de pánico y angustia en la gente, que comenzó a huir en tropel de la fiesta. El general del infierno le perdonó la vida al borracho, tenía cosas más importantes que hacer. Levantó al Sephyro del suelo, se lo echó en la espalda y caminó rumbo a Magog.

En los dormitorios de varones las lámparas principales del pasillo ya se habían apagado. Liut únicamente tenía puestos los calzoncillos y dormía profundamente sobre su cama. Un olor nauseabundo impregnaba el ambiente del cuarto mientras que una repugnante mano con piel escamosa recorría su pierna izquierda con suavidad. Sus uñas negras y afiladas subían hacia los pectorales y bajaban hasta el ombligo. La mano se topó con la pluma metálica que el Sephyro colgaba en su pecho. Estuvo tentada de arrancarla, pero sabía que no debía hacerlo.

Magog estaba encorvada, envuelta en jirones de niebla que salían de su cuerpo, su rostro se había afilado y su cabeza se veía mal formada, extrañamente picuda y aplanada en ambos lados, sin orejas y con la nariz como la de las serpientes, con los ojos brillantes, pequeños y amarillos. Los labios escamosos se retorcían hacia atrás, dejando entrever unos afilados colmillos, su lengua bífida lamía el rostro de Liut con movimientos ascendentes y descendentes. El muchacho comenzó a despertar, su adolorida cabeza apenas le permitía abrir los ojos, sintió algo húmedo y viscoso recorriendo su cuerpo y saltó hacia atrás, golpeándose con la cabecera de la cama. Entonces vio frente a frente el horror. La visión de ese animal repugnante, mitad mujer mitad lagarto, era absolutamente desquiciante. Al ver que el Sephyro despertaba Magog emitió un espantoso y agudo chillido. Liut sintió que su cabeza se llenaba de alfileres al rojo vivo. La bestia se posó sobre él encajándole sus filosas uñas en el pecho. De su boca sin labios caía una repulsiva baba morada. Sus enfermizas pupilas amarillas estaban rodeadas de gusanos rojos que se movían en las córneas como una suerte de formas eléctricas que se interconectaban. Cuando Liut contempló los ojos de la muerte y la destrucción, el dolor que sentía en la cabeza se volvió penetrante al límite de la locura. El monstruo liberó una pavorosa carcajada...

Paul entró a su habitación muy borracho y muy contento por haber pasado la noche rodeado de chicas hermosas, arrojó su saco sobre el sillón y en ese momento se apoderó de él un sentimiento extraño; escuchó el forcejeo y los ruidos provenientes de la habitación de su compañero. "¿Será?", se preguntó, y para constatarlo entreabrió su puerta. Cuál no fue su sorpresa al ver a Liut y la codiciada Magog en pleno cortejo sexual. Ella estaba encima de él y le sostenía los brazos, se veía dispuesta a todo. Paul pensó cuánto le gustaba que lo encadenaran a la cama y no quiso desperdiciar el show de medianoche; decidió servirse un trago triple y acomodar su sillón junto a la puerta para tener primera fila.

La serpiente humana sometía al Sephyro y controlaba el dominio de sí mismo, el poder sexual de la hembra que somete al macho es infinito e indestructible. Esa cualidad la habían adquirido algunas mujeres en la Tierra gracias al demonio Asbeel, quien rompió el juramento al Padre y sostuvo relaciones carnales con hembras humanas cuando era un ángel.

Liut luchaba contra su inmovilidad y trataba desesperadamente de agarrar el crucifijo de la santa cruz que Angus le había dado. En el momento en que Magog se arqueó hacia atrás y movió sus hombros convulsivamente mientras graves y espantosas resonancias salían de su garganta, el Sephyro logró asir la cruz de madera y restregarla en el rostro de la bestia hasta quemarle la piel escamosa. Salió humo del rostro de la diablesa, soltó un alarido infernal y de un violento manotazo le tumbó la cruz al Sephyro, rompiéndole la muñeca…

Perséfone, alterada por el fallecimiento de la señora Barajas y por haber faltado a la importante cita con su amado, miró su reloj, era la una de la madrugada. Estaba en la entrada de la casa Hidra, se dijo que no, que aún no era tan tarde y se dirigió hacia el cuarto de Liut. Conforme

se acercaba a la puerta comenzó a escuchar risas y extraños gemidos, reconoció el tono de una mujer y el de un
hombre. Un sentimiento de bochorno recorrió cada poro
de su cuerpo y sintió como el calor llegaba a su cabeza.
Furiosa, se plantó ante la puerta de Liut, tomó la manija,
la giró y abrió la puerta con un rápido impulso. Lo que
vio fue a la voluptuosa Magog semidesnuda encima de su
novio en calzoncillos. Sintió que su corazón se partía en
mil pedazos, que su cerebro se desconectaba de su cuerpo,
un horrible sentimiento de angustia se apoderó de ella, sus
ojos se anegaron de lágrimas y apenas pudo balbucir:

—¿Esto es lo que me querías decir? —y corrió, al
mismo tiempo que lloraba amargamente.

La intempestuosa entrada de Perséfone hizo que el
Sephyro saliera de su trance, arrojó a Magog a un lado
de la cama y se puso de pie para tratar de detener a su
mujer. Salió al pasillo y vio a dos chicas que comenzaron
a reír ruidosamente, entonces se dio cuenta de que estaba
en calzoncillos y volvió a entrar a su habitación. Volteó
y se puso en guardia para luchar contra la criatura del
averno, pero no había ninguna horrible criatura, sólo
Magog, endiabladamente bella, con su minifalda, sentada
con la pierna cruzada y tamborileando con sus largas
uñas sobre el escritorio.

—¿Qué estás haciendo aquí?, ¿cómo entraste? —preguntó el Sephyro, confundido.

—¡Todos son iguales! Tú me invitaste aquí después de
la fiesta y después te quedaste dormido, ¿no lo recuerdas?
—le dijo con voz sensual mientras acariciaba sus cabellos.

Liut comenzaba a perder la razón, la memoria le falla-
ba, su último recuerdo lo remitía al puente en el que había
sentido una presencia infinitamente maligna. La invitó
a salir, pero la arpía se negó. Aún con la tormenta en su
sangre el Sephyro la tomó por los hombros y la empujó
hacia atrás con tanta fuerza que le dio un tremendo golpe
contra la pared. El ofuscado muchacho le gritó:

—¡Yo jamás te invitaría a mi cuarto!

Magog lo miró con deseo, complacida de la descom-
posición en que empezaba a caer el Sephyro y salió de la
habitación con una desagradable carcajada. Liut se tumbó
en la cama apretándose fuertemente la sienes.

Mientras eso había sucedido, Paul ya tenía listo su
trago, ya había ido al baño y colocado su sillón junto a la
puerta, y justo cuando la entreabrió otra vez para disfrutar del placer del vouyerismo, vio la pelea a gritos entre
Magog y Liut.

"Uy, ya se enojó la señora. Seguro porque mi amigo
no pudo cumplir con su papel en la función", reflexionó
con elocuencia. Se paró del sillón y entró a consolar a su
disfuncional vecino

—No te preocupes, a todos nos pasa —le dijo poniendo
una brazo sobre su hombro—. Bueno, a todos no, porque
lo que es yo, pues... Pero olvidemos eso, después te enseñaré unos trucos y en lugar de gritarte te van a servir
el desayuno en la cama, ya lo verás —exclamó divertido,
mientras movía y derramaba su trago triple de whisky.

Liut se encontraba increíblemente cansado y abatido,
volteó a ver a su vecino y le dijo:

—Paul, hoy descubrí una parte de mí que no conocía. Quiero estar solo, quiero dormir —dijo, se tapó con la frazada y comenzó a roncar.

Paul quiso decirle que no se preocupara, que si de plano era muy grave pues existían pastillas y diversos tratamientos, pero lo dejó descansar.

A la mañana siguiente Liut faltó a clases por primera vez. Se quedó tumbado en su habitación con las cortinas cerradas. Los recuerdos del día anterior se hicieron presentes uno por uno: engaños, violencia, mentiras, drogas y sexo. Ese día se estatuyeron los lineamientos para entregar la tesis de titulación. Paul, que seguía ebrio, medio escribió los detalles.

En los días subsecuentes un cambio importante se presentó en Liut, no prestaba atención en clases, se le veía distraído y preocupado. Evitaba cualquier contacto humano, no había tenido el coraje suficiente para enfrentar a Perséfone y la esperada señal para buscar el libro donde se escondía la mitad faltante del mapa ya le parecía un engaño. En las tardes se recluía en su habitación, se acostaba y no salía hasta el día siguiente.

Después de una semana con esa actitud Paul se dijo que ya era suficiente para una depresión y tomó la iniciativa de ir a la biblioteca y hablar con Perséfone. Se formó en la fila como cualquier hijo de vecino. Bueno, realmente no lo hizo, fue Pierre quien con su frac y una moderna mochila estudiantil en la espalda, "para que pases desapercibido, mi querido Pierre", le había explicado su amo al colocársela, avanzaba pacientemente entre los muchachitos desenfrenados que se burlaban de él. Una persona antes de que le tocara el turno al mayordomo Paul llegó para intercambiar lugares.

Perséfone alzó la mirada y vio la radiante dentadura del vecino de su ex.

—¿Vienes a disculpar a tu amigo? ¡Olvídalo! ¡Déjalo, que se quede con la mujerzuela esa! —exclamó, iracunda.

Paul, acostumbrado al berrinche femenino, respondió con calma:

—Soy el amigo de Liut. Mi nombre es Paul Edward Hamilton Bingham tercero, a tus órdenes.

Perséfone frunció la boca y lo miró con cara de ¡lárgate!

—En fin… —continuó con aplomo—. Quiero que sepas que todo fue una terrible equivocación. Si me permites platicar contigo unos minutos yo puedo explicarte qué fue lo que sucedió. Sé que se ve mal y si yo estuviera en tu lugar pensaría lo mismo. Pero si me dejas explicarte… Por favor, no te haré perder tu tiempo. ¿Qué dices? —preguntó y recargó el antebrazo derecho en el mostrador.

El corazón de una mujer está lleno de indulgencia y si existe la mínima posibilidad de explicar lo inexplicable, o por lo menos justificarlo, habría una oportunidad de que ella perdonara la felonía de su novio. Lo que una mujer no perdona nunca es el silencio. Además, Perséfone lo quería, estaba enamorada de él.

—Te veo en los escalones a las ocho y cuarto. Y más vale que tu explicación sea buena —le dijo.

Paul agradeció y reiteró la cita al menos tres veces mientras se dirigía hacia la salida.

Liut estudiaba los diarios de Angus y trataba de descifrar los extraños símbolos de la mitad de mapa que tenía. Aún no había podido ir a la biblioteca a buscar la parte faltante pues la dichosa señal no llegaba. Observó la tortuga de madera y sus pensamientos volaron hacia Perséfone. Un sentimiento que se mezclaba entre la paranoia y la certeza oprimía su corazón, por una parte estaba seguro de que Magog y aquel hombre delgado que nunca hablaba y que siempre estaba con ella de alguna forma estaban relacionados con los ángeles caídos. No tenía la convicción absoluta gracias al ensalmo del rector. Ahora debía estar alerta de cuanto lo rodeaba en ese "armonioso lugar."

Paul y Perséfone se reunieron a la hora acordada y se sentaron en una vieja banca afuera de la biblioteca. Paul, perfumado como de costumbre, inició su discurso:

—Sé que piensas que soy un cavernícola bien vestido y nada más. Que soy sinónimo de fiestas y desmanes y sí, lo soy, pero eso no tiene nada que ver. Lo que importa es que nunca había visto a nadie tan enamorado de una mujer como Liut y… —Perséfone interrumpió, molesta.

—¿Muy enamorado? Pero si estaba en calzones con una cualquiera arriba de él. No me hagas reír, por favor.

Paul se percató de que sería más difícil de lo que creía, de cualquier forma la primera parte ya la había ganado pues la chica había asistido a la cita. Fingió asombro y dijo:

—¡Ah!… La chica… mira… espera… no es lo que parece. Tienes que saber la historia completa antes de poder juzgar —Paul supo que tendría que inventar la mejor de

sus mentiras para sacar a su libertino amigo del apuro—.
Lo que pasó fue que Liut se puso como loco en la fiesta.

—¿Cómo que en la fiesta? ¿Cuál fiesta? ¿La fiesta de esa
mujerzuela? ¿¡Verdad!! —Perséfone se puso furibunda.

Paul tragó saliva, ¡primer *strike*! Tendría que cuidar
sus palabras, al parecer su amigo las había hecho todas
juntas.

—Ejem, si fue a esa fiesta, pero no como invitado de
ella, sino porque yo se lo pedí por favor. Necesitaba que
estuviera conmigo, que me cuidara. ¿Sabes? Últimamente
he perdido el control cuando bebo y Liut, solidario como
pocos en el mundo, me acompañó. La cosa es que él nada
más se tomó un vasito de cerveza y estoy seguro de que
alguien le puso droga en la bebida pues se veía muy raro.
Se empezó a sentir mal y de alguna manera ocurrieron
acontecimientos que lo llevaron a pelear con el capitán
del equipo de rugby.

—¡A pelear! ¡O sea que además de ir a la fiesta, dro-
garse, llevarse a la mujerzuela a su cuarto!... ¿también
se peleó? —¡Ups!, ¡segundo *strike*! Paul sintió que el
cuello de la camisa lo asfixiaba, comenzó a transpirar y
reconvino:

—Sí, se peleó, pero sólo para defender el honor de...
—iba a decir de una bella dama pero se contuvo salván-
dose de ser ponchado— ...de unos débiles muchachos que
le recordaron cuando era pequeño en el hospicio.

—¿Qué? ¿Dónde?

—El hospicio, donde viven los niños sin papás. ¡Eso
sí lo sabías!, ¿verdad? —preguntó con ansiedad. Persé-

fone asintió, no valía la pena perder tiempo explicándole algo que olvidaría a los diez segundos—. Bueno, como te decía, tuvo que defender a los enclenques muchachos y se enfrentó, eso sí, déjame decirte, como todo un héroe, a un equipo completo de rugby. Uno por uno los despachó como si fueran muñecos de trapo. Pero un miserable cobarde lo atacó por la espalda, quebrándole un taco de billar en la nuca —Perséfone se alteró y preguntó inmediatamente:

—¿Y le pasó algo malo a Liut? ¡Oh, Dios no lo quie… —y recordó a su hombre en calzoncillos, riendo mientras manoseaba a una mujer semidesnuda—. ¡Pero claro que no le pasó nada! Soy una tonta, si de ahí se fue derechito a seguir las luchas y…

Paul estaba pálido, pero ya llevaba gran parte del partido a su favor.

—No, no le pasó nada grave, no te preocupes —la atajó—. Después de recibir el golpe aparecieron Magog y su extraño amigo y lo salvaron de una paliza. El gigante ese que sólo gruñe como oso lo cargó y lo trajo hasta la habitación. Lo sé porque yo venía justo detrás de ellos. Lo malo fue que en el pasillo me encontré a unas nuevas amigas que me detuvieron unos cuantos minutos y no pude evitar que la bruja esa se instalara en la habitación de Liut. ¡Espera!, espera, no digas nada. Ella estuvo tratando de seducirlo toda la noche, tú sabes cuánto le gusta, pero él nada, le decía que se fuera, que te amaba a ti, que no iba a traicionarte, que ella no significaba nada… —dijo muy rápido.

Perséfone lo observaba con seriedad. De alguna manera el argumento le sonaba lógico. Paul continuó con su larga y rebuscada explicación:

—Cuando llegué al dormitorio Liut ya estaba en ropa interior. ¿No lo ves? Ella quiso abusar de él, pero no pudo porque llegaste tú a salvarlo. Es hermoso, el amor que cuida del amor —remató, conectando un cuadrangular.

Perséfone meditó por instantes y su voz se tornó amable:

—Está bien, mañana es sábado, lleva a tu amigo a la fuente de Neptuno al mediodía. Yo llego un poco más tarde —dijo, y es que nada podía hacer. Extrañaba a su hombre, sentir su voz, sus palabras de aliento, tomarlo de la mano…

—¡Gracias por escuchar! Sé que no te arrepentirás. Mañana lo tienes en la fuente. El resto depende de ustedes. Me dio gusto platicar contigo —dijo Paul y se marchó, pensando en la botella de vodka que se tomaría en el bar. Definitivamente se la había ganado.

El sábado amaneció repleto de sombras y fría humedad, el invierno intensificaba su presencia. La habitación de Liut estaba completamente desordenada, más que el cuarto de Paul en domingo, y eso es mucho decir. Acostado en su cama con la misma ropa de hacía un par de días, el muchacho rumiaba sus cuitas. Paul entró de improviso. Se sentó en la cama, le pegó unas fuertes palmadas en la espalda y exclamó alegre.

—¡Arriba, flojo! Es un día increíble.

Liut, apático y modorro, le respondió:

—¿Qué tiene de increíble? Hace frío y la neblina no deja ver nada. Déjame, quiero dormir.

—¡Hey! Relájate, una mujer que se va no es el fin del mundo. Las estadísticas mundiales dicen que nos tocan siete para cada hombre. No hay de qué apurarse; además, te tengo una sorpresa. Vamos a caminar, acompáñame.

—Está bien, supongo que un poco de aire fresco no me vendrá mal —dijo con desgano.

Los amigos atravesaron el recinto universitario, no había patos en el estanque pues poco faltaba para que el agua se congelara, los árboles no tenían hojas; el cielo gris y la ventisca helada le daban un carácter siniestro a San Raffelo. Cruzaron el portón principal y tomaron la vereda de adoquines. Al llegar a la plaza se sentaron en la fuente.

—Espera aquí, hermano, no te muevas. Voy por un café irlandés, este frío me está matando —le dijo Paul mientras se alejaba.

Liut clavó su mirada en el reflejo del agua, pensaba en todo y en nada. Metió la mano a la fuente para sentir cuán fría estaba el agua cuando la silueta de Perséfone apareció reflejada. Giró la cabeza y, nervioso, comenzó a explicar atropelladamente:

—¡Perse!, ¿qué haces aquí? Perdón, no sé cómo explicar lo que pasó, te aseguro que yo no quería. Yo…

—No hay nada que perdonar —lo atajó la hermosa mujer—. Paul me contó lo que pasó. Cómo defendiste a aquellos débiles muchachos. La droga que pusieron en tu bebida. Sé que no fue tu culpa, puedo sentirlo en el corazón. Esa horrible mujer no ha hecho sino acosarte desde que estamos juntos. Y ya no me importa, pues yo confío en ti. Lamento no haber llegado a nuestra cita, pero esa noche ocurrió algo espantoso en la biblioteca.

—Sí, lo sé. Escuché la noticia del fallecimiento de la señora Barajas. Quería saber cómo estabas, pero no me atrevía a buscarte. Antes debía asimilar lo ocurrido esa noche —respondió Liut, mientras evaluaba la respuesta de su novia. Había cosas que no estaban claras, pero para no meter la pata lo mejor sería callar. Hizo una pausa. Metió la mano en su bolsillo, tomó aire y dijo con la voz quebrada:

—Tus ojos atraparon mi alma desde la primera vez que los vi —tomó la mano de Perséfone y colocó la tortuga de madera sobre ella, luego puso su mano encima de la de su amada y declaró:

—Esta tortuga de madera representa la pureza de mi corazón, la verdad de mi amor eterno hacia ti, y quiero que sea tuya.

Perséfone recibió la tortuga, le dio un delicado beso en la mejilla y se puso a llorar. Era la mujer más feliz del mundo. Observó la tortuga y quedó hipnotizada. Sus ojos cambiaron del negro al ámbar y, en ese momento, ambos viajaron al pasado y revivieron aquella tarde en el puerto de Pilos, cuando Liut cumplió trece años.

Las miradas se encontraron y no hubo necesidad de palabras: el amor es la fuerza más grande del universo. Lentamente acercaron sus labios y se besaron por primera vez, y por primera vez besaron, unieron sus almas en un canto de belleza y dulzura, abrazándose con fuerza, sintiendo el calor de sus cuerpos vivos y el palpitar de sus corazones henchidos de ilusión. El momento duró una eternidad para los enamorados. Las pocas personas que circulaban por la plaza los veían alegres. Paul salió de la cafetería despidiéndose efusivamente de la mesera con su café irlandés en la mano y fue testigo de la romántica escena. Sonrió y continuó de largo.

Los meses transcurrieron rápidamente entre clases, trabajos y atardeceres románticos. El invierno se retiró y dejó paso a la primavera: Paul le dio clases de manejo a Liut y éste le enseñó el arte del ajedrez.

Los fines de semana iban al campo en el jaguar roadster convertible modelo 1951 de Paul. Ahí, Perséfone y Liut leían poesía y cortaban flores mientras Paul y alguna de sus amigas preparaban martinis y sándwiches de salmón. Al atardecer, los novios contemplaban juntos el milagro de los colores y por la noche contaban las estrellas, dándose un apasionado beso de amor por cada una.

Fueron los meses dorados del Sephyro. La vida era perfecta. Su inquietud acerca de la ignominia de Magog y su gigantesco amigo parecía infundada, no había vuelto a tener visiones ni sensaciones de pánico y las cosas parecían marchar bien. Pero en algún lugar de San Raffelo el mal crecía impaciente y los días soleados de Liut comenzarían a nublarse. Algo acechaba ahí dentro, en medio de las tinieblas nocturnas, algo indefinido, impreciso…

El libro perdido

El sastrecillo no se dejó desanimar y dijo que
estaba decidido a concentrarse inmediatamente en aquella tarea y que lo haría muy
bien, y salió de la casa como si el mundo
entero fuera suyo.

Los hermanos Grimm

Para Liut y Paul culminaba el último año de estudios en San Raffelo, los trabajos de investigación
se intensificaron y pronto tendrían que entregar su
tesis. Liut estaba desesperado pues la señal para buscar el
libro donde Arel había escondido la otra mitad del mapa,
simplemente no llegaba. Revisó por su propia cuenta gran
parte de los volúmenes de la biblioteca y no encontró nada.
Temía que alguien más hubiese tropezado con el mapa.

Los dos amigos estaban en clase de geografía y el
maestro proyectaba una serie de mapas e imágenes de
Medio Oriente. Mientras Paul intercambiaba recados con

la chica de atrás, Magog, advertida por el rector de que ya no lo molestara pero lo vigilara de cerca, no perdía de vista ningún movimiento de Liut, quien sentía nuevamente una fuerza anormal que emanaba de ella. La muchacha tenía mal aspecto, su frente estaba llena de sudor y granos y sus manos no dejaban de temblar.

—Hoy, muchachos, exploraremos la tierra de nadie. Jerusalén, para ser precisos —señaló el profesor en el mapa.

Liut se sintió mareado, ¡no!, ¡no podía ser! La angustia entró en su mente y empezó a convulsionar… era una visión. Luchó por controlarla, se aferró con las dos manos a su banca, hizo ejercicios de respiración, pero fue inútil. El color se iba de su rostro, sus ojos mutaban al azul marino.

Paul observó los temblores de su amigo y preocupado le preguntó:

—¿Qué te pasa?, ¿te sientes mal?, ¿quieres salir?

Liut se desplomó a un lado de su pupitre. Su mente contempló la difusa y azulada imagen de un horizonte rodeado por una atmósfera tenebrosa. La reverberación le dejó ver a multitudes de personas armadas hasta los dientes con todo tipo de objetos. Figuras extrañas y grotescas se recortaban en lontananza. Caballeros con blancas túnicas y cruces rojas en el pecho, bárbaros guerreros que enarbolaban el escudo de su imperio, gente de origen humilde armada con palos y piedras, esqueletos descarnados con terribles cascos de pelo humano y hombres grises que no tenían rostro. Juntos creaban una imagen de pesadilla infernal.

Un grito escalofriante se elevó en medio de la horrible estampa, seguido al instante por una serie de pavorosos gruñidos. Después el más profundo silencio se apoderó del momento. Los segundos parecían horas y la quietud permanecía inalterable. De repente, los ecos retornaron y estaban tan cerca de Liut que casi parecían provenir de él mismo. Una extraña nota retumbante se mezcló con los gruñidos. Luego hubo un siseo jadeante, como el sonido que producen los asmáticos al respirar… el exterminio había terminado.

Corría el año 1099 d.C. Ante una de las siete puertas de las murallas de Jerusalén un grupo de caballeros cruzados estrellaba un enorme ariete de madera y metal, mientras la puerta crujía fuertemente, los guerreros musulmanes lanzaban flechas, piedras, aceite hirviendo y toda clase de objetos desde los altos muros que protegían la ciudad.

Los cruzados embestían la enorme puerta con el ariete una y otra vez. Cuando alguno caía muerto de inmediato era sustituido por otro soldado. Los musulmanes, desesperados, colocaron troncos, tablas y una barrera humana de esclavos para resistir los ingentes golpes.

Al frente de los guerreros que luchaban por derrumbar la puerta de Jerusalén estaba Caín, quien daba órdenes, maldecía y gritaba en diferentes idiomas para incitar el ánimo de los soldados. El ruido de la batalla se elevaba y desaparecía alternativamente.

Cien metros atrás se encontraba el resto del ejército, esperando que cayera la puerta para retomar la Ciudad Santa. Los jinetes con máscaras de hierro ordenaron a los arqueros disparar sus saetas para cubrir a los hombres del ariete. Por todas partes había gritos, sangre, dolor, se podía respirar la muerte en el aire. Soldados musulmanes y cruzados caían como moscas debido a la lluvia de flechas, dejando el suelo repleto de cadáveres.

Caín, con una monstruosa cara negra, arrojó el escudo con el que se cubría y se incorporó al grupo del ariete vociferando maldiciones:

—¡Vamos!, ¡más fuerte, maldita sea! ¡No serviremos! ¡La ciudad es nuestra! ¡Adelante! —y con arrojo se sumó al embiste.

Los soldados se llenaron de energía con las palabras de su jefe y culminaron su empeño con un fuerte grito que se escuchó a lo largo y ancho del campo de batalla:

—¡Dios lo quiere!

Todos los soldados elevaron un alarido a una sola voz que lastimó los oídos del Padre:

—¡Dios lo quiere! ¡Dios lo quiere! ¡Dios lo quiere!

Corrieron con tal fuerza y fue tan violento el embate final que el choque destrozó la puerta y el ariete. La entrada intempestiva y arrolladora de los guerreros cruzados, que lo mismo degollaban que clavaban sus lanzas y sus hachas en los cuerpos infieles, fue aplastante. Caín sujetó el banderín de la cruz y con maléfica sonrisa lo ondeó en el aire, después gritó lleno de ira al resto de las tropas:

—¡Muerte!, ¡muerte a los infieles! ¡Ni un solo sobreviviente! ¡Dios lo quiere! ¡Dios lo quiere!

El resto de la multitud gritó enloquecida, se abalanzaron hacia la Ciudad Santa y la cruda carnicería se intensificó. Numerosas hordas entraron a la ciudad y comenzaron a matar, quemar, violar y saquear cuanto encontraban a su paso. Los espíritus malignos, aunque pocos podían verlos, también participaban en la matanza.

La gente estaba encolerizada, ciega de ira y pasión infundada por curas que repartían bendiciones y ordenaban matar en el nombre de Dios. Los musulmanes carecían de alma y ésa era la ciudad de su dios, profanada por los demonios de la media luna; además, los prelados tenían el arma más poderosa y convincente de todas: el conocimiento, e iban a utilizarlo.

Los cuerpos muertos eran incontables. El fuego abrasaba la ciudad y los gritos de agonía no cesaban: rugidos, súplicas, aullidos y bramidos de agonía creaban la orquesta coral de la ciudad de Dios.

Respuestas en las cruzadas

Muchos hombres deben agradecerle al misterioso arquero que traspasó el pulmón derecho de Caín con su certera ballesta. El general de los cruzados fue retirado del campo de batalla y las órdenes del batallón quedaron en manos de Eduardo, el príncipe negro, que a pesar del epíteto no era tan cruel como Caín y ordenó que cesara la matanza y se hicieran esclavos a los sobrevivientes. Eduardo creía en los esclavos, ellos construían los caminos, las casas y los castillos.

En la periferia de la ciudad se improvisó un hospital dentro de un establo para atender a los soldados heridos en la batalla. Ahí se encontraban Angus y Arel haciendo lo "humanamente posible" para salvar al mayor número de heridos. No podían usar sus poderes curativos por ningún motivo, así que se las arreglaban lo mejor que podían. Arel atendía a un guerrero germano muy lastimado cuando un joven angélico entró manchado de sangre y declaró con agitación:

—Mi señor, hay una bestia inhumana en el frente, tan grande y fuerte como un gigante. Mató a siete de nuestros hombres de un solo golpe, no lo podemos detener.

Arel respondió molesto y enérgico:

—¡Sabes que nosotros no peleamos! Estamos aquí únicamente para asistir a los heridos. Ya Gabriel retiró a todos los caídos del lugar.

Desesperado, el soldado de ojos blancos le dio una pista:

—¡Pero mi señor, este gigante no deja de gruñir su nombre!

Angus lo escuchó y exclamó:

—¡Es Atalus!

Arel lo miró con gravedad, y preocupado dijo:

—Tengo que detenerlo, no soporto más su ansia de muerte ni que crea que puede desafiar los designios del Padre.

—¿Pero, qué hay de las reglas? Recuerda que tanto pecarías tú al desobedecer un mandato del Padre, como él que ya lo hizo —preguntó Angus, consternado ante la contundente afirmación de Arel.

—No me importa. Él fue el primero en romper las reglas y debo detenerlo.

Arel salió del establo a toda prisa y sin dejar de correr montó el primer caballo que encontró. Galopó furiosamente dirigiéndose en busca del demonio apocalíptico. Por su parte, Atalus descuartizaba a los heridos y arrojaba los pedazos mutilados por el aire. Sólo cuerpos despedazados lo rodeaban. Arel vio la espantosa silueta del demonio, rodeado de cadáveres, recortarse contra el horizonte neblinoso y fantasmal, y aulló su nombre. El poderoso general de Luzbel lo escuchó y lanzó un gruñido de batalla. Hacía mucho tiempo que había esperado ese momento, quería matarlo y por fin tenía la oportunidad. Montó su imponente corcel negro con ojos de fuego, cubierto con armadura y cota de malla, se colocó el casco de puntiagudos cuernos negros de los que colgaba pelo humano y, rugiendo como una bestia mitológica, desplegó sus dos pares de enormes alas negras con franjas rojas; el caballo empezó a correr como si se hubiera vuelto loco y relinchaba horriblemente; el demonio aleteó y las dos bestias se elevaron. Arel galopaba hacia la figura que levantaba el vuelo y extendió sus alas blancas, lo que sucedió a continuación pasó tan rápido que el ojo humano no hubiera podido verlo: el ángel subió como un relámpago y sacó su espada de fuego azul lanzándole un golpe hacia el cuello, Atalus levantó rápidamente las riendas hacia la derecha provocando que el cuello de su caballo se alzara y le sirviera como escudo. Lo último que contemplaros los ojos rojos de la bestia fue una asombrosa luz que desintegró su cabeza. En el momento en el que las partículas del caballo explotaron con un destello plateado, Arel movió su espada circular y descendentemente, movimiento que le permitió traspasar el casco del demonio y marcar su mejilla derecha con una cicatriz que le causaría dolor para siempre. El horrible rugido que profirió Atalus se escuchó por todo el desierto. El monstruo negro se desplomó en trayectoria diagonal estampándose brutalmente contra la tierra.

Arel descendió con suavidad, colocó una rodilla en el suelo, encajó su espada de fuego azul en el piso y se apoyó en la empuñadura. Sus alas blancas se desvanecieron convirtiéndose en cientos de plumas que el viento dispersó. Entrecerró los ojos y contempló con tristeza los montículos de muertos a su alrededor, ¿por qué los hombres hacían cosas así?, ¿qué demonio impulsaba la guerra? Angus galopaba entre los cuerpos descompuestos y cuando llegó ante Arel le dijo con agitación:

—Debemos irnos. ¡Ahora!

El ángel se sentía débil, utilizar la espada de fuego contra un arcángel tan poderoso había consumido gran parte de su energía.

—¿Lo maté? —preguntó, sin quitar la vista del demonio.

—No, pero ese golpe lo tendrá fuera de combate unos cuantos días. Por favor, vámonos. No debemos estar aquí, por ningún motivo podemos ser descubiertos.

Los dos ángeles cabalgaron como el viento, atravesaron el campo rodeados de muertos y de muerte y volvieron al establo para ayudar a los hombres lesionados.

Apenas se habían retirado cuando una presencia aterradora se presentó en el campo de batalla. Un feroz batallón de siniestros guerreros con vestimentas rojas y negras portaba un estandarte con la corona del príncipe Luzbel, entre ellos apareció la silueta de Magog, ataviada como princesa musulmana y montada en un elegante y lustroso corcel negro. La princesa lanzó un espantoso chillido y los caídos extendieron sus alas con un griterío ensordecedor.

Eduardo sometía a sangre y fuego la Ciudad Santa. Había reunido suficientes esclavos y se tenía que poner el ejemplo. En calles y plazas mandó colocar a los musulmanes hechos prisioneros de guerra. Ahí los degollaron a todos: niños, mujeres, ancianos y soldados.

Arel deambulaba por las calles de la ciudad con los ojos color violeta, opacos y llenos de tristeza. La sangre en las calles bajas sobrepasaba sus tobillos. Angus también estaba desconsolado por presenciar cómo los humanos se exterminaban una y otra vez; pero esta masacre poseía un toque especial de tristeza. Los hombres habían perpetrado la cruda carnicería en nombre de Dios y lo último que el Padre hubiera imaginado al crear su mundo perfecto fue semejante barbarie. No podía explicárselo, cómo era posible tanto odio si eran miembros de una misma especie y vivían bajo el mismo cielo. De pronto, se detuvo, un sentimiento de angustia le avisó que un enorme batallón de ángeles caídos estaba cerca.

Liut despertó súbitamente, movió la cabeza y sintió que los objetos giraban a su alrededor; estaba tirado en el piso del salón. Escuchó varias voces, enfocó la mirada y vio su reflejo en los ojos del profesor. Paul y varios alumnos lo

ayudaron a incorporarse. Entre ellos descubrió la maléfica
mirada de Magog. Al verla comprendió muchas cosas, los
secretos que se le habían ocultado explicaban su origen. Se
puso de pie con ayuda del maestro y Paul, les agradeció
con la cabeza y huyó del salón sin decirle nada a nadie.
Los presentes lo vieron de forma extraña, ¿a dónde iba?
Necesitaba asistencia médica pues había sufrido un claro
ataque de epilepsia.

El Sephyro aún corría cuando llegó a su habitación,
buscó dentro de una caja de la dinastía Ming, obsequio de
Perséfone, el saquito de cuero donde guardaba la carta y
el mapa de su padre. Había visto y escuchado a los caídos
matar en nombre de Dios. Era hora de resolver el enigma.
Lo desenrolló, sacó la carta y volvió a leerla lentamente.
Se detuvo en el acertijo y alzó la voz:

"No es la Biblia, no es una novela sino un cuento de
supervivencia entre gigantes y un reino que ganar."

En su mente resonaban las palabras de aquel cruzado
mal herido que advirtió la presencia de Atalus. "Hay un
gigante, mata siete fieles de un golpe, tan grande y fuerte
como un oso."

Liut recordó los cuentos que le leía a los ratones en
su lúgubre cuarto del orfanato; gigantes y animales de
fábula. Contento exclamó:

—¡Era tan simple!

Salió de prisa de su habitación y corrió a la biblioteca. Cruzó por la entrada con un largo salto de gamo y se
coló en la hilera de rumiantes que atendía Perséfone. Los
alumnos murmuraron maldiciones y los últimos de la fila

lanzaron chiflidos. Su novia lo miró confundida. Liut, casi sin aliento, alcanzó a declarar:

—Busco un libro de cuentos de los hermanos Grimm.

—¿Qué pasa? ¿Por qué tanta prisa? —inquirió, sorprendida del excitado ánimo de su novio.

—Perdón por entrar así y meterme en la fila, pero creo que descubrí algo importante —los silbidos y las quejas se intensificaron.

Perséfone buscó en la computadora un libro con esas descripciones, pero no aparecía ninguno en existencia.

—No tengo aquí ningún libro de ellos. Qué raro, por qué no checas en la bodega, tal vez esté ahí. Es la puerta al final del pasillo —le dijo al tiempo que le entregaba las llaves

—Gracias amor, vuelvo enseguida —respondió, y salió como bala hacia el lugar.

La bodega estaba alumbrada por un foco sin lámpara que daba una luz amarillenta y enfermiza. Entre la penumbra se distinguían un montón de objetos empolvados y cubiertos de telarañas, arrojados en el suelo o mal acomodados en estantes rotos. Había libros, libretas, ropa, mochilas, una amplia gama de utensilios juveniles. Liut caminó y sus pasos levantaron el polvo. Después de dos horas afanado entre la mugre sin ningún resultado comenzó a desesperarse.

Un anaquel que estaba en la parte de atrás llamó su atención. Se paró ante él y supo que la tarea sería ardua. Era el más sucio y desordenado de la bodega. Comenzó a arrojar papeles y libros y la tolvanera llenó el ambiente. Transcurrido un largo tiempo, empanizado con sudor y polvo, tenso y preocupado, alzó el último montículo de mapas y libros. Entonces lo vio, era un antiguo volumen con pasta de cuero que tenía impreso un gigante y un pequeño sastre enfrentándolo con una aguja como espada. Lo tomó entre sus manos y supo que aquello era lo que tanto había esperado. Lo hojeó, y al sentir el aroma de sus páginas imaginó a su padre leyendo el mismo libro. Casi al final del volumen, en la historia del sastrecillo valiente se encontraba la otra mitad del mapa que Arel había dibujado. Lo agarró con emoción y lo desplegó. En su interior encontró una fotografía color sepia donde una pareja pasaba la tarde en Monte Ángelis, creyó reconocer el jardín de Angus y sus ojos se llenaron de gotas azuladas. Liut dedujo que ese hombre y esa mujer eran sus padres. Su mente evocó la dulce voz de su madre leyéndole en la cuna los cuentos de ese libro. Detrás de la foto había escritas unas líneas:

"Espero que finalmente hayas aprendido que todo tiene su tiempo; cada situación o problema se resuelve justo en el momento preciso. Nunca te des por vencido en la vida, hijo. Todo es posible en el universo que el padre nos regaló. Lucha con la frente en alto por los valores que protegen la vida y sus formas, acepta con honor y sin temor el sacrificio. No hay vida sin muerte. Te espero con tu madre en donde las galaxias nacen.

Tu padre, Arel."

Liut se limpió las lágrimas que se habían vuelto negras por la tierra. El destino estaba cerca, tenía el mapa que le daba la ubicación de la espada de fuego e iría por ella antes de que los demonios se dieran cuenta.

El terrible doctor Caine

Raza de Abel, duerme, bebe y come;
Dios te sonríe complaciente.
Raza de Caín, arrástrate
en el fango y muere miserablemente.
Raza de Abel, tu sacrificio
¡agrada al olfato del Serafín!
Raza de Caín, tu suplicio,
¿tendrá alguna vez fin?

(…) ¡Ah!, raza de Abel, tu carroña
¡abonará el humeante suelo! (…)
Raza de Caín, sube al cielo,
¡y arroja a Dios sobre la tierra!

Baudelaire

Paul y Liut salieron de clases y conversaron mientras caminaban por los pasillos. El Sephyro tenía un extraño semblante y cuando su vecino le iba a preguntar qué le pasaba recordó el tema de la expedición:

—¡Rayos!, qué rápido pasa el tiempo! Se me olvidó decirte algo. Tenemos que realizar una expedición arqueológica de fin de curso para terminar nuestra carrera.

—Lo lamento, Paul, no recuerdo que nadie haya dicho nunca algo así.

—Fue la semana que hiciste tu berrinchito porque Perséfone te atrapó en los brazos de Magog. Por cierto le debes a tu buen amigo la coartada perfecta. Ya sabes que entre hombres uno siempre debe echarse la mano. Las mujeres no comprenden que tenemos necesidades urgentes que…

—¿De qué estás hablando? ¿Cuál coartada?

—¡Hazte! ¡Hazte! Bueno eso ya no importa, lo que importa es que en la semana que faltaste a clases se asentaron las bases y requisitos para terminar la carrera. Y este año será una expedición a donde nosotros queramos. La buena noticia es que ya nos anoté como equipo y con tu cerebro y mi dinero es seguro que nuestra empresa será un éxito —sonrío el atolondrado muchacho—. A menos, claro, que quieres participar con tus dineros.

—Ya no los tengo —respondió Liut.

—¿Te gastaste esa fortuna?, ¿cuándo?, ¿en qué? —preguntó, atontado.

—Fui con Perse a donarlo a la caridad.

—¡A la caridad! Bueno, no importa. Ya me parecía raro que siempre te midieras tanto.

Las redes neurálgicas del Sephyro se encendieron y tuvo una idea fantástica:

—¡No se diga más! Tengo un mapa que posee rutas de Medio Oriente que nunca han sido excavadas. No es cualquier mapa, con este plano podríamos encontrar muestras del pasado realmente maravillosas. Alguna ciudad sepultada bajo la arena, reliquias de batallas antiguas e incluso, si los hados nos son propicios, creo que podríamos descubrir las cavernas del rey Salomón.

—¿Rey Salomón? —Paul prorrumpió en una carcajada—. Bueno, si de paso encontramos el arca de Noé pues la rentamos como bote de excursión para grupos grandes —concluyó, ahogándose de risa.

Liut se preguntó qué sería un bote de excursión, pero no valía la pena preguntar nada. Así que ante la burla, respondió:

—Confía en mí, tengo una corazonada. Nuestra expedición será la mejor del grupo. Ya lo verás.

—Está bien —concedió Paul, limpiándose las lágrimas—, mis calificaciones van por buen camino gracias a tus exámenes. Incluso me subieron la mensualidad, lo cual es bueno pues tenemos que financiar nuestra expedición o buscar apoyo monetario de alguna forma, pero ése no es problema, yo invito. Tú encárgate de preparar el proyecto. Yo imprimo la presentación y tú haces la cita con el rector. Tenemos que tener su venia antes de cualquier otra cosa.

—Pues no se diga más, en este mismo instante me pongo a redactar la propuesta y mañana visitaremos juntos al doctor Caine.

Esa noche Liut no pudo dormir. Sujetaba el mapa en sus manos y miraba las estrellas por la ventana, cavilaba con una preocupación cercana al miedo acerca de los designios que le habían sido revelados y que comenzaban a cumplirse. Angus lo había dejado muy claro, lo entrenaría hasta que Arel se manifestase y terminara su entrenamiento básico en el solar angélico. Su padre le había explicado por medio de visiones que la espada se encontraba escondida y que sólo podría acceder a ella por medio de un misterioso mapa cuya primera parte había dejado en Monte Ángelis. Liut había encontrado la otra mitad y el plano estaba completo.

La espada de fuego era la llave para abrir el portal que comunicaba al Cielo con la Tierra, y una vez que las huestes infernales hubiesen destruido el planeta podrían desatar la guerra en el Cielo. El destino del universo corría peligro y la gran tarea que pesaba sobre los hombros de Liut era abrumadora. La Tierra, a pesar de sus guerras, estaba en paz comparada con lo que podría suceder si Luzbel lograba atravesar el portal.

Recordó la terrible pintura de Hyeronimus Bosch donde el Apocalipsis destruye a los humanos en una hecatombe de crueldad y salvajismo. No lo permitiría, su sangre pura y valiente defendería la espada de fuego contra todo el infierno de ser preciso. Su preocupación se convirtió en miedo pero se sobrepuso. Sólo los dementes no sienten miedo, los hombres valientes son aquellos que actúan a pesar del miedo.

Durante esa noche preparó la exposición. Cambió las rutas en los mapas que trazó para la expedición, pues no quería revelar la posición exacta de la caverna. La precaución no estaba de más.

Hizo la cita con el rector, pensó que tardarían semanas en concederle audiencia, pero no fue así, la secretaria lo anotó para el día siguiente.

Paul y Liut subían las escaleras de la torre del reloj con mapas y papeles en mano, ninguno decía nada, el ambiente era opresivo e incluso el cuerpo se sentía enfermo en aquella construcción virulenta. Subieron los siete pisos hasta que llegaron a la fastuosa oficina del rector. Tocaron la puerta y una voz profundamente ronca gritó:

—¡Pasen! —Paul volteó a ver a Liut, sus piernas le ordenaban correr lo más rápido posible, su corazón latía de prisa, quiso decirle a su amigo que se fueran de allí lo antes posible, pero el Sephyro ya había cruzado la puerta.

Entraron a la imponente oficina, se asombraron pues no había nadie, pero los dos habían escuchado la voz... se quedaron parados sin saber qué hacer. Paul, más para evadirse del pánico que por interés, le preguntó a su acompañante:

—¿Quieres escuchar algo raro?

El Sephyro asintió.

—Pues verás —dijo en voz baja—. Se dice que el rector no envejece, que es algo así como un vampiro o un inmortal —no lo decía en broma. Liut lo notó nervioso, el labio inferior le temblaba.

—Tranquilízate, mi querido amigo. No me digas que crees en esas patrañas —respondió el Sephyro con aplomo.

—Pues no sé nada, sólo te cuento lo que se dice y...

La secretaria apareció de pronto e interrumpió la conversación indicándoles que podían sentarse y luego se retiró. Paul tomó asiento en uno de los sillones frente al escritorio sostenido por esfinges y una gruesa cubierta de cristal opaco. Liut se sentó a su lado y fijó la mirada en las herramientas de tortura que decoraban el lugar, sintió escalofrío y una extraña atracción. Era como si unas manos invisibles lo arrastrarán a la oscuridad. Luchó contra la angustia que comenzaba a apoderarse de él y en ese momento el doctor Caine cruzó la puerta de su oficina y mientras caminaba hacia su curul les preguntó:

—¿Y bien? ¿Cuál es el proyecto? No tengo todo el día, aún me falta por revisar una docena de estúpidas propuestas —dijo con fingida agresividad. El doctor Caine supo, apenas su secretaria le aviso que el alumno Liutpandro quería verlo, que tenía una oportunidad de oro. No sería difícil engañar al idiota de su amigo, pero el Sephyro era otra cuestión. El doctor Caine había utilizado toda suerte de artificios y hechizos desde que recibió la noticia de que el elegido se instauraba en su escuela. Llevaba veinte años esperándolo y por fin estaba sentado ante sus ojos. Los miró con seriedad y aguardó.

Paul tomó la iniciativa y comenzó a hablar:

—Señor rector, queremos buscar una caverna en Medio Oriente donde podríamos encontrar tesoros del judaísmo y cristianismo.

—Interesante, pero poco probable. Muchos arqueólogos renombrados han intentado eso antes. ¿Qué les hace pensar que ustedes lo van a encontrar? —preguntó Caine y sintió viva la llama del odio dentro de su cuerpo. Juzgó que el Sephyro era débil y le entregaría la espada de fuego en las manos.

—Porque contamos con el diario de un monje griego, lleno de rutas y mapas… —explicó imprudentemente Paul.

—¡Ah, sí! ¡El mapa! ¿Puedo verlo? —exclamó. Una ola de maldad innombrable invadió su cuerpo… sus ojos brillaban astutamente.

Un terror vago comenzó a crecer en las entrañas de Liut, quien nervioso reconvino:

—Bueno, no es precisamente un mapa, más bien es una teoría. Pero apoyada por varias eminencias en la materia. Al parecer sólo falta el coraje para lograr esta empresa. Sabemos que es un poco arriesgado…

—Y lo más probable es que sea una fantasía —apuntó Paul.

El rostro de Caine se transformó de súbito en algo horrible y gritó:

—¡La paz del mundo es una fantasía! Muchacho impertinente.

Un silencio sepulcral se apoderó de la oficina del rector. El doctor Caine posó la fuerza maldita de su mirada sobre el Sephyro, que respiraba para controlarse pues tuvo un leve atisbo del enorme y horroroso poder que emanaba de aquel hombre.

El rector se dio cuenta de la turbación del muchacho y controló los influjos malignos de su espíritu.

—Si en verdad creen poder encontrar esas reliquias cuentan con mi aprobación. Manténganme informado de los detalles de su expedición. Y ahora, fuera de aquí, tengo mucho trabajo —les dijo y movió la mano derecha mandándoles salir como si fueran perros.

Los muchachos asintieron en silencio y salieron de la oficina sin chistar. Paul maldecía en voz baja mientras Liut caminaba débilmente, concentrado en abandonar ese lugar donde el horror dominaba la atmósfera.

El doctor Caine tomó asiento y esperó. Entre los rayos de sol que traspasaban el vitral se comenzó a gestar una bola de fuego que formó una espantosa y aterradora silueta inhumana de tres metros de alto compuesta por vapor y llamas. La vibración reventó los cristales y un sonido insoportablemente maligno acompañó la aparición, era el eco de los diabólicos tambores de Valkos que batían en las profundidades de aquellas cavernas oscuras e infernales.

Los tenebrosos sonidos llenaron el alma del rector con pensamientos monstruosos y sombríos. Se puso de rodillas e inclinó la cabeza. La masa de fuego se diluyó y dejó ver la apocalíptica figura de Luzbel. Era horripilante, su ominosa forma estaba ataviada con una túnica negra que tenía una corona de fuego en la manga izquierda. No tenía cabello y su cara estaba repleta de manchas púrpuras que se movían como si tuvieran vida propia; parecía una primigenia monstruosidad oscura. Con una voz profundamente terrorífica gruñó en dialecto caído:

—Caín. La hora ha llegado. No le pierdas el rastro al Sephyro que busca la espada de fuego. El momento está cerca —los tambores redoblaron, el cavernoso eco de la voz formó una ventisca enferma y maligna que el pueblo completo resintió, pues varios cayeron enfermos al escuchar el infernal sonido.

—Sí, mi señor, ya está todo listo —respondió Caín con un gesto de bestialidad inmortal.

Luzbel dibujó una sanguinaria mueca en su repugnante rostro y emitió una espeluznante carcajada. Alzó los brazos en cruz y se transformó nuevamente en fuego, su risa se convirtió en un viento fantasmal hasta que se desvaneció por completo.

Caín se limpió el sudor de manos y frente, sus ojos crispados de enajenación y crueldad estaban ansiosos de que la guerra volviera a comenzar. Esta vez, las huestes infernales de ángeles caídos y las hordas del averno de almas corrompidas irrumpirían como una ciclópea marabunta que devora lo que ve, por los campos y ciudades de la Tierra, engrosando sus filas; y luego, como una furiosa y gimiente masa de destrucción abrirían el portal hacia el Cielo y la guerra de los serafines volvería a empezar. El rey de Valkos prevalecería en el cosmos.

La condena de Dios

Mientras Caín se obsesionaba en su enajenación, Liut y Paul estaban sentados en la fuente de bronce. El sol le daba de frente en los ojos verdes, soltó los mapas y los libros, tenía la boca abierta y la mirada perdida, sintió una punzada en la mitad de la cabeza y alcanzó a decir antes de derrumbarse:

—Soy el elegido.

Una violenta convulsión retorció su cuerpo y sus ojos mutaron de color nuevamente.

En la percepción del Sephyro se mostró una visión del pasado, pero esta vez no la vio como espectador sino que sentía estar en el lugar de los hechos: el ancho y profundo desierto de arena amarilla se extiende hasta un horizonte, poblado de imponentes horcas. De pronto, surgen montañas cubiertas de nieve; un aire gélido erosiona el suelo y petrifica los árboles que caen hechos añicos. Sobre las dunas se muestran oscilantes y macabras siluetas de hombres sin rostro, y entre las grises nubes se adivina la silueta pálida de un sol fantasmal.

En el piso yace el esqueleto de una bestia prehistórica, de su cráneo repta Luzbel, con la forma de una titánica serpiente. Sus ojos amarillos y rojos, con rayos violáceos que se mueven, son capaces de convertir en azufre a sus enemigos. Avanza con lentitud y examina el aire con su tres lenguas blanquecinas mientras dispersa un siseo escalofriante.

Los hombres sin rostro se mueven como una gigantesca ola sobre la alta montaña.

Hay un árbol muy seco y muy grande donde un querubín que ha transformado su cuerpo en halcón observa la fogata que Abel ha encendido para calentar su cuerpo y el de su hermano. El muchacho de largos y sucios cabellos rizados arroja ramas para alimentar la hoguera. El halcón comprende horrorizado, que ha llegado el momento.

Caín se presenta con paso lento e inseguro y comienza a acercarse. Su rostro está lleno de ira y confusión. En sus temblorosas manos sostiene la quijada que le arrancó a una bestia después de matarla a golpes; su cuerpo está mojado por la sangre, puede escuchar los frenéticos latidos de su corazón, sus pensamientos son contradictorios, como los de un loco… sus ojos no parpadean.

La serpiente se ha convertido en un pequeño reptil amarillo y se arrastra entre sus pies

Abel se pone de pie y de entre sus vestimentas de pieles animales saca una bolsa de cuero, extrae un pedazo de comida, se acerca a su hermano y se lo entrega. Caín lo mira sin decir palabras y esconde la quijada en su cinto. Toma el alimento y lo mastica desesperadamente, como un animal hambriento. Abel vuelve a colocarse junto a la fogata y alza la mirada para contemplar las extrañas hélices grises que se forman en el cielo.

Al terminar de tragar el comestible que Abel le regaló Caín se queda inmóvil y observa fijamente a su hermano. Su mano derecha aferra con fuerza la quijada en su cinturón. Su frente está perlada de sudor a pesar del aire frío. Sus ojos se vuelven cristalinos, una lágrima brota de su ojo izquierdo y recorre su mugriento rostro. La serpiente aguarda. El halcón observa.

El turbado muchacho avanza lentamente hacia su hermano, quien contempla la fogata sin saber que la luz de su vida está a punto de apagarse. Caín levanta la horrible quijada manchada de sangre y Abel voltea con los ojos pálidos de espanto al sentir la presencia de la muerte. Contempla la terrible visión y su mundo se hace pedazos repentinamente… después de ver esa imagen ya no quiere vivir, y cierra los ojos. Caín le asesta un golpe duro y seco que le revienta la cabeza con un crujido y lo desploma al suelo, se coloca arriba del cuerpo inerte de su hermano y lo golpea una y otra vez con la ciega ferocidad de lo primitivo, la sangre lo salpica y grita eufórico sin dejar de golpear brutalmente el cadáver en un caos de horror y locura.

Caín se detiene, arroja la quijada con fuerza y observa los restos desfigurados de su hermano. El viento helado le corta el rostro y sólo se percibe su paso al golpear el árbol que todo lo sabe. La sangre absorbida por la arena empieza a borbotar. Una risa lunática surge de sus labios y hace eco en la alejada montaña como una carcajada espantosa e incontenible.

Luzbel observa admirado la furia destructora de la raza humana, que con coraje bestial y armas primitivas fundaba con su primer fratricida la ciencia cruel y terrible que habría de caracterizar a las próximas civilizaciones.

El silencio se vuelve hostil y casi perfecto, el remoto asesinó se levanta del cuerpo de su hermano y contempla la masa sanguinolenta donde antes hubo una cara. El fuego de la hoguera brilla en sus ojos y lanza un aullido inhumano.

El querubín alza el vuelo, despavorido. La serpiente se desvanece en un horizonte maligno e irreconocible, donde las altas figuras de los hombres sin facciones cuelgan en las horcas.

De pronto, el cielo retumba como si estuviese debajo de la tierra; un relámpago azota la rama donde se hubo posado el ave y el verdugo cae al suelo por el estruendo. Una violenta y pertinaz lluvia forma charcos en la tierra seca; el batir de unas alas monstruosas llena las sombras y la vibración de una voz colosal, titánica, comienza a pronunciar su nombre de forma espantosa.

Metatrón ensordece la Tierra con una frecuencia inimaginablemente grande:

—¡Caín! ¡Caín! ¡Caín!

El homicida corre desesperado. Trata de huir de la abrumadora voz y se cubre fuertemente los oídos con las manos. Tropieza en los charcos y su cuerpo se pronuncia hacia el lodo, el llanto más amargo del mundo lo consume.

—¡Caín! ¿Dónde está tu hermano? —truena la potente voz

—No lo sé. ¡Déjame!, ¡déjame!, ¡déjame! —aúlla enloquecido, mientras lanza golpes al aire. La tormenta arrecia y Caín no puede dejar de escuchar la terrible frecuencia que emite Metatrón, la voz de Dios:

—¡La sangre de tu hermano clama justicia! ¿Qué has hecho, Caín?

El fratricida grita como una bestia herida y se golpea las sienes con los puños cerrados. Luego los agita ante el cielo, aullando blasfemias impronunciables.

—¡Caín! —truena la voz, acompañada de un relámpago.

—¡Basta! ¡Basta! ¡Por favor, basta! —implora de rodillas el asesino.

—¡Te marcaré! Quedarás maldito y serás expulsado de la Tierra que has contaminado —sentencia Metatrón.

—¡No, te lo suplico! ¡No! —rogaba.

—Aunque trabajes la tierra no volverá a darte frutos. Vagarás por el mundo sin poder descansar jamás. ¡Jamás!

—en ese momento del cielo surge una descarga que golpea la frente del maldito tatuándole con fuego una runa perversa. La sacudida lo levanta del suelo y lo arroja violentamente contra el tronco del árbol muerto.

El silencio vuelve. La lluvia azota el piso. Caín está postrado en el lodo mientras llora y exclama:

—¡No, no me abandones! ¡No me abandones! ¡No!

La tierra parecía espantosamente viva bajo sus pies, el cielo algo nauseabundo y blasfemo sobre su cabeza. La lluvia era enfermiza, fría, maligna, y todas las cosas parecían infectadas por el acto que acababa de cometer, como aquellos malditos tambores que blandían incesantemente en la oscuridad que habitaba sobre las colinas.

¿Qué otras infernales pesadillas acecharían en lugares ocultos de la tierra y en los abismos tenebrosos? Lo que había hecho era una imprecación que jamás lo dejaría descansar. Él había perpetrado la infamia de asesinar a su propia sangre. Nunca volvería a mirar a los hombres con naturalidad, no podría tocar la piel de cualquier ser vivo sin sentir un escalofrío. Si el hombre, moldeado a imagen y semejanza de Dios, podía llegar a caer en ese estado de proterva obscenidad. Y si un horror tan espantoso como Luzbel existía, ¿qué otros horrores acechaban bajo la superficie visible del universo?

Luzbel, Magog y Atalus contemplaron la escena final. El príncipe se dirigió a ellos con un desagradable gesto en el rostro:

—Acabamos de ser testigos del comienzo de nuestro reinado en este planeta. Caín ha infectado la Tierra con envidia y muerte. Es el principio del fin.

Los gritos de los caídos acudieron a la impenetrable oscuridad de aquellos pozos de fango; el homicida retrocedió ante los diablos verminosos que se regocijaban de su recién adquirido imperio que provocaría el terror y la muerte a los hijos de los hombres, sus antiguos y eternos enemigos.

Una tormenta azotaba el campus universitario de San Raffelo. Liut se hallaba recostado en su cama. Paul velaba su sueño desde la silla del escritorio mordiéndose los nudillos, le urgía que despertara pues ya llevaba casi dos horas sin beber nada. Un relámpago azotó el firmamento y con el enorme rugido del trueno Liut volvió en sí. Se levantó y tomó una bocanada de aire como si volviera de pasar varios minutos debajo del agua. Desconcertado, abrió los ojos muy grandes y volteó a derecha e izquierda varias veces. Paul se sentó a su lado y Liut se aferró a las solapas de su saco, comenzó a zarandearlo y le dijo con ansiedad:

—No debemos decirle nada al señor Caine.

Paul lo vio con cara de "por qué lo dices, querido amigo". El Sephyro lo volvió a zarandear e insistió:

—No debemos darle información de ningún tipo al doctor Caine, el rector de esta universidad. El hombre que acabamos de visitar para que nos diera permiso de realizar nuestra expedición. ¿Me explico? ¿Me entendiste o necesitas alcohol para poner atención? —espetó agresivamente, ya no había tiempo para andar con protocolos.

—Está bien, ya entendí. ¡Qué carácter! Eres muy raro ¿sabes?, mejor sigue durmiendo. Nos vemos mañana.

Angel Caído

SEPHYRO EL CANTO SEGUNDO

La Película

Red Dragon Films
presenta:

Ángel Caído
Canto Segundo: Sephyro

Liut un sephyro, mitad ángel mitad humano,
enfrentará su destino con ayuda de ángeles
protectores, aprenderá a asimilar la
responsabilidad de heredar la llave que
abre el portal al reino de los cielos.

Una historia desatada por el capricho y
soberbia de un ángel (Luzbel) que se revela
ante el Altísimo, iniciando una batalla
milenaria en contra del ejército divino.

El guardián de la llave será objeto de codicia,
Luzbel planea venganza, sus ejércitos están listos
para atacar, la lealtad, la fe y el amor tendrán que
ponerse a prueba, la luz está por desaparecer.

El fin del mundo está cerca.

CAST

LIUT

SEBASTIÁN ZURITA BACH
EMILIANO ZURITA BACH

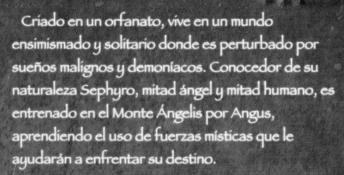

Criado en un orfanato, vive en un mundo ensimismado y solitario donde es perturbado por sueños malignos y demoníacos. Conocedor de su naturaleza Sephyro, mitad ángel y mitad humano, es entrenado en el Monte Ángelis por Angus, aprendiendo el uso de fuerzas místicas que le ayudarán a enfrentar su destino.

Él es el único que puede abrir el portal en la tierra que conduce al reino de los cielos.

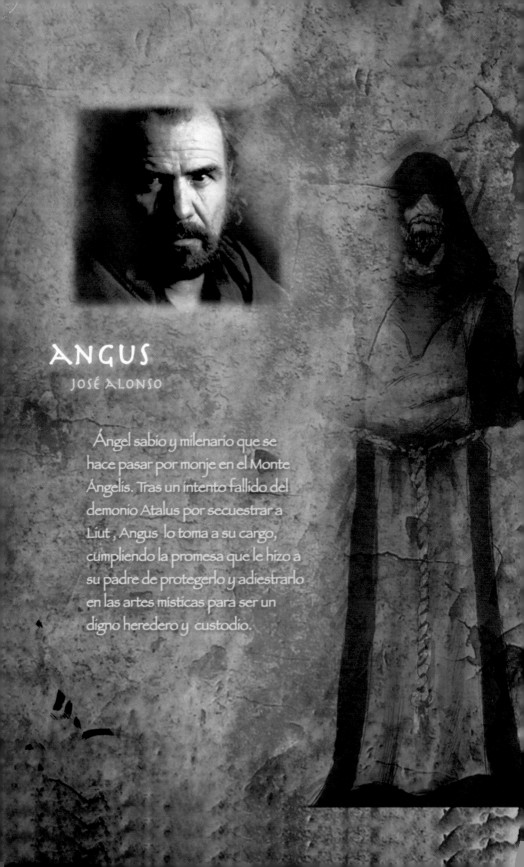

ANGUS

JOSÉ ALONSO

Ángel sabio y milenario que se hace pasar por monje en el Monte Ángelis. Tras un intento fallido del demonio Atalus por secuestrar a Liut , Angus lo toma a su cargo, cumpliendo la promesa que le hizo a su padre de protegerlo y adiestrarlo en las artes místicas para ser un digno heredero y custodio.

CAIN

HUMBERTO ZURITA

Tipo arrogante y soberbio pero inmensamente culto, rector de la Universidad San Rafaello. Mantiene una identidad secreta, él es Cain, primer aliado humano de Luzbel, su misión es vigilar e informarle todo lo que sucede en la vida de Liut para apoderarse de la espada de fuego.

PERSÉFONE

LAISHA WILKINS

Hermosa joven con un corazón frágil
por una triste y desafortunada infancia, se
refugia en la soledad de la biblioteca donde
pasa la vida universitaria en espera de la
llegada de un corazón puro y noble.

LUZBEL

CARLOS CACHO

Ángel que se revela ante Dios y
junto con sus aliados, los caídos,
libran una batalla por el trono del
cielo. Es derrotado por el ejército
divino y enviado al abismo donde
construye un imperio de oscuridad.

MAGOG

MIREYA SÁNCHEZ

Hermoso sephyro, salvaje y extravagante;
su mirada refleja soberbia y maldad pura.
Seducir y corromper a Liut será su misión.

PAUL

Luis Caballero

Joven extrovertido y rebelde, compañero de carrera y mejor amigo de Liut en la universidad. Es hijo de un poderoso empresario por lo que se da la gran vida, pero gracias a Liut descubre que su corazòn es más grande que su bolsillo.

BERNARDO
FERNANDO CAPDEVIELLE

Monje noble y bondadoso que está
a cargo de la cocina en el monasterio.
Cuando conoce a Liut siente un gran
cariño por él y con el paso de los años
se convierte en todo un hermano mayor.

ATALUS

ALEJANDRO DURÁN

Demonio milenario de alto
rango, despiadado y ruin,
con la misión de localizar y
apoderarse de la espada de
fuego cueste lo que cueste.

CREW

Dirección:	Arturo Anaya T.
Producción:	Arturo Anaya T.
	Raúl Vázquez M.
Co-producción:	Alejandro Dabdoub
	Roy Campos
	Meta Cube
	New Art
Director de fotografía:	Juan Castillero
Música:	Luis Leñero
Edición:	Raúl Vázquez
Caracteización:	Alain de la Mora
Arte:	Xenia Besora
	Guicho Martínez
Vestuario:	Trixia Merlina

El protagonista del film
Sebastian Zurita.

Luzbel espera en su trono el
inicio de la guerra.

Magog prepara su ejercito de caídos para la batalla.

Atalus comandando un batallón
del ejercito de Luzbel durante la rebelión.

Bernardo y Liut en sus
primeros días en el monasterio.

El hermano Ángus y Liut en los
jardines del monasterio.

Liutprando rumbo a la batalla.

El árbol misterioso que aparece en
los sueños de Liut.

Lazos cósmicos

> Mi amada es, entre las mujeres, como una rosa
> entre los espinos.
>
> *El cantar de los Cantares 2,1*

Faltaban dos semanas para terminar el ciclo escolar. Paul había hecho los preparativos para que partieran a Medio Oriente justo al terminar las clases, y con hacer los preparativos se entiende que sufragó todos los gastos. Liut había trazado la ruta definitiva del viaje en un mapa, con los puntos donde pararían a reabastecer provisiones. Los últimos trabajos escolares habían sido entregados y Paul, con la ayuda de su amigo, no debía ninguna materia. Las semanas pasaron sin mayores contratiempos, el momento decisivo se acercaba.

Un día antes de concluir las clases la habitación de Paul era un caos. Ropa tirada por doquier, cuadros y objetos de ornato cubiertos con papel de china y plástico, maletas y cofres de piel de cocodrilo desperdigadas.

Pierre doblaba y acomodaba la ropa en las maletas con estoicismo, ya estaba acostumbrado al eterno desorden de su amo. Paul tomaba whisky en las rocas y hojeaba una de sus revistas cuando Liut apareció en el umbral de la puerta y quedó impresionado al observar la cantidad de ropa que tenía su vecino.

—¡Vaya que tienes ropa! —exclamó—. Mi vestuario completo cabe en una maleta.

—Recuerda que no somos lo que decimos o hacemos sino cómo vamos vestidos. Como te ven te tratan, mi querido amigo —sonrió y empezó a hacer buches con su trago.

Liut se encogió de hombros, cambió el tono de voz y le dijo:

—Tengo algo importante que decirte.

Paul puso los codos sobre sus piernas y las manos en sus mejillas para indicar que su atención estaba puesta en las palabras de su amigo.

—Esta noche le pediré a Perséfone que se case conmigo —Paul tosió aparatosamente, escupió el whisky sobre la alfombra, se paró de un salto y exclamó:

—¿¿Queeé!! ¡Estás loco! Apenas tienes qué, ¿veinticuatro años? No puedes destruir tu vida de esa manera, no tan joven. ¡Rayos, esa mujer te hechizó! —Paul caminaba en círculos y entrelazaba los dedos ansiosamente, se veía desesperado—. Mira, tú no lo entiendes, las mujeres son muy buenas, te quieren y te cuidan, conversan contigo, son tus amigas y confidentes, tus amantes, tus compañeras. Pero apenas pasan unos meses y se transforman en fieras jorobadas que escupen quejas todo el día y te dicen qué hacer y cómo hacerlo y cuándo sí y cuándo no puedes divertirte. Y eso si lo que tú consideras diversión entra dentro de sus conceptos; si no, olvídalo. Después te dicen quiénes te convienen de amigos y quiénes no. Te hacen cambiar tus hábitos y costumbres… de pronto todo lo que dices y haces está mal porque no lo dices y lo haces como ellas consideran que debe ser y… —sudaba copiosamente, tenía un extraño brillo en la mirada, parecía un loco a punto de un síncope. Afortunadamente para su salud Liut lo detuvo:

—Respeto lo que piensas, pero también sé que Perse es la mujer que yo había esperado toda mi vida. Ella es con quien quiero envejecer y tener hijos. Estoy enamorado de ella y quiero pasar el resto de mis días viéndola y amándola —hizo una pausa y agregó—: Quiero que seas nuestro padrino.

El rostro de Paul se iluminó con una enorme sonrisa y emocionado dijo:

—¡Así cambia la cosa! Además, para eso están los benditos divorcios. Venga ese abrazo, amigo. ¿Dónde quieres que sea la boda? Tú dime, ¡yo invito!

—Pues yo quiero que nos casemos en Grecia, en el monasterio de Monte Ángelis, pero lo tengo que consultar con Perséfone —Paul se dijo que su amigo estaba perdido si ni siquiera podía decidir dónde sería su boda, ya lo veía con mandil y una pañoleta en la cabeza mientras Perséfone se tomaba un *Bloody Mary* en la alberca. Pero ya había expuesto su punto y sobre advertencia no hay engaño. Así que exclamó:

—¡Yeah! Una boda exótica. Me encanta Grecia. Esto será muy divertido ¿No crees, Pierre?

Pierre, sin el menor atisbo de entusiasmo, se encogió de hombros y continuó con su labor.

Reencuentro inesperado

Finalmente llegó el día, San Raffelo estaba vacía y los tres estudiantes zarparon en el yate del padre de Paul hacia el puerto de Pilos, donde los recibiría el hermano Angus. Liut le había comunicado sus planes por medio de un sueño.

El viaje no tuvo adversidades y fue placentero, el mar estaba sereno y en el cielo no hubo nubes.

Al desembarcar, Liut corrió hacia Angus dándole un fuerte abrazo, detrás venían Paul y Perséfone conversando animadamente.

—Hijo, ¡qué gusto verte de vuelta! Déjame adivinar, él es el padrino y ella la novia. Espero que no sea al revés —dijo, y lanzó una carcajada. Después se puso serio pues cualquier cosa podía pasar al estar en contacto con la infinita villanía humana. Paul y Perséfone esbozaron una fingida sonrisa al monje, que les daba la espalda.

—Angus, te extrañé mucho. Permíteme presentarte a…

Paul interrumpió aclarándose la garganta.

—¿Qué tal, cómo le va? Mi nombre es Paul Edward Hamilton Bingham tercero, a sus órdenes.

Angus lo observó y supo qué clase de persona era. No le gustó nada la idea de que alguien con esas características entrara en Monte Ángelis, pero Liut era su protegido y pues… Además, si tenía a Bernardo como cocinero. Había que esperar lo mejor.

—Pues, mucho gusto, Paul. Espero que aprendas algo mientras estés aquí.

—¿Aprender? Noooo, muchas gracias. Las clases ya se terminaron y yo vengo a una boda, vengo a divertirme —respondió a manera de introducción de su persona.

Angus pensó lo peor y le estrechó la mano. Después entrecerró los ojos para enfocar con mayor precisión a la bella muchacha que los acompañaba. Se quedó petrificado ante la imagen que se alzaba contra el mar. Quitó la capucha de su hábito azul y mostró su nívea barba.

—¿Perséfone? ¡No puede ser! —el monje estaba sorprendido, estupefacto; ¿cómo era posible que no supiera que su linaje residía en la misma escuela a la que había mandado a su pupilo? Eso tenía que significar algo importante, pocas cosas había en el mundo que Angus no supiera. Pero ya tendría tiempo para atar cabos sueltos. Lo más importante en ese preciso instante era que su hija, grande y hermosa, y a la que no veía desde hacía varios años estaba frente a él. El viento mecía su falda blanca y movía sus cabellos con destellos dorados. Detrás de la mujer, el mar en calma.

Perséfone miró al monje que decía ser su padre.

—¿Papá?

Angus la abrazó con lágrimas en los ojos mientras Liut, que no daba crédito a lo que sucedía, subrayaba la escena en su corazón. Paul pensó que el betabel ese le quería ganar la novia a su amigo. ¿Qué no se había visto en un espejo? ¡Por Dios! Se limitó a mirar a Liut sin entender gran cosa hasta que Angus rompió el silencio y dijo:

—Hija, la última vez que supe de ti eras una niña. Le di dinero e instrucciones a la señora Cecile, tu nana, para que cuando tuvieras la mayoría de edad te trajera aquí conmigo. Durante años esperé ese momento sin que nada sucediera. Después te busqué por todas partes. No entiendo cómo pudiste estar tantos años cerca de mí y que yo no lo supiera, es casi imposible. ¡Te busqué tanto, hija!

Perséfone, con voz entrecortada, le contó:

—Mi nana nunca me habló de eso. Pero tal vez sea porque esperaba el momento correcto... Un mes antes de cumplir los dieciocho me fui de la casa sin avisarle. Su encierro me tenía asfixiada. Papá, tienes mucho que explicarme —dijo, lo abrazó y comenzó a llorar como nunca, hipaba y moqueaba, berreaba, no podía parar.

Cuando se tranquilizó caminó hacia la carreta abrazada de su padre. Un abrazo que había esperado toda la vida. Liut seguía boquiabierto, no podía entender lo que acababa de suceder. Paul le dio una suave palmada en el hombro y comentó:

—Ni modo, compadre, te tocó un modelo chillón. Vamos, supéralo. Da gracias a Dios que no es tu hermana. Finalmente, las cosas quedarán en familia, que es donde deben estar. Espero que te hayas hecho los exámenes de hemofilia —soltó su absurdo comentario y comenzó a reír.

Liut salió de su estado de confusión al escuchar las estupideces de Paul. No se dio cuenta de que había caminado hasta la carreta y se había subido en la parte delantera junto con su amigo mientras que su futuro suegro y su novia se habían encaramado en la parte posterior. Pierre tendría que esperar, vestido de frac junto al equipaje, el retorno de la carreta. El mayordomo se paró como una estatua de sal y vio como la carreta se introducía en el bosque.

El séquito de Luzbel acechaba. En el puerto, sobre una vieja barca, un pescador de apariencia extraña y sobrenatural vigilaba atentamente el vehículo en el que se había montado el Sephyro. Los cabellos extremadamente largos y sucios del espía se movían con el aire, un brillo inhumano en sus dos afilados colmillos y sus ojos rojos como el fuego, lo delataban. Era un caído disfrazado de humano que observaba con cautela los movimientos de Liut.

En la cocina del monasterio Bernardo esperaba ansioso mientras se comía las rebanadas de pan con queso que había preparado para los invitados y se tomaba la botella para brindar con los recién llegados. Ni modo, sabrían comprender y perdonar que la espera le causaba un hambre feroz. En cuanto escuchó el trotar del Prieto en el viejo camino arbolado de la entrada, corrió colina abajo para recibir a Liut con uno de sus asfixiantes abrazos de oso. Casi se desmaya al hacerlo pues no estaba acostumbrado a esforzarse.

—¡Hermanito! Te he extrañado mucho —le dijo mientras lo envolvía con sus enormes y gordos brazos—. ¿Ella es con quien te vas a cas…? —Bernardo alzó la palma derecha y empezó a toser, dobló su estomago y se puso rojo, su condición física era envidiable—. Estoy bien, estoy bien —dijo, después logró compostura y se acomodó los pocos cabellos que le quedaban. Tomó la delicada mano de Perséfone y le dio un beso:

—Señorita, permítame presentarme, mi nombre es Bernardo y estoy a sus órdenes —y volvió a toser y doblarse.

Perséfone se sintió halagada y con una deliciosa mirada correspondió a la cortesía.

—Mucho gusto en conocerlo, hermano Bernardo, Liut me ha platicado mucho de usted, de lo feliz que fue con su excepcional cocina.

Bernardo asintió mientras carraspeaba horriblemente y movía el cuello como una morsa para que el ahogo pasara.

Paul regresó con el hermano Filio a buscar a su mayordomo y pasada una hora arribó con Pierre y las cajas de vino que había comprado expresamente para la boda. Liut estaba en la terraza con Perséfone, Angus había subido a limpiarse un poco y Bernardo se terminaba el piscolabis de los festejados.

El cocinero salió cuando escuchó la carreta nuevamente y Liut lo presentó:

—Paul, mi compañero de la universidad. Es un estupendo gourmet, él sabrá apreciar la magia de tu comida —afirmó.

—Mucho gusto, Paul. Soy el hermano Bernardo —dijo y le tendió la diestra.

—Paul Edward Hamilton Bingham, tercero, a tus órdenes —y le estrechó la mano con alegría. Había química entre los dos lúmpenes.

—¿Oye Paul? ¿Qué traes en esas cajas? —preguntó con curiosidad el cocinero.

—Vino, hermano, ¡y del mejor! —exclamó y comenzó a abrir una de las cajas para descorchar una botella y probar que no mentía.

Angus interrumpió lo que prometía ser una larga y esteril conversación entre dos beodos.

—Ya anochece, Liut. Muéstrale su habitación a Perséfone, será la que ocupaba el finado hermano Romeo. Tú y los demás se quedarán en el cuarto de Bernardo; descansen, hay mucho qué hablar y preparar para la fiesta.

—¿Qué aquí no cenan? —preguntó Paul con preocupación

Bernardo estaba feliz, había encontrado a su alma gemela. Cargaba un par de cajas de vino y exclamó:

—¡Pero, por supuesto! Te prepararé una ensalada griega para chuparse los dedos. Es mi especialidad.

Los dos glotones se quedaron a cenar y los demás se retiraron a sus respectivas habitaciones a descansar.

A la mañana siguiente los monjes iniciaron una actividad febril más temprano de lo habitual. Unos recolectaban flores, otros ayudaban a Bernardo en la cocina y otros realizaban los preparativos para la ceremonia nupcial.

Paul y Bernardo seguían bebiendo vino en la cocina. Y es que la noche anterior habían abierto una botella para acompañar la ensalada y no pararon hasta beberse tres garrafas y quedarse dormidos. El obligado desayuno también lo habían acompañado con sendos vasos de tinto y ya no podrían parar.

—Será mejor que primero probemos el producto. No queremos que los invitados se lleven un mal sabor de boca

—habían dicho, carcajeándose abrazados y entonando cada uno una canción diferente.

Perséfone pasó el día con su padre en el jardín. Cuando volvieron al atardecer, se les veía más tranquilos. Liut había bajado a nadar a la bahía y pasó ahí la mayor parte del día.

Al ocaso, los monjes habían concluido sus labores, sólo faltaba que los encargados de poner la mesa dejaran de beber vino y salieran de la cocina, pero cuando Pierre y el hermano Filio fueron a buscarlos a la cocina vieron una estampa de decadencia: entre las botellas vacías que se hallaban sobre la mesa estaban dormidos Paul y Bernardo. Paul tenía el gorro del hábito de Bernardo en la cabeza, y el cocinero, además de las flores en las orejas, recostaba sus hinchadas mejillas sobre un enorme pedazo de pan.

Alarmados por el retraso de la paella que pensaron que estaban preparando mientras los escucharon gritar y cantar, Pierre y el hermano Filio decidieron bañar con agua fría a los dos patanes. Arrojaron el helado líquido sobre los babosos roncadores, pero habían bebido una cantidad tan excesiva que ni así despertaron. Esa noche no hubo cena.

Perséfone se fue a acostar y Liut regresó de su día en la playa. Angus se despidió de su hija e invitó a su pupilo a su habitación pues quería comentarle algo. El maestro y su discípulo subieron por el escarpado camino mientras admiraban las estrellas. Al llegar a la habitación del monje se sentaron en los escalones y ninguno dijo nada, simplemente disfrutaron del silencio montañoso.

En la parte baja del monasterio un crujido rompió la calma, Liut sintió que la angustia invadía su corazón, dio un salto y se recostó en el borde del risco para ver qué había causado el ruido. Visualizó una oscura silueta que se escurrió rápidamente entre los arbustos. Si hubiera podido contemplarlo se habría llenado de terror. Era un espía de Valkos. Luzbel por fin conocía la ubicación de Monte Ángelis.

El caído era realmente espantoso. Tenía cuatro viscosas y deformes piernas y seis tentáculos a manera de brazos, parecía un monstruoso insecto gigante. Se movía por los muros del monasterio con agilidad. Cuando Liut se asomó en lo alto de la montaña se transformó de inmediato en miles de moscas que se disiparon en la oscuridad.

Liut regresó al escalón con Angus y comentó con intranquilidad:

—Vio eso, hermano, era un caído del sexto infierno. Lo pude percibir perfectamente. ¿Qué hará aquí un demonio de tan alto rango?

Angus le explicó con voz baja:

—No estamos solos. Los caídos te han seguido el rastro desde que Larzod te rescató en el orfanatorio. Los espías de Luzbel no pudieron seguirnos desde el puerto pues un encantamiento celeste nos protegía hasta hace poco tiempo. Pero tal parece que el odio y la maldad están cobrando fuerza en el mundo, pues el encantamiento ya no funciona. Y eso es una novedad, nunca antes la magia negra pudo vencer a la blanca en este tipo de batallas.

"Los caídos de alta jerarquía pueden transformarse en lo que quieran y eso los hace extremadamente peligrosos;

es tal su habilidad que pueden volverse invisibles y mutar sus formas a cuerpos de animales o plantas. Logran tomar la forma de la llama de una vela o de una grieta en el techo de tu habitación. Son insuperables en las artes de la transformación. Los querubines y serafines de piedra que resguardan el monasterio los habían mantenido alejados, pero… Hay algo que no me has dicho, pero ya lo sé. Caín conoce tus planes. Si yo hubiera sabido que estaba en la universidad a la que te envié las cosas hubieran sido diferentes, habríamos podido confundirlo. Pero él nos engañó antes. Larzod te cuidó en tu viaje hasta San Raffelo y una vez allí supo que su tarea había terminado. Lo que ni él ni yo podíamos saber es que un efectivo hechizo de magia negra diluía la presencia maligna de Caín, Magog y Atalus; de otra forma los hubieras identificado desde que ibas en el tren. Grandes son los poderes sensoriales de los Sephyros.

"Ahora bien, sé que has encontrado la mitad faltante del mapa y que vas a buscar la espada de fuego. Recuerda que el destino del universo depende de ello. Los designios de la profecía, a pesar del artificio con que se encubrieron los demonios, siguen su curso original; el plan del Padre para terminar con los caídos te incluye de manera abierta e imprescindible. Sé que no le has dicho nada al atolondrado de tu amigo pero tarde o temprano tendrás que ponerlo al tanto de una forma en la que pueda comprenderlo. Deberás ser cauteloso en cada movimiento que hagas de ahora en adelante pues los demonios te vigilarán de cerca apenas salgas de esta casa. Cuando llegues a la caverna del desierto espera las instrucciones del arcángel. Es lo que debes hacer, hijo. Ahora, acompáñame un momento a la habitación."

Angus retiró las telas y papeles que cubrían el viejo baúl de madera en el que Liut se había roto la cabeza, aquel que tenía labrado el rostro de Dios. Lo abrió y de su interior extrajo delicadamente un vestido y un saco.

—Esta ropa perteneció a tus padres. La usaron el día que los casé. Supuse que Perséfone y tú querrían usarla. Es algo de lo poco que dejaron. El tiempo de vida en este planeta es tan corto —Angus suspiró y Liut, conmovido, lo miró a los ojos.

—Hermano, usted ha sido como un padre y no encuentro palabras para agradecerle lo que ha hecho por mí.

Se abrazaron con emoción y de los ojos melancólicos de Angus brotaron dos lágrimas azules.

—Angus, tengo que preguntarte algo, no quisiera equivocarme.

—Dime, hijo, ¿qué te preocupa?

—Perséfone. ¿Le contaste acerca de su condición? Porque supongo que ella es igual a mí, un Sephyro, la hija de un ángel que se relacionó con humanos. Yo he notado que sus ojos cambian de color igual que los míos, pero ella no tiene visiones. Tampoco sé si ese difuso lunar que tiene en la mano sea una marca como la mía, la verdad no lo parece… En fin, no comprendo muy bien cuál es la situación.

Angus asintió y clavó la mirada en el horizonte marino.

—No le he dicho nada, aún no es tiempo de que lo sepa.

Liut asintió y no se dijo más.

La sencilla y conmovedora ceremonia nupcial se llevó a cabo en la pequeña floresta del jardín de Angus. El monje sentía tanto amor y aprecio por los árboles que había conseguido plantar uno de cada especie en su patio, la vista era impresionante. Había árboles blancos de Japón, ceibas y secoyas de América, nogales, robles, cedros, pinos, cipreses, árboles amarillos de Australia, etcétera. Los monjes procuraron como techo largas tiras de lino y manta de algodón en tonalidades pastel y dispusieron frescos arreglos florales que llenaron de colores y aromas dulces el lugar. Encabezaban la fila Bernardo y Paul, detrás de su amo, Pierre sudaba copiosamente enfundado en su eterno frac. Se había negado a quitárselo a pesar de la insistencia de Angus y Bernardo. Liut, con elegantes vestimentas blancas, aguardaba nervioso que la novia se presentara.

Perséfone llegó acompañada de su padre. Angus la llevaba tomada del brazo sobre el sendero iluminado por cientos de flores de tonos diferentes. Desfilaron lentamente y con una nerviosa sonrisa Perséfone se situó junto a Liut y ambos se arrodillaron.

Angus vestía una sobria y excepcional túnica blanca; lucía radiante. Extendió sus manos al aire y en dialecto angélico repartió bendiciones para la pareja y su descendencia. Al contemplar al Sephyro sintió un fuerte presagio en su espíritu, ahora lo entendía. La profecía de los querubines era cierta, los eventos no sucedían en orden cronológico, ahí estaba la respuesta. Quiso advertir a la joven pareja sobre el curso que sus vidas tomarían, pero sabía que el silencio era imprescindible. Aunque le doliera, el plan del Padre siempre es primero.

—En el nombre de Dios Padre, los declaro marido y mujer —concluyó.

La luz del sol traspasó los árboles y bañó a los Sephyros con sus dorados rayos. Los monjes y los invitados aplaudieron y los novios sellaron su unión con un cariñoso beso. Paul y Bernardo lloraban arrebatados, Pierre repartía pañuelos entre los asistentes y daba palmadas de consuelo en la espalda de su amo. Uno de los monjes repartió entre los invitados una canasta llena de arroz. Al salir del jardín el grano llovía y evocaba la fertilidad, la abundancia y la vida. Liut y Perséfone no dejaban de sonreír mientras caminaban acompañados por los monjes al banquete que Bernardo había preparado.

La comida se realizó entre risas y una deliciosa comida, de no ser porque el tinto se había acabado el gaudeamus hubiera sido perfecto. Pero aquel que fue un Grígori en la Tierra no permitiría que en la boda de su hija hubiese carencias así que sacó unas cuantas botellas de su cava personal. Y brindaron con las uvas añejas que los romanos de épocas de Constantino habían pisado.

Por la noche, Liut condujo a Perséfone a uno de los rincones secretos que descubrió en sus juegos de explorador y donde había pasado largas horas de contemplación y meditación. En ese escondite había sembrado y cuidado de flores y plantas que crecieron de manera exuberante. El Sephyro lo decoró especialmente para su noche de bodas con cirios rojos azules, telas y almohadas con las que alfombró el pasto y creó una acogedora morada para pasar la noche. Entre las ruinas del acueducto, las plantas y las estrellas Liut pasó su primera noche con una mujer, y no con cualquier mujer, sino con la mujer de su vida. Cuando Perséfone se quedó dormida, el Sephyro se quedó acompañado por los astros que titilaban a lo lejos con la sonrisa más grande del mundo cuajada como máscara en su rostro. Del cielo surgió una colorida y fulgurante lluvia de estrellas. El Sephyro sintió que aquel era el mágico regalo de bodas de sus padres. Sin duda fue uno de los días más maravillosos en Monte Ángelis.

La expedición

El ser humano es tímido, mojigato, desidioso
y se escandaliza fácilmente. Cuando le ocurre
una desgracia sufre pánico y si le va bien no
lo comparte con los demás. El egoísmo motiva
a los individuos a perder la visión del creador
y sólo cuando la naturaleza les falla, ellos,
débiles y frustrados, se vuelven a Dios. Nunca
te dejes cegar por lo que este efímero lugar te
pueda ofrecer.

Arel. *Crónicas, tercera era*

Un día después de la boda Angus y su hija despidieron a Liut del monasterio.

Pierre subía a la carreta las últimas maletas y cajas de productos griegos que su amo había comprado en el mercado. Perséfone lo ayudó a subir una caja y luego fue hacia su amado, había esperado hasta la angustia el momento de despedirse de él. Tomó con fuerza la mano de su esposo y le dijo:

—Ahora que sé parte de la verdad, pues mi padre me dijo que me contaría la historia completa de mi vida en otra ocasión, comprendo muchos eventos extraños que me sucedían y que siempre guardé para mí, pues no quise que los demás creyesen que estoy loca. Me preocupa que vayas a esa expedición. Una fuerza viva y latente dentro de mi cuerpo me dice que debes ir, pero que aún no es el momento, no sé, es un sentimiento contradictorio. Por una parte pareciera que la expedición logrará cosas importantes, pero siento que un peligro mortal nos ronda… —dijo angustiada.

Liut la miró con amor, ésa era la mujer con la que se había casado. Estaba orgulloso. Comenzó a acariciar los cabellos de su amada y le respondió:

—Tengo que cumplir con la tarea que me ha sido asignada desde antes de que naciera. Nadie escapa a su destino. Debo terminar lo que mi padre inició —afirmó el Sephyro y abrazó a su esposa—. Es absolutamente necesario que vaya y cambie el curso de los acontecimientos. La profecía debe cumplirse.

—Hijo, no confíes ni en tu sombra —intervino Angus—. Debes ser cauteloso con lo que dices y haces, e incluso con lo que piensas. Recuerda que el mal es hoy más fuerte que nunca. La astucia será una de tus mejores armas para enfrentar a tus enemigos. ¡Y cuidate de las tentaciones! Los demonios son perfectos corruptores de seres vivos… te ofrecerán sexo, dinero y poder, este último mo es capaz de extraviar el alma del ángel más puro, así que ¡mucho cuidado!, mucha fuerza y temple. Las almas perdidas del universo forman un grueso importante en el batallón infernal, y no por su extraordinaria fuerza tanto como por su apabullante número…

El Sephyro asintió gravemente. Ya podían tentarlo los demonios e incluso enfrentarlo cuerpo a cuerpo. Estaba preparado para cumplir con su destino.

—Lo entiendo, maestro, así será —expresó, con la mirada fija en el horizonte marino… un soplo de aire movió sus cabellos y supo que una fuerza increíble residía dentro de él, dormida. Era hora de despertar y luchar. Él iba a luchar. La vida la descifran los feroces y él era el Sephyro más feroz que hubiese nacido.

Paul y Bernardo reían como niños mientras se acordaban de lo ocurrido en la fiesta. Liut abrazó fuertemente a su maestro. Después estrujó a Perséfone contra su cuerpo y se despidió dándole interminables besos en el rostro. Esa parte sería muy dura, dejar de sentir la suave piel de su esposa contra su rostro, sus delicadas manos, dejar de verla caminar con sus pasitos cortos y su voz aniñada. ¡Dios, iba a extrañar a su mujer! Pero él era el elegido, y debía cumplir el mandato divino. Pronto regresaría a Monte Ángelis como un héroe. Se llenó de seguridad e infló el pecho.

Bernardo vio la tristeza, la negativa irracional de los novios que tienen que separarse justo en el instante en el que más necesitan estar juntos. Pasar cada momento del día uno al lado del otro, conversar, discutir, comer, pasear; en fin, vivir afirmados el uno al otro. Como Paolo y Francesca, que por ese delito habitaban el cuarto círculo de las prisiones de Valkos.

El cocinero tuvo un presentimiento de soledad y añadió tristemente:

—Oye, Paul. Puedes visitarnos cuando quieras. Aquí tienes tu casa. Pero no olvides el vino, por favor.

—Trato hecho, hermano —exclamó alegremente—. Volveré en cuanto acabe este viaje de trabajo y tendremos una de las mejores fiestas que se hayan hecho. Ya lo verás, celebraremos mi licenciatura, la reunión de este par de enamorados —y señaló a la joven pareja de Sephyros, que no podía dejar de besarse—. Y, pues la vida misma —y abrazó al sollozante cocinero

Cuando Liut y Paul subían al yate, desde el puerto dos seres de luz los despedían. Los ojos de Perséfone se llenaron de intranquilidad y los de Angus de culpa. Su parte humana se revelaba contra su parte angélica y no sabía si el sacrificio, a pesar de las señales y el cumplimiento a puntillas del plan divino, era justo. No, definitivamente no lo era, pero él nada podía hacer al respecto. Angus siempre se caracterizó por ser un ángel que cumplió estrictamente las reglas, y como humano no se esperaba menos de él.

Esa tarde los dos universitarios y el fiel mayordomo zarparon del puerto de Pilos; unos, en busca de aprobar la carrera, otros, en busca de la espada de fuego, y todos con la misma dirección en su espíritu. El viaje fue placentero y se realizó a borde del cómodo y lujoso yate de Paul, quien realizó la mayor parte del trayecto en el jacuzzi de cubierta, bebiendo piñas coladas y evadiéndose de cualquier realidad que no incluyera vodka. Liut escogió la proa para observar la inmensidad del mar y revisar los escritos de su diario, la ruta y las notas que Angus le había dado. Escuchaba el suave murmullo del agua rota por la quilla del barco y al ver el azul metálico del mar mediterráneo se sintió más vivo que nunca.

Por la noche sólo se escuchaba el suave chapoteo del agua. De pronto, un terrible mugido estalló en medio de la nada, profanando el océano con su coro abismal, una extraña nota retumbante se mezcló con el mugido y después el silencio volvió.

Aunque el borracho no dio cuenta de nada, pues dormía profundamente en su camarote, el Sephyro se percató de que densos vapores envolvieron la embarcación cuando estaban en mar abierto. Tomó posición en cubierta para vigilar aquella niebla maligna y pasaron más de dos horas antes de que pudiera ver el mar circundante. Descubrió que unos restos oscuros flotaban alrededor de la embarcación, diseminados en la superficie marina. El océano tenía un extraño aspecto de desolación. Liut aún veía algunas nubes de bruma por aquí y por allá, lo que le hizo pensar que la temperatura del agua era caliente en algunas zonas. Sentía frío, aunque el aire resultaba cálido y bochornoso.

Repentinamente, la niebla dejó al descubierto una horrible aparición; un enorme ángel caído flotaba sobre el mar mientras ondeaba su siniestro perfil negro y batía dos pares de alas negras con puntas rojas y franjas grises. De súbito, la niebla se cerró una vez más, haciendo desaparecer aquella espantosa forma. Después de unos segundos volvió a aparecer, ¡más cerca del bote!, como una maldición del infierno oscilante sobre el mar. Cuando se acercó, Liut pudo ver que el cuerpo del demonio estaba repleto de conchas, algas y esas superficies rocosas que se forman en el cuerpo de las ballenas. Seguro que se trataba de algún espía de Leviatán, el gran almirante infernal.

El Sephyro sintió la terrible fuerza de aquella bestia, pero no se dejó impresionar y lo miró, desafiante. La oscura silueta profirió una horrible carcajada y desapareció entre la bruma oceánica.

Liut sabía contra qué lucharía. Sin embargo, tuvo un presentimiento sobre la causa de aquellos espeluznantes sonidos que se habían elevado en medio de la noche acompañados de aquella monstruosidad marina.

La parada final del viaje en yate fue el puerto de Alejandría. Después de visitar brevemente la ciudad y aprovisionarse para cruzar el desierto, rentaron un viejo Mercedes Benz que Pierre condujo hasta El Cairo, seguido por un Jeep en el que viajaban dos sirvientes que contrataron en el astillero y el equipaje de la expedición.

Pierre condujo velozmente por la asfixiante carretera con vista al río Nilo hasta que llegaron a la ciudad de Alejandría y se metieron en un laberinto de calles angostas y mal empedradas. Ninguno de los tres pasajeros del viejo automóvil se percató de que pasaron al lado de una camioneta negra que tenía la ventanilla del conductor bajada hasta la mitad. Un tipo corpulento, que más parecía occidental que árabe, con modernas vestimentas de piel de cobra negra, agarraba el volante como si quisiera destruirlo con la fuerza de sus manos. Si los hombres lo hubieran visto de cuerpo entero, habrían pensado que era un terrorista o alguien que no quería que los demás supieran quién era; una máscara de acero color gris oscuro que carecía de nariz y boca y en la que sólo eran perceptibles los orificios de los ojos, cubría su rostro por completo.

En la parte posterior de la camioneta una horrible arpía murmuraba imprecaciones en dialecto caído. Magog, con forma de serpiente humana, emitía las diabólicas y siseantes vibraciones que habían perturbado el alma de los moradores de la caótica ciudad. Mutó su forma a la de una seductora y atractiva muchacha y bajó el vidrio de su portezuela para cerciorarse de que el plan del príncipe seguía su curso. Vio al Mercedes y al Jeep alejarse con velocidad y gruñó las órdenes correspondientes. El endemoniado chofer arrancó la potente máquina y comenzó a seguir a la comitiva a una prudente distancia.

Los autos se internaron en la carretera del desierto. Ángeles caídos sobrevolaban los vehículos como buitres que persiguen a un león herido; cual imprecisos fantasmas negros, aparecían y desaparecían a placer, informándole a la gran diablesa cada uno de los movimientos del Sephyro.

Aunque ella creía que tenía en su poder la situación, desconocía el hecho de que Liut había percibido desde que pisara el puerto la presencia infinitamente maligna de la princesa de Valkos. Por lo que sabía que las abominaciones aladas seguían cada uno de sus movimientos.

Al llegar a El Cairo se vieron enfrascados en el ace-
cho de vendedores ambulantes. Las avenidas de la ciudad se habían convertido en enormes mercados donde
prácticamente cualquier producto de este mundo podía
conseguirse. Lucharon contra el tráfico un par de horas y
luego cambiaron de transporte una vez más. El Mercedes
no funcionaría para el recorrido que desde allí tenían que
transitar. Así que rentaron un viejo automóvil que los
ingleses utilizaban en los desiertos que habían conquis-
tado, el famoso Willis. Encontraron uno de esos autos del
tiempo de la segunda guerra mundial, camuflado en tonos
arena y café y lo pagaron de inmediato. Lo tripularían dos
árabes provistos con enormes rifles de asalto que Pierre
contrató para la protección de su amo. También empleó al
cocinero del hotel más prestigioso de la ciudad. No pudo
negarse pues Pierre le ofreció el sueldo de un año a cambio
de veinte días de trabajo. El mayordomo no dejó ningún
detalle al azar, compró comida y agua suficiente para el
viaje, así como bebidas para su amo. Realizó la afanosa
tarea vestido con su negro atuendo bajo el sol calcinante
del desierto mientras que su amo y el señorito Liut se
habían refugiado en una especie de taberna donde sólo
vendían té. Paul estuvo a punto de desmayarse cuando
pidió una cerveza helada y le llevaron un té de cebada
con hielos.

"Así que mucho salvar a la humanidad y luchar por
la justicia pero si se trataba del mayordomo ya podían
dejarlo que muriera asfixiado bajo el calor y el sudor
de su propio cuerpo", pensó Pierre, un tanto disgustado

por el clima y las enloquecedoras moscas que no habían abandonado su cabeza desde que pisaran tierra africana. A pesar de ser el mozo de cuerda, él que resolvía los problemas cotidianos y gracias a quien estaban donde estaban, y además de ser el único hombre en la historia que vestía frac en el desierto de Egipto, Pierre viajó con el resto de la servidumbre en un viejo camión que transportaba el equipaje, provisiones y carpas. Mientras Liut y Paul disfrutaron del espacio de la vieja carcacha.

Al salir de la ciudad se detuvieron en las pirámides, el sol incineraba el amarillo intenso de la arena meridional. Después de un berrinche y una fuerte insistencia, Pierre le tomó varias fotos a su amo montado sobre un camello, con un turbante en la cabeza, un puro entre los dientes y el kalaschnikof que uno de los guardias le había prestado para darle mayor realismo a las fotos.

Paul agitó el AK-47 en el aire y se le disparó un tiro. Debido al estruendoso ruido el camello se asustó y echó a correr, tirando al moderno guerrero sobre la caliente arena. El mayordomo corrió presuroso para ayudar a su amo, Liut negaba con la cabeza, ensimismado con densos pensamientos, y los guardias no dejaban de reír estruendosamente.

Mientras su compañero se reponía del trance de su caída, Liut se había sentado en la arena. Con la nueva fuerza de confianza que lo insuflaba se preparó para tener, por primera vez, una visión controlada. Cerró los ojos y sintió que se encendían, la palma de su mano iluminó el trozo de arena que la circundaba... Y apareció. Ahí estaba la portentosa y emblemática ciudad del imperio antiguo de Egipto, bullendo de vida, sonidos, colores y formas ante su sentidos. Las tres pirámides de Giza lucían con adornos de oro y piedras preciosas, imponentes y coloridos jeroglíficos resaltaban por aquí y por allá y dominaban la atmósfera de lugar con dioses que tenían cara de perro o de pájaro. Era maravilloso. El Sephyro se abstrajo en aquella visión el resto de la tarde mientras los demás realizaban un recorrido turístico.

Se reunieron cuando el atardecer ya oscurecía y continuaron el viaje desde la región de las pirámides en dirección a la importante ciudad portuaria de Suez. En tres horas habían llegado y pasaron la noche en un viejo hotel de los suburbios. A las seis de la mañana los vehículos se cargaban con los tanques de gasolina de repuesto y subían los últimos víveres para dirigirse a la región del Sinaí, en la estepa septentrional del desierto del Sahara.

El trayecto fue agotador e insoportable. Ninguno de los dos vehículos contaba con aire acondicionado. Paul vestía una camisa estilo yonqui de Marruecos y no dejó de tomar cervezas frías de la hielera que había comprado en el hotel. Había enganchado un diminuto ventilador con aspersor de agua integrado a su ventanilla y así logró mantenerse fresco.

Liut había estado sumido en el mutismo desde que comenzara el trayecto en Pilos; lucía hipnotizado por el arenoso y rocoso paisaje, y tenía el determinado semblante que adquieren aquellos que se arrojan a empresas que definen el curso de la historia. No sentía miedo sino una sensación de entereza, no estaba intranquilo, había experimentado el terror hasta el límite de la locura y ya era suficiente. Iba a luchar, tenía el poder, la fuerza, él era el elegido.

El mágico atardecer del desierto tiñó con colores y formas idolátricas el espíritu de los hombres.

Al llegar al punto geográfico indicado en el mapa los mercenarios musulmanes africanos, para dar una descripción completa, se detuvieron y bajaron el equipo de los valientes expedicionarios. El Sephyro encontraba valor en la fuerza de su corazón y su amigo en el culto dionisiaco.

La servidumbre armó las tiendas sobre una dura y rocosa superficie del desierto y alistaron el camión para que pudiese ser utilizado como baño y cocina. Contaba con un enorme refrigerador equipado para sobrevivir varios meses, alimentado por un reactor de energía que también daría luz al campamento. También cargaba algunos sofisticados y pequeños muebles de bambú que servirían para hacer más placentera la estadía en aquella inhóspita región del mundo.

Estaban muy cerca de una región donde la opresión de los caídos por poco cambia el curso de la historia. Un horrible demonio, conocido como Baal, a quien los fenicios habían reconocido como a su dios, se había presentado hacia miles de años frente los hombres de aquella prolífica región y se había apoderado de sus almas. Los pobladores lo llamaron Moloc y Baal indistintamente y alimentaban su horrible estatua de fuego y sangre con ofrendas de bebés recién nacidos. En las noches quietas, aún podían escucharse los alaridos de dolor de los pequeños arrojados a la espantosa hoguera de muerte y destrucción. El Sephyro supo esta historia apenas bajo un pie del Willis, pero no quiso turbar el ánimo de sus acompañantes y no dijo nada.

El chef preparó de comer fetuccini con langostinos para el grupo y los guardias prendieron una fogata en el centro del campamento. Paul abrió una botella de vino blanco y brindaron en la noche helada del Sahara con finas copas de bronce que tenían el escudo de la familia Hamilton grabado en alto relieve. El Sephyro se alejó del campamento, nunca había visto tantas estrellas, la vía láctea fulguraba con matices purpúreos, blancos y azules, los cometas anunciaban el signo de la desgracia, como anunciaron la muerte de Julio César y la de Napoleón. Abrió los brazos y se dejó embargar por la luz y la inmensidad de la creación, eso no podía ser destruido, era demasiado vasto, demasiado grandioso, era perfecto. Liut esperó que el alba lo iluminase abrigado por un manto de estrellas esforzadas.

Se iluminó la arena con los primeros rayos del día. El Sephyro hizo sus ejercicios e inició una caminata de reconocimiento. No sentía la presencia de ningún demonio. Después de unos cuantos pasos sacó un libro de su morral. El diario de Angus tenía una serie de dibujos de piedras con runas talladas… las piedras señalaban el camino a la entrada de una caverna.

Paul salió de su tienda y vio que su amigo se alejaba y, sin saber a dónde se dirigía su amigo, lo siguió con un vaso de whisky en las rocas; detrás de él, su fiel sirviente cargaba una sombrilla y una pequeña hielera.

El trío recorrió cuatro horas de sol abrasador sin poder encontrar la senda que indicaba del mapa, ¿cómo iban a encontrar el camino en un lugar donde el viento cambiaba la forma de los horizontes a cada instante? Volvieron al campamento para que sus cuerpos no se incendiaran. Liut entró en su tienda a dormir y Paul hizo lo propio. Despertaron justo al caer el sol. Los guardias avivaban las brasas de la fogata. Pierre preparaba café turco en una extraña jarra de bronce y había servido una mesa redonda con pasteles y bebidas para los dos amigos.

Tomaron asiento, dispuestos a relajarse, disfrutaron el vigoroso estímulo del café al despertar y contemplaron el mar de dunas a su derecha y un imponente arrecife rocoso a su izquierda.

El mayordomo servía la cena para el grupo en una mesa rectangular de seis plazas, dátiles, miel, pan, crisantemos rellenos de queso de cabra y un guiso de cordero. Jarras de agua fresca, de té de menta y, para los que disfrutaban del buen vino, un Chateau Laffite de diez años.

La cena fue animada, el grupo devoró los alimentos y dio buena cuenta de las bebidas servidas en la mesa. La sobremesa fue ruidosa, pues parecía que los mercenarios se peleaban a gritos, pero sólo discutían un tópico sin importancia. Más tarde, el silencio se adueñó del lugar.

Liut no había pronunciado palabra desde que despertara de su siesta; de hecho, su carácter había cambiado mucho desde que dejó Monte Ángelis para dirigirse hacia África. Un presagio rondaba su alma y encendía la fuerza de su corazón con palpitaciones en las que se mezclaban el carácter decidido y la angustia. Se había alejado del bullicio humano, recostado en una loma de arena adivinaba los planetas por los que volaría con su padre y su madre cuando su vida terrestre hubiera terminado. Se incorporó, debía dedicarle algunas palabras a su amigo que tan generosa y espléndidamente costeaba los gastos de la expedición

Cuando regresó a la tienda vio a Paul tendido en su cama de bambú con un grueso pijama color arena, su tienda tenía adornos y era muy acogedora. Admiró la importancia que para su amigo tenía el rodearse de objetos hermosos y estar bien vestido; era un esteta, pero no contemplaba las estrellas ni las montañas ni el mar, encontraba el placer estético en el arte, en los objetos y manifestaciones del hombre, no en las que Dios había creado. Cerró tras de sí la gruesa cortina que protegía a su amigo de los inclementes vientos arenosos y le dijo:

—Sé que el camino fue pesado y difícil y que no me he comunicado contigo últimamente y por eso te ofrezco una disculpa. Quiero que sepas que la tarea que cumplimos con esta expedición es muy importante, que va mucho más allá de un simple viaje de expedición arqueológica o de un título universitario —quiso contarle su historia, quién era y cómo percibía el mundo, pero se abstuvo.

—¿Qué buscamos exactamente? —preguntó el mecenas.

—Buscamos tesoros religiosos —mintió, sin mentir—. Estamos cerca, puedo sentirlo.

—Traigo un GPS satelital, tal vez si ponemos las coordenadas de tu mapa nos dé la ubicación exacta.

— No es necesario mi querido Paul, con las estrellas basta y sobra. Las coordenadas de mi mapa nunca aparecerían en un despliegue de vanidad tecnológica humana.

—¡Ah, bueno!, entonces ya no me preocuparé por nada —exclamó con tono irónico—. ¡Diablos Liut! ¿acaso somos exploradores medievales?

El Sephyro sintió una punzada en la nuca cuando su amigo maldijo, era la segunda vez que lo hacía, ¿sería este alcohólico, por ventura, un Tiresias moderno?, ¿qué trataba de decirle?

—Sé que estamos cerca y eso debe bastarte —sentenció el Sephyro; la acritud volvía.

—¿Cuántos días estaremos en el infierno?, ¿cuándo nos vamos?—preguntó Paul, un poco harto de la convivencia con su amigo.

¡Santo Padre, era la tercera señal! Liut recompuso su semblante y respondió con supuesta calma:

—Mínimo tres semanas, nos podremos ir antes si encontramos algo.

Paul se enderezó y abrió los ojos, aterrado:

—¿Qué? ¿Tres semanas? Pues temo que te quedarás aquí como corresponsal. Yo… yo tendré que ir a Inglaterra a pedir más dinero para la expedición. Será más costosa de lo que pensé.

—Eso no será necesario, el plan de víveres y gastos que elaboramos Pierre y yo alcanza perfectamente para veinticuatro días.

Paul volteó a ver a su mayordomo con mirada iracunda y le reprochó:

—¿Puedo saber por qué no se me informó de esto?

Liut subió el tono de su voz:

—Claro que se te informó. Te di el itinerario completo. Dónde pararíamos, dónde dormiríamos y cuánto tiempo estaríamos. Pero tú sólo sabes beber alcohol —le reclamó.

—¡Hey, hey, hey! Con el alcohol no te metas. Es la causa y la solución de los problemas terrenales y es un estilo de vida. Es mi estilo de vida y debes respetarlo —reclamó, enojado.

—Está bien, tienes razón, discúlpame otra vez, si a ti te gusta tomar una copa de vez en cuando y así eres feliz pues estoy contento de que haya alcohol suficiente para que bebas todos los días. Te doy las buenas noches y me retiro, mañana tendremos un día largo y hay que descansar. Buenas noches, Paul —le deseó el Sephyro y salió de la tienda.

—Noches —respondió, se colocó un antifaz para dormir, se puso tapones de cera en los oídos y cerró los ojos.

El regreso de Larzod

Liut, se acostó con las botas puestas abrazado a su morral. La incertidumbre es la peor de las torturas. Aunque había

288

dejado de sentir la presencia oscura de los ángeles caídos desde que llegaron a Suez, sabía que estaban cerca.

La noche transcurrió nómada y callada. El grupo dormía. Hacía tanto frío que la fogata se apagaría en cualquier momento.

El Sephyro se teletransportó por medio de un sueño a los planetas habitados del cosmos. Se veía a sí mismo sentado en una imponente silla dorada con bordes asimétricos de formas curveadas y espirales. El asiento se sujetaba con cadenas de luz ambarina al multicolor caparazón de una ciclópea tortuga marina de seis aletas que volaba entre los astros comiéndose las estrellas muertas. El anfibio atravesó las galaxias hasta llegar a un formidable planeta completamente azul y descender en su superficie acuática. Luego nadó velozmente sobre las inamovibles aguas del diáfano océano Bleziano.

Blezu era un planeta conformado en un noventa y nueve por ciento por agua salada. La tortuga navegaba entre una fina niebla blanca que en realidad eran pequeñas perlas flotantes que servían como escudo ante los meteoritos y otras agresiones cósmicas. Liut estaba maravillado con el salobre aroma y la sensación de la velocidad que el anfibio alcanzaba. Entre la bruma logró ver en lontananza la gran ciudad movible del planeta: Ziduag, asentada sobre el caparazón de una hermafrodita y bicéfala tortuga marina de doce aletas. Ahí vivían los viejos sabios y los sacerdotes.

El Sephyro contempló la fastuosa imagen azulada, no dejaba de admirarse con las maravillas de la creación del Padre.

Una melodiosa voz comenzó a hablarle en lenguaje angélico:

"Liutpandro, Liutpandro… despierta, es tiempo… despierta Liutpandro… es tiempo de que sea Tiempo". Larzod le daba la señal requerida para abandonar la espera.

El Sephyro abrió los ojos muy acalorado y bañado en sudor a pesar de la helada ventisca que aullaba entre las grietas de las rocas, vio su reloj de bolsillo: eran las tres de la mañana y estaba completamente despierto. Se sentó en el catre y se quitó la camisa. Había llegado la hora, pronto se sabría si el bien prevalecería sobre el mal. El Sephyro guardó sus artilugios en el morral y se dispuso a desarmar su carpa, poco le importaban el frío y el cansancio pues no sentía ninguno de los dos; estaba preparado para la batalla contra los demonios, desnudo el pecho para abrazar la tierra, el brazo listo contra toda espada. Mientras porfiaba lo fuerte que se había vuelto tuvo que sostenerse contra el palo más alto de su cuarto de lona, palideció y comenzó a sufrir palpitaciones. Cada vez que se repetía que él era el elegido y el Sephyro más fuerte que hubiera nacido le sucedía lo mismo… la presión abandonaba su cuerpo. No importaba, nada podía afectarlo, él, Liutpandro, hijo de Arel, recobraría la espada de fuego y la tranquilidad volvería al Cielo.

La gran bóveda de los Grigoris

Cuando el pecado hubo llenado de vanidad las obras de los hombres, subieron allí desde la tierra, como aéreos vapores, todas las cosas vanas y transitorias. Allí volaron simultáneamente las cosas vanas, y los que en ellas fundan sus más confiadas esperanzas de gloria, de fama duradera felicidad en esta vida o en la otra. Todos los que tienen en la Tierra su recompensa, fruto de una superstición penosa o de un obcecado celo, y que buscan únicamente las alabanzas de los hombres, encuentran en aquel sitio una retribución adecuada, vacía, como sus acciones.

John Milton, *El paraíso perdido*

Los hombres del grupo se asombraron cuando al despertar vieron que el amigo del jefe ya había desarmado su tienda, ¿acaso pensaba irse sin avisarles?, ¿dónde estaba?

Liut caminaba decididamente entre las laderas rocosas y se detuvo súbitamente cuando sintió que la pluma
metálica que colgaba en su pecho se calentaba. La sacó y
vio que resplandecía, la mitad en azul metálico y la otra
mitad en azul marino. Alzó la frente hacia el cielo y dijo una
oración en lenguaje angélico: "piedras de luz, muestrenme
la senda", durante unos segundos nada sucedió, pero rápidamente la tierra comenzó a moverse. Frente al Sephyro
se alzaba una superficie rocosa en la que se encendieron
runas que formaron un sendero y una oración: camino a la
cámara divina. Liut siguió el camino marcado por las piedras celestes hasta que llegó al pie de la montaña más alta.

Sobre la base de la escarpada montaña la marca del
ojo de Dios irradiaba una luz de tonalidad indescriptible
de manera intermitente. Debajo de ella había otra inscripción: "bóveda de los Grígoris". Los ojos del Sephyro
se encendieron en un nuevo matiz, entre el blanco y el
celeste, y la marca de su mano expulsó el brillo más azul
que hubiera visto. La marca de Liut se reflejó contra la
marca del ojo de Dios y una gigantesca roca comenzó a
moverse lentamente, cual cueva de Aladino, permitiéndole
cruzar la entrada a las entrañas del planeta.

Al irrumpir en la caverna, la piedra volvió a cerrarse y
sellar la entrada como si nunca se hubiera movido de su
lugar. El Sephyro dio unos pasos en el interior de la silen-
ciosa y húmeda bóveda natural. Intuyó que no era muy
grande. Sus ojos se acostumbraron rápidamente a la oscuridad y se quedó muy quieto, en silencio total. Escuchó
una gotera de agua filtrada desde el techo de la cueva y

empezó a recorrer, apoyándose con una mano, el muro de
piedra que estaba a su izquierda. Así avanzó durante varios metros hasta que la sensación de solidez y estabilidad
desapareció. La pared se abrió ante él por el peso de su
mano; una sección de roca se movió hacia dentro, e hizo
que cayera de cabeza a través de una negra abertura. Su
agilidad no pudo salvarlo y se desplomó contra el suelo
húmedo y frío de la cueva. Respiraba exaltado. Se hincó
y tomó aire profundamente hasta calmarse. Extendió su
brazo derecho, pronunció la plegaria de luz, "luz divina
Sephyro te llama", e inmediatamente una llama brotó
de la palma de su mano iluminando un primitivo túnel
excavado en la tierra, del cual no podía tocar el techo
pero sí las paredes. Caminó hasta que un sólido muro de
roca le cortó el paso; miró desconcertado hacia atrás y
adelante, arriba y abajo. Nada, ¿qué hacer entonces? No
podía volver sobre sus pasos, él era el elegido y sería una
afrenta retroceder. Se agachó para marcar los símbolos
de la runa de fuego e iluminar el túnel en su extensión
completa. No había terminado de marcar el primer em-
blema cuando distinguió trazos humanos en la tierra, se
acercó y despejó con su mano el polvo que los cubría.
Cuál no fue su sorpresa al encontrar esculpida sobre una
enorme roca de ámbar las líneas de una runa, ¡la misma
que él había querido marcar! Definitivamente las fuerzas
celestes procuraban su bienestar. Colocó la palma de su
mano sobre la runa y el símbolo se iluminó tenuemente.
Se escuchó una leve trepidación, el piso se rompió como
si fuera una galleta y dejó ver unos escalones tallados en

la roca. Conforme descendía tuvo que ir agachándose cada vez más para poder pasar y eventualmente tuvo que apagar el fuego de su mano. Cuando los escalones terminaron y llegó a un estrecho corredor avanzaba pecho tierra, era asfixiante, casi como estar enterrado vivo... No dejó que la sensación de opresión lo invadiera y continuó el tortuoso trayecto hasta que por fin salió a una galería. Desentumió su cuerpo y extendió sus brazos cuan largos eran. En medio del silencio reinante pudo escuchar los latidos de su corazón, en ese momento su marca divina volvió a irradiar fuego azul.

La luz iluminó siete majestuosas estatuas de serafines que sobresalían de las paredes rocosas. Cada uno desplegaba sus tres pares de alas y cargaba en las manos calderos de bronce gigante. ¡Había llegado!, ¡él solo había encontrado la bóveda perdida!

El vaticinio se cumplía y cada vez estaba más seguro de que pronto llegaría ante la espada de fuego. Tenía que estar en ese lugar, no le quedaba duda alguna.

Liut descifró las runas talladas al pie de las imágenes: Metatrón, Ahrimar, Lot, Elohim, Zigo, Wotan, Astarte. Pronunció los nombres de los serafines con un lenguaje anterior a los hombres y los sonidos parecieron viajar en espiral y perderse en el techo invisible. Progresivamente comenzaron a rebotar graves sonidos que envolvieron el ambiente. Aquellos invisibles ecos cautivaron al Sephyro de forma irresistible y llenaron su alma de pensamientos ásperos y nebulosos. Los siete serafines se encendieron tenuemente uno por uno, su débil luminiscencia latía al mismo son de la resonancia, brillaban y se desvanecían con igual ritmo. La intensidad de los sonidos fue creciendo tenazmente, y las estatuas comenzaron a arrojar un angélico destello más parecido al verde que a cualquier otro color, aunque no era verde ni de ningún color, iluminando una gigantesca bóveda escondida en el corazón de la negra caverna. El Sephyro apagó la tímida llama de su mano y admiró lo impensable.

Un portentoso y gigantesco barco de madera yacía en el medio de aquella gruta. Estaba en perfecto estado y Liut no pudo adivinar cuál era el origen de semejante mole. Era demasiado grande y perfecto para haber sido construido por los hombres.

Fascinado con la imagen, caminó hacia la enorme embarcación y acarició la madera, siguió rodeándola hasta encontrar un pequeño puente por el que subió al interior de la nave. Caminó por la cubierta y el sonido de sus botas contra la madera hizo eco en la gruta. Abrió lo que parecía la puerta de un enorme granero y vio cientos de osamentas animales desperdigadas por el suelo, entonces lo supo: estaba parado en el arca de Noé... Lleno de mística reverencia comenzó a descender del barco, los serafines resplandecían con una luz capaz de iluminar cien cavernas como aquélla. Terminó de cruzar el puente y se quedó estupefacto ante lo que contemplaron sus ojos azul marino.

Tesoros perdidos de la humanidad y de civilizaciones desaparecidas misteriosamente, se alzaban, soberbios y magníficos, ante su presencia. Pudo ver miles de objetos de arte y herramientas de extrañas formas, cuadros, figuras, representaciones, vasijas, utensilios, aparatos y cosas que no pudo nombrar. Estaba en una bóveda que resguardaba objetos provenientes de todas las eras que han existido. Una vida humana no alcanzaría para ver las maravillas que ahí se protegían.

Había encontrado la bóveda de los Grígoris. ¿Por qué habrían escondido aquellos fascinantes y valiosos objetos en la caverna? Que el Arca y la espada estuviesen a buen resguardo lo comprendía, pero ¿qué pasaba con los demás objetos? No era tiempo de cuestionamientos sino de ponerse en acción. El demonio de la duda quería minar su esfuerzo, pero no lo consiguió.

El Sephyro no podía dejar de admirar la insuperable belleza que los hijos del Padre habían construido. Era contradictorio, por una parte eran seres crueles e irracionales, y por la otra los artífices de los más hermosos e imponentes objetos que el universo conociera. Sintió que no alcanzarían los museos del mundo para contener la cantidad de fastuosas reliquias que protegían los siete poderosos serafines.

La bóveda de la caverna estaba circundada por catorce puertas de doce metros de altura cada una; algunas de piedra, otras de madera y hierro. Todas poseían crípticos símbolos tallados en su parte más baja. Cada puerta tenía una grafía diferente que revelaba místicos dialectos del universo.

Algunas de las puertas tenían anormales reliquias a un lado y las otras brillaban con una luz adyacente, estas últimas tenían forma heptagonal y cada uno de sus lados estaba flanqueado por serafines y querubines de piedra con ojos brillantes.

Los signos tallados en las puertas indicaban dos cosas: el contenido de la bóveda, en el caso de las puertas sin luz, y a qué lugar de la galaxia comunicaban, para las que brillaban incomprensiblemente.

Liut recorrió cada una de las puertas interpretando sensorialmente los jeroglíficos hasta que descubrió la que tenía grabado el ojo de Dios, la misma marca de su mano. Maravillado, extendió su brazo e hizo contacto con la señal, la caverna tronó y la gigantesca puerta de piedra se abrió lentamente. El Sephyro entró en trance profundo. De sus ojos salieron finos rayos azulados que se estrellaron contra las piedras. Cruzó el umbral y una intensa luz blanca llenó sus ojos de dicha.

El Sephyro se iluminó ante la herencia que su padre le había legado. No había duda, él era el elegido y había logrado la primera parte de su misión.

Entró en una cámara abovedada y el más grande de los abismos se abrió ante sus ojos. Sobre el precipicio flotaba la fulgurante espada de fuego, incrustada en una nívea base de piedra que tenía grabado el rostro de Dios, y que se sostenía en un pedestal de forma rectangular, hecho de piedras lunares. Tres principados de metal violáceo custodiaban la preciada arma y apuntaban sus filosas lanzas hacia el intruso.

Para llegar a la espada de fuego era necesario subir siete escalones de una piedra parecida a la esmeralda. El Sephyro subió los peldaños que lo separaban de la espera. La espada contrajo su resplandor conforme se acercaba, y cuando estaba muy cerca pudo ver grabada la marca del ojo de Dios en la empuñadura ternaria, con un dragón y un león de cada lado: los dos querubines encargados de custodiar el Jardín del Edén.

Liut observó que las paredes de la bóveda estaban cubiertas por miles de ojos labrados en la piedra. Los ojos comenzaron a moverse y los dos últimos escalones que lo separaban de la angélica llave se derrumbaron en la profundidad, la espada se apagó por completo y el espíritu del Sephyro se llenó de inquietud, entonces las estatuas se movieron hacia él con los ojos encendidos en fuego verde.

¡En el nombre de Dios!, ¿qué sucedía? Él era el elegido. ¿Era acaso una prueba? ¿Por qué lo alejaban de la espada si estaba allí para protegerla? Escuchó la voz de Larzod y comprendió que debía abandonar la cámara principal, su ángel guardián le hizo saber que no debía sacar la espada por ningún motivo sino hasta pasado un día completo a partir de ese momento. Comprendería el por qué al abandonar la caverna. El Sephyro se retiró con aplomo, los miles de ojos se abrían y cerraban y movían sus córneas con consecuencias eméticas para el que los viera.

Liut se apropió de algunos tesoros: copas y algunas joyas, y las dejó en el primer túnel que había encontrado para hacerle creer a Paul que ése era el hallazgo y así mantenerlo tranquilo por el éxito de la expedición. Luego podría buscar una respuesta en las estrellas. ¿Por qué no lo dejaban sacar la espada de fuego y protegerla? Acaso el peligro y la muerte rondaban silenciosos y cercanos.

El mensajero de Luzbel

El Sephyro salió de la caverna y un halo rojizo llamó su atención. Corrió a toda velocidad y se detuvo para ver como el fuego consumía las tiendas del campamento. El paisaje era devastador. Los cuerpos del cocinero y los guardias habían sido brutalmente mutilados y yacían en un charco de sangre. Liut crispó los puños y sus ojos se encendieron en azul metálico; la ira corrió en su interior, se avecinaba lo peor. El pánico se apoderó de él cuando pensó en su amigo. Buscó los cadáveres de Paul y Pierre pero no pudo encontrarlos. Entró rápidamente a la tienda de su compañero, que era la única que no había sido incendiada y en una silla de bambú observó una imagen infernal. Un ángel caído de rango bajo con sus podridas alas plegadas estiró su huesuda y negruzca mano para quitarse la máscara y dejar ver un deforme rostro sin ojos de cuyas cuencas brotaban multitud de insectos. El Sephyro se puso en guardia y extendió la palma de la mano de forma vertical, pero el demonio le habló con una voz insoportablemente aguda en dialecto caído; el eco de su voz resonaba incesantemente en la cabeza de Liut, mezclando las palabras y llenando de horror el significado de cada una de ellas:

—Liutprando, hijo de Arel, el traidor —expresó con tono fantasmal.

El Sephyro reclamó violentamente:

—¿Dónde están mis amigos? ¿¿Dónde!! ¡Ángel maldito, si no me respondes tu sangre se va a mezclar con la de mis guardias!

El mensajero del Infierno no se inmutó frente a la amenaza y completó su frase:

—Liutprando, hijo de Arel, el traidor. Tenemos cautivos a los hombres que aquí estaban y también a los del monasterio.

"El trato es sencillo, Sephyro. La espada de fuego y tu vida a cambio de las de ellos. El príncipe nos observa. El fin está cerca gracias a ti —después de pronunciar estas palabras, el Caído se colocó su máscara y se transformó en humo negro, desvaneciéndose de inmediato."

Liut respiraba con agitación, sus ojos mutaban histéricamente del azul metálico al violeta y emanaban rayos tan poderosos que comenzaron a quemar la tienda. Se contuvo y empezó a respirar pausadamente. No había contado con esto, pero era su culpa. Él sabía que los caídos lo seguían, había expuesto la existencia de seres inocentes para llegar a ese lugar. Claro que el sacrificio de sus vidas no sería en vano. El fin ulterior de encontrar la espada de fuego justificaba mil asesinatos a manos de los demonios. El universo corría peligro, pero no había que temer, ahí estaba él, Liutpandro, hijo de Arel, el victorioso.

El Sephyro regresó disparado hacia la caverna. Llegó a la cámara principal y subió los escalones decidido a llevarse la espada para combatir a los ángeles caídos y salvar a los suyos. Pero un instante antes de tomarla emergieron pequeñas plumas blancas y azules llenas de luz y una silueta alada se dibujó hasta definir la forma de Larzod, cubierto por su majestuosa máscara blanca de runas doradas.

—Sé por qué estás aquí —dijo en tono grave—. Te dije claramente que no volvieras hasta mañana. Vas a cometer el peor de tus errores —advirtió, y el Sephyro escuchó sus palabras en el interior de su mente—. Si rompí las reglas y te salvé cuando eras tan sólo un niño es porque creía en ti —agregó con tono severo—. La espada es demasiado poderosa para ti, aún no puedes controlarla ni combatir con ella.

Liut, llenó de angustia, replicó:

—¡Oh poderoso ángel guardián! ¡Oh, sublime Larzod! Deja que me lleve la espada. La necesito para salvar a quienes más quiero. Mi esposa está cautiva; Angus, a quien bien conoces, está preso también... Además, ¡yo soy el elegido! ¡Claro que puedo maniobrar la espada! Y no sólo eso, con ella destruiré a Luzbel y su reino de terror se acabará finalmente.

—Al igual que tu padre ¡tendrás que sacrificar a los que más amas! —dijo el ángel—. Te engañas si crees que eres el elegido.

—¡No seré un cobarde ni un traidor! ¡Yo soy el elegido! ¡Soy el Sephyro de la profecía de los querubines edénicos! —gritó Liut con los brazos erguidos y tensos y los puños apretados.

—¿Puedes acaso escuchar tus palabras, Sephyro? ¡Estás hablando como un humano! El odio que transmites te descubre corrompido. Ya lo sospechaba, y Angus también. No eres el elegido. No has entendido nada. La espada de fuego puede terminar con la existencia del universo si cae en las manos de Luzbel. Eso ya lo sabes. Y también sabes que el príncipe de Valkos podría destruirte con un leve soplo. ¿Estás dispuesto a salvar a los tuyos para verlos morir al día siguiente? Los míos, los que más quiero, lo que yo quiero, egoísmo puro. Tú serás el segundo traidor más grande de la historia del Cielo si le entregas la espada a Luzbel a cambio de cuatro almas humanas. ¡El reino de los cielos no es negociable!

Liut titubeante y lleno de tristeza tomó la empuñadura de la espada y dijo:

—Lo siento, pero tengo que recuperarlos —su corazón humano era más grande de lo que los ángeles habían sospechado.

La voz de Larzod se disipó poco a poco mientras él desaparecía:

—El Padre no lo permitirá. Serás recordado como Liutpandro, el Sephyro traidor. Nunca volverás a verme.

Cuando Larzod desapareció por completo, Liut jaló con las dos manos la espada y sintió un inmenso poder recorriendo todo su cuerpo. En sus pensamientos se repetía una y otra vez que era el elegido.

—¡Padre, no te fallaré! ¡Recobraré a los míos y mataré a Luzbel! —gritó, sus ojos centelleaban furiosamente, su mano emitía una luz eléctrica que podía escucharse. Jaló la empuñadura con todas sus fuerzas hasta que arrancó la espada de la piedra lunar que la resguardaba. La caverna cimbró horriblemente con un terremoto y el Sephyro alzó la espada de fuego que brillaba como nunca, luces azules y rojas rebotaban contra las paredes de la bóveda y Liut comenzó a reír como un loco.

El poder corrompe a los hombres y también a los ángeles.

El fin del mundo está cerca

Luego apareció en el cielo otra señal: un gran dragón rojo que tenía siete cabezas, diez cuernos y una corona en cada cabeza. Con la cola arrastró la tercera parte de las estrellas del cielo, y las lanzó sobre la tierra. El dragón se detuvo delante de la mujer que iba a dar a luz, para devorar a su hijo tan pronto como naciera. Y la mujer dio a luz un hijo varón que gobernaría todas las naciones con cetro de hierro.

Apocalipsis 12,3

El Sephyro despertó afuera de la caverna y buscó la espada de fuego. No estaba por ningún lado. El sol iluminó su frente como una caja de cristal que al fuego encerrara, tenía un brillo salvaje en la mirada y su respiración inflaba y desinflaba cada músculo de su cuerpo. Pretendió abrir la entrada de la caverna con

303

las frases que antes utilizara y nada sucedió, ni siquiera veía la marca del ojo de Dios en la montaña. Lo intentó físicamente, pero era imposible para su limitada fuerza mover una piedra de aquel tamaño; expulsó bolas de energía y nada.

Alzó la frente y contempló el sol en su cenit. Miraba desafiante hacia el cielo. "El Padre no lo permitirá", le había advertido Larzod, ¿acaso no sabía que era el mismo Padre quien le había encomendado la tarea? No tenía tiempo que perder. Regresó al campamento en una carrera veloz y le quitó las llaves del Willis a uno de los guardias degollados; miró con asco que les habían sacado los ojos, arrojándolos sobre la arena. Una multitud de viscosos insectos disfrutaban del protervo banquete y alzaban sus antenas y pequeñas patas para limpiar la sangre coagulada de sus articulaciones.

A pesar de que nunca había manejado, excepto en las lecciones que le impartiera su amigo en aquellos años felices de universidad, el Sephyro se aventuró a conducir hasta El Cairo. El calor era absolutamente inaguantable, más de cincuenta grados. Liut se quitó la camisa, la transpiración que resbalaba de su frente le nublaba la vista, pero continuó, enloquecido de angustia.

En el camino fue sorprendido por una fuerte tormenta de arena. Estacionó el auto y esperó un par de horas en las que pudo serenarse, recordar a su amada, a su amigo, a su maestro. ¡Él los rescataría! Cuando el torbellino acabó, estaba en medio de un mar amarillo y no había una sola señal que pudiese identificar. Trató de encender el vehículo pero fue inútil, la arena lo había arruinado. Agarró el agua que pudo cargar, acomodó el morral en sus hombros y esperó que anocheciera para ubicar su posición guiado por las estrellas.

Caminó sin descanso por la glacial noche desértica y cuando se detuvo para anotar la ruta de su camino en la libreta escuchó que la pesada respiración de un humano se acercaba. Se escondió detrás de una duna y vio que un hombre tambaleante pasaba a su lado, arrastrándose sin percatarse de su presencia, un hombre vestido de frac en el desierto, ¡de frac en el desierto! No podía ser otro que Pierre, el fiel mayordomo. Lo llamó a gritos y el hombre respondió al impulso de la voz conocida, alzó la mano para saludar y se derrumbó. Liut fue a socorrerlo y vio las quemaduras que el sol le había infligido, tenía los labios secos y partidos, los ojos rojos y múltiples llagas cubrían su rostro, estaba deshidratado y a punto de morir. El Sephyro le dio cucharaditas de agua, pues es sabido que a un hombre deshidratado no se le deben dar grandes cantidades de líquido o se corre el riesgo de que su estómago colapse y le dé un paro cardiaco. El mayordomo bebió y se quedó dormido.

Al amanecer Liut localizó dos grandes rocas que se alzaban en medio del océano arenoso. Cargó a Pierre hasta el lugar y pasó el resto del día cuidándolo y meditando sobre sus siguientes acciones. Había intentado interrogarlo sobre lo sucedido en el campamento, pero había sido inútil, aún estaba muy débil, tenía que esperar que se repusiera. El hombre durmió la mayor parte del día y el Sephyro se dedicó a analizar la geometría del viento, ciencia que los Grígoris habían perfeccionado hacía miles de años y que corría por sus venas. Al caer la noche Pierre se veía bastante repuesto. Apenas se desperezaba de su largo sueño y ya el muchacho caminaba hacia él para que le contara lo ocurrido, pero no tuvo que preguntar nada pues el mayordomo comenzó su explicación cuando lo tuvo a su lado.

—Muchas gracias, me salvó usted la vida —fue lo primero que dijo y le tendió la mano. El Sephyro se la estrechó y con la mirada lo instó a hablar—. Parece que necesita usted saber lo ocurrido. Se lo contaré lo mejor que pueda. Eran como las tres veinticinco de la madrugada… lo sé, porque desde que el amo Paul tiene quince años le llevo un vaso de agua con hielos a las tres treinta de la madrugada. Ya sabe que en su situación la sed y la necesidad de agua son una constante que no debo dejar de lado, pues algo malo podría pasarle a sus riñones. Perdón, continuaré. Bien, era de madrugada y me levanté por el vaso de agua, pero no había hielos. El amo se hubiera puesto furioso con ese detalle así que me dirigí al camión de servicios e ingresé por la parte trasera, empecé a rascar la escarcha del congelador de alimentos, entonces la puerta se cerró por fuera y quedé atrapado. Las 3:33 a.m. marcó el reloj del tablero del camión cuando dos grandes vehículos y cuatro motocicletas llegaron al campamento. De los vehículos bajaron hombres corpulentos y muy altos que vestían trajes de cuero negro. Los asesinos tenían máscaras metálicas. No pude ver el rostro de ninguno, lo que sí pude ver fue a una hermosa mujer que se bajó de una de las camionetas. Entró a la carpa y salió de ella con el amo Paul amarrado a una cadena. Lo subió a su auto y se fue. Los demás se quedaron a quemar y masacrar al resto de la expedición. Gritaban su nombre señor Liut, lo buscaron por doquier pero no encontraron rastro suyo. La señorita, antes de irse, le dio órdenes a uno de ellos de quemar nuestro reducto; excepto el Jeep y la tienda del amo Paul el resto del campamento ardió. Cuando empezaron a quemar las carpas supe que tenía que escapar, por lo que salí sigilosamente por la puerta del chofer y corrí sin detenerme lo más fuerte que pude. Desde esa noche he vagado por el desierto sin encontrar agua o ayuda… realmente es un milagro que me haya encontrado señor Liut.

El Sephyro, contento de que su amigo estuviera vivo, se puso de pie y dijo:

—El mundo es un lugar mágico, sólo que los humanos nunca se detienen a observarlo. Alguna vez escuché esas palabras de mi maestro. Sé que estás débil pero debemos alcanzar a los secuestradores. Te ayudaré a caminar y si es necesario, te cargaré. Pero ¡por Dios, quítate ese frac! Estamos en el desierto.

El mayordomo obedeció, como lo había hecho toda la vida; cuando se quitaba la levita advirtió que su salvador hablaba solo en un lenguaje desconocido.

—¿Decía usted? —preguntó.

—Con mi mano en el puño de la espada —respondió el Sephyro en una frase demencial—, venceré al mal y traeré tranquilidad a la Tierra. Eso dije.

"¿Tranquilidad?", rumió Pierre, ¿de qué hablaba?, ¿acaso no era un habitante de este mundo? No existe la tranquilidad como concepto envolvente de lo cotidiano, sólo como instantes inducidos por agentes externos a nosotros mismos. Seguro que no lo sabía. Además, ¿con una espada? Definitivamente el muchacho deliraba por los excesos sufridos en el Sahara.

—Perfectamente, señor —dijo, y enmudeció sus pensamientos.

Los dos hombres continuaron su paso entre el mundo mineral y la luna inmensamente leonada. Después de doce kilómetros Pierre no podía más y el Sephyro lo cargó en sus hombros como si fuera un niño de cinco años. Amanecía y Liut no había dejado de avanzar con el hombre sobre su espalda. Continuó hasta una nueva formación de rocas que había divisado y la cual les permitió guarecerse del calcinante astro dorado.

Avanzaron durante cuatro días y cuatro noches por el desierto hasta que fueron rescatados por unos nómadas que les dieron comida y bebida.

La tribu se ofreció a llevarlos en camello durante otros dos días hasta el pueblo más cercano a cambio de una jugosa recompensa que Pierre les ofreció. Una vez saldada la deuda tomaron un autobús a Suez y los dos durmieron las doce horas del recorrido en un camión atestado de personas, de animales de granja, de cajas con verdura y de ruido. Al llegar a la ciudad recogieron el viejo Mercedes Benz que habían encargado en una pensión y Pierre manejó hasta Alejandría.

Una vez en el faro el mayordomo se comunicó con el padre de su amo, le reveló escuetamente lo ocurrido, suavizó el tema del secuestro de su hijo y lo hizo parecer una de las usuales escapadas del joven amo. El padre gritó, insultó, reclamó, se quejó y después le giró un cheque que pudo cobrar de inmediato. Así, Pierre dispuso los arreglos necesarios para que se embarcaran en el yate con destino a Pilos.

Atormentado, lleno de zozobra y con un tenebroso sentimiento en su corazón, el Sephyro subió al bote y se tiró sobre la popa en posición fetal. Pierre lo miró, comprensivo, había pasado por demasiados eventos traumatizantes, y decidió no molestarlo.

El viaje náutico no presentó mayores contratiempos lo que le hizo pensar a Liut que seguramente reaccionaba tal y como sus enemigos lo habían previsto. Su espíritu sabía que ésa era la verdad. Pero no tenía otra opción, debía llegar a Monte Ángelis cuanto antes y rescatar a los seres que más quería en el mundo. Además, en el pasado había tenido una espantosa premonición del monasterio, y por ningún motivo dejaría que aquella terrible visión se hiciese realidad.

Cuando vio tierra en el horizonte sus ojos se encendieron, asió fuertemente su morral y sintió un halo de inquietud homicida que rondaba el puerto. Se dirigió a proa y le dijo a Pierre:

—Escúcheme bien, debemos ser extremadamente cautelosos. Los espías del príncipe de fuego están por todas partes y pueden elegir cualquier forma para convertirse.

Una vez que lleguemos al puerto yo desembarcaré. Usted espere en el barco, pida al capitán que se aleje un par de kilómetros del puerto y aguarden hasta tener noticias mías ¿De acuerdo?

"Directo al pabellón psiquiátrico", pensó el mayordomo.

—Sí, señor Liut, lo haré como ordena. Por favor, permítame decirle que estaré en deuda con usted el resto de mis días y que puede contar conmigo siempre que lo necesite. Mucha suerte, señor Liut.

El Sephyro asintió con la cabeza y aguzó la mirada, estaba cerca del puerto y el oleaje crecía, era una mañana gris y lluviosa que amenazaba la tormenta.

Liut bajó del yate en un pequeño bote, remó hasta el puerto y echó a correr hacia el bosque. En el camino hurtó una bicicleta y pedaleó furiosamente hasta encontrar el pasaje angélico que rodeaba Monte Ángelis, arrojó la bicicleta al suelo y continuó a pie por el camino de grava hasta que llegó a una de las partes laterales del monasterio, ahí donde el árbol hueco le había revelado la pluma y la carta de su padre. Se asomó al árbol y de sus entrañas sacó el arco y las flechas que utilizara en su entrenamiento. La marca de su mano se encendió y sus ojos brillaron con un extraño tono violáceo azulado.

Salió del tronco y un horrible sentimiento de impaciencia lo embargó. Sentía la desgracia en la pesada atmósfera. Caminó hasta la muralla de piedra rosada, la rodeó y cuando se asomó para ver si reconocía a alguien, sus ojos se volvieron tristes para siempre.

Lo intuido se había vuelto realidad. Monte Ángelis estaba cubierto de hollín, había restos de fuego por doquiera y una densa neblina negra envolvía el lugar.

El Sephyro se llenó de rencor y una tormenta de venganza se encendió en su sangre. Trepó por uno de los altos muros, se hincó una vez que alcanzó la cumbre y de un salto ingresó a lo que quedaba del monasterio. Entonces comenzó a temblar, se recargó contra una pared y su cuerpo se manchó de hollín, lentamente se deslizó hasta el negro suelo, tomó su cabeza con ambas manos y la sintió, la visión llegaba: un batallón de ángeles caídos, bajo el mando de Magog, que se mostraba con una nueva imagen: un enorme y alto demonio de femenino y desnudo cuerpo negro, con piernas de carnero y alas de dragón, con los ojos rodeados de una enfermiza bruma amarillenta, una melena negra y podrida que alcanzaba su espalda, y pequeños cuernos sobre la cabeza.

La femenina bestia infernal irrumpió como una marabunta con su horda de muerte y destrucción a través de las puertas del monasterio de Monte Ángelis. Comenzó a gruñir horriblemente en dialecto caído y los demonios vieron a un puñado de frailes vestidos con hábitos reunidos ante el altar. Todos estaban arrodillados menos el abad, Angus, que se mantenía en pie ante las gradas.

—¡Mátenlos a todos, excepto al traidor!—rugió Magog.

Los monjes voltearon con la turbación en sus almas. Ahí estaban el hermano Filio, el hermano Desmond, los hermanos Jacobo y Zenén, Bernardo y los demás. Se hizo silencio… de pronto cinco caídos alzaron sus armas y despedazaron a cinco frailes. El ruido y el humo terminaron con el ambiente de misterio que infundían las blancas luces del altar y los otros caídos continuaron con la masacre. En poco tiempo todos los hermanos estaban tirados en el suelo, bañados en sangre.

Angus había protegido a Bernardo al lanzarle una pequeña descarga de energía que lo dejó en coma momentáneo y le provocó una ligera hemorragia, si lo hubiéramos visto hubiésemos creído que el obeso cocinero había fallecido.

—Incendien el monasterio —gritó Magog y batió sus alas de lagarto fuertemente.

Liut despertó del trance, horrorizado, aunque un poco más tranquilo de saber que su maestro y su amigo estaban a salvo, o al menos debían estarlo. Vio con tristeza que las hermosas piedras angélicas estaban tiznadas, las celdas de los monjes y la cocina destruidas y quemadas. No sucedía como lo había previsto, ¿por qué el Padre no le había permitido llevarse la espada de fuego?, ¿acaso no era el elegido?, ¿acaso Dios mismo no había dado la orden de que él, Liutpandro, hijo de Arel, fuese a recoger la espada? No importaba, tenía su arco de madera azulada de Blezu y con él destrozaría a los demonios, lavaría con sangre la afrenta infernal que los caídos le habían infligido a sus seres queridos.

Ágilmente se movió entre la maleza y el humo, tratando de encontrar alguna señal de Perséfone, pero lo único que encontró a su paso fueron ángeles caídos que custodiaban el lugar. Se detuvo en medio del espacioso bosque, escuchó los sonidos naturales de la fauna y se llenó de aprensión, agarraba el arco fuertemente y no veía la hora de empezar a utilizarlo.

En ese instante brotaron frente a sus ojos, de entre las partículas de cenizas negras y grises que flotaban en el ambiente, tres caídos de jerarquía baja.

Liut sonrió con ferocidad, por fin podría utilizar lo aprendido con Angus en la lucha cuerpo a cuerpo contra los seres de luz; el instinto de la venganza embargó su espíritu y se preparó para destruir a los malditos. Tomó la pluma de metal que colgaba en su cuello con la mano derecha y pronunció las palabras necesarias para la transformación: "espada azul, protégeme del odio". En fracciones de segundo se generó en su mano una delgada e increíblemente filosa espada de fuego azul. El Sephyro se puso en guardia y esperó el ataque.

Dos demonios portaban espadas cortas de fuego negro y el tercero un hacha oxidada y horriblemente puntiaguda.

Liut los miró fijamente, los demonios babeaban y se acercaban hacia él con sus jorobas putrefactas mientras prorrumpían espantosos chillidos. El Sephyro se movió como un huracán y descargó tres violentos golpes en las oscuras siluetas. Los caídos aullaron pavorosamente, no habían tenido tiempo ni de moverse cuando el fulminante impacto de la espada de fuego azul los había desintegrado. Liut lanzó una carcajada. "¡Soy el elegido, por Dios Santo Padre Todopoderoso. Soy el elegido!", gritó, y fascinado por el escarmiento que les había dado continuó su camino.

Avanzó con suma cautela por el corrompido bosque, quería percibir la presencia maligna de los ángeles caídos antes de que ellos lo descubrieran a él. Se detuvo súbitamente pues una corriente de frío inhumano le causó un escalofrío que recorrió sus huesos. Como los muertos que abren la tierra para vengarse de los vivos, del suelo cubierto de hojas secas emergieron diez caídos con tétricas máscaras impregnadas con lágrimas de rencor y envueltos en mallas de afilados picos. El ambiente se llenó con una pestilencia insoportable y los demonios comenzaron a contonearse y lanzar rugidos bestiales. Liut recorrió con la vista a sus enemigos. Sus ojos se habían vuelto de un azul metálico intenso y lanzaban destellos eléctricos. Cambió la espada a la mano izquierda y la clavó en la tierra que expulsó un rayo azul, extendió la palma abierta de su diestra y murmuró una invocación en voz angélica. Su mano se llenó de energía celeste y formó una esfera, la sostuvo en su lugar y la esfera se hizo más y más poderosa, luego pronunció rápidamente su brazo hacia delante y lanzó un alarido de batalla, la esfera se convirtió en un veloz y potente rayo que hizo explotar a sus atacantes y la circunferencia del bosque en mil pedazos. Observó su enorme poder de destrucción, ¿realmente necesitaba aquella espada para vencer a Luzbel? La bilis negra volvía y se apoderaba lentamente del alma del Sephyro.

Entonces volteó el rostro y vio que Magog y un ejército de cincuenta caídos se aproximaban hacia él. Eran los mismos guerreros que había observado en su visión de la toma de Jerusalén. Liut no se movió de su lugar y desafió la petrificante mirada de un caído diferente a los demás. Tenía el rostro de un blanquecino y viscoso reptil y el cuerpo de un monstruo pisciforme, sus pupilas verticales se movían en una danza amarilla y roja y Magog lo sostenía con una cadena de metal rojo. Al ver al Sephyro, el aborto del Infierno lanzó un acuático bramido con la potencia de mil monstruosidades marinas:

—¡Deténganlo! —ordenó Magog y soltó el grillete de su bárbaro.

Los caídos gruñeron como frenéticas bestias y con el frenesí de la muerte y la carnicería se lanzaron sobre Liut al tiempo que despedazaban cuanto se interponía en su paso. La tierra tembló bajo la carrera de los salvajes asesinos. El Sephyro sacó su arco y comenzó a disparar rápidamente, lanzó diez saetas y diez demonios se desintegraron al instante, una de las flechas la había dirigido contra el monstruo blanquecino, que al ver llegar el dardo lo desvió de un manotazo hacia el demonio que estaba a su lado. Liut arrojó el arco al suelo, levantó su espada en el aire y murmuró otra invocación con voz angélica: "armadura de luz, protegeme del odio". La espada de fuego azul centelleó y la encajó con fuerza en el suelo que se estremeció violentamente, el arma emitió una luz que cubrió su cuerpo con una luminosa armadura color hueso y formó un escudo de forma oval. En fracción de segundos un halo luminiscente lo envolvió en un campo de energía eléctrica y comenzó a generar una enorme bola de energía que atravesó como una centella la leve distancia que lo separaba de las bestias infernales, despedazándolos con una abrumadora explosión.

Magog salió proyectada hacia atrás a gran velocidad y se estrelló violentamente contra un muro, que se deshizo con el golpe, y quedó tendida en el suelo. Sólo la primigenia monstruosidad blanquecina quedó incólume ante el ataque. Bufaba horriblemente y agitaba sus viscosas extremidades. La bestia y el Sephyro corrieron al mismo tiempo para enfrentarse, cuando estaban a milímetros de distancia el aborto infernal lanzó un terrible golpe con sus afiladas extremidades, pero Liut ya había dado un ágil salto por encima del horror y antes de aterrizar en su cola, le clavó la espada de fuego azul en la médula espinal.

El demonio se retorcía espantosamente, el Sephyro se extrañó de que no se desintegrara. El cielo se ennegreció por completo y un espantoso alarido se escuchó en el bosque. Liut comprendió que debía apresurarse; se agachó rápidamente y dibujó en el suelo un conjuro de runas angélicas que comenzaron a encenderse paulatinamente, después el aire se llenó de vibraciones eléctricas y una impresionante explosión azul cubrió el lugar desintegrando a la frenética abominación.

Tres negras siluetas habían cubierto el cuerpo de la princesa de la explosión con sus alas especiales y luego se la llevaron por un portal de oscuridad.

El Sephyro tenía más fuerza que la que le correspondía, tal vez la fuerza de la maldad que crecía en él sin que pudiera advertirlo se unía con su parte buena creando a este coloso de poder. Ahí estaba, parado en medio de un fulgor eléctrico, respirando pesadamente y con el semblante de un loco.

Cerca de ahí, Angus, Bernardo y Paul yacían en el piso con el rostro desfigurado por la tortura. Sus manos sangraban pues estaban inmovilizadas por una cadena de púas. La aterradora silueta de un descarnado ser oscuro, que medía más de dos metros y medio con una asquerosa cabellera negra cubriendo su rostro abismal, cuidaba de los condenados. Más que cuidar, esperaba que el Sephyro llegara para matarlo.

En medio del bosque apareció la siniestra figura de Caín vestido con un aristocrático traje de seda azul marino. Caminó hacia Atalus y sus prisioneros y lanzó una horrible carcajada. Acercó su rostro al de Angus y clamó:

—El viejo Angus. Por fin nos volvemos a encontrar. Qué pena que sea en estas condiciones. Pero tuviste tu oportunidad y no la aprovechaste… supe que hiciste un buen trabajo con el entrenamiento del Sephyro. Escuché también que la espada viene en camino —la cara de reptil de Caín enflaquecía la forma de sus horribles ojos verdes.

Angus estaba arrodillado, medio muerto por los golpes, pero aún así le respondió al innoble artífice de la maldad humana:

—¡Liutpandro nunca te entregara la espada, maldito traidor! ¡Nunca!

—Ja, ja, ja… lo hará… No tengas duda de ello. Tú, como yo, sabes que no es el elegido, es un simple Sephyro al cual engrosamos al poder inmenso de nuestras filas infernales. Su alma es nuestra y la espada de fuego para abrir el portal, también. Ja, ja, ja, ja —rió con malicia.

317

Caín tronó los dedos y entre la maleza surgieron dos caídos que sostenían fuertemente a Perséfone. No se veía lastimada físicamente pero la angustia de su mirada hubiera bastado para volver a los hombres sombríos para siempre; no se veían sus pupilas, sólo dos apagadas esferas negras. Caín hizo una señal a los esbirros y la arrojaron al suelo con desprecio. Se acercó a ella con paso señorial, la levantó con el brazo izquierdo mientras con el otro brazo colocaba el filo de un horrible báculo en su garganta.

—Tu Sephyro me entregará la espada de fuego cuando sepa que la vida de su mujer y de su primogénito están en mis manos... ¡Ja, ja, ja, ja! —rió vilmente aquel que había sembrado su negra semilla de odio en la raza humana.

Caín exhibía una sonrisa amarga, con un excepcional resplandor plateado en sus aguzados colmillos, volteó y ordenó con voz potente:

—¡Atalus! Amordaza a estos tres imbéciles, el Sephyro está cerca.

El general del infierno golpeó a los rehenes mientras los caídos los amordazaban.

Liut recorría el extenso territorio del monasterio hasta que percibió la energía de Angus. Corrió hacia el lugar y contempló a los prisioneros bañados en sangre e inmóviles en el piso. El monje se puso de rodillas en cuanto percibió la energía de su pupilo y con gestos trató de prevenirlo de la trampa que le habían tendido, pero el Sephyro corría con el rostro lleno de entusiasmo y orgullo, creía que había aniquilado a los emisarios del Infierno que habían hecho cautivos a su maestro, sus amigos y su esposa.

Rápidamente se hincó y con su arma rompió el alambre que aprisionaba las manos de Angus. Depositó la espada en el piso para desatar la mordaza de su maestro, pero el monje se la quitó desesperadamente de la boca y le gritó.

—¡Es una trampa!, ¡corre! ¡Tu vida es más valiosa que la nuestra!

Atalus apareció detrás de Liut, lo tomó de los hombros y lo lanzó por el aire como si fuera un muñeco de trapo. El Sephyro evitó el impacto contra la pared al realizar una acrobacia que le permitió aterrizar en el muro con las plantas de los pies, mismas que lo impulsaron hacia delante y lo dejaron aterrizar firmemente en el piso. Se puso de pie y encaró al demonio cuya estatura lo aventajaba por tres cabezas.

Atalus lanzó un gruñido y mostró su horrible y filosa hacha valkiana; comenzó a moverla en círculos que cortaron el aire provocando un siniestro zumbido y lanzó un golpe hacia el Sephyro con la fuerza de diez mil lobos rabiosos. Liut se hizo a un lado con la rapidez de un rayo y el hacha pasó a un milímetro de su cuerpo, impactándose en el suelo y destrozándolo en cientos de pedazos que volaron por todas partes. En el mismo momento en que el mellado filo se estrellaba contra la roca el Sephyro lanzó una patada que como una erupción volcánica se impactó contra la nuca de su oponente, pronunciándolo de boca hacia el suelo.

Mientras la batalla angélica sucedía, Angus cortaba las ataduras de Bernardo y Paul.

—Simulen que tienen atadas las manos y no hagan nada hasta que yo les haga una señal con los ojos. ¿Entendido? —les preguntó mientras los desataba.

Ambos asintieron con la cabeza, no daban crédito a sus ojos.

Atalus se puso de pie y rugió como un oso herido. El Sephyro concentró una gran masa de energía azul en sus dos manos y soltó la esfera directamente hacia los pectorales del horrible demonio, pero se quedó boquiabierto cuando vio que con un simple movimiento de revés de su palma la hizo rebotar hacia él logrando que se impactara contra su propio pecho. Liut giró varias veces en el aire antes de caer de espaldas en el suelo. Atalus dibujó en su rostro una diabólica sonrisa y se acercó lentamente hacia su oponente, quien se puso de pie de un salto al tiempo que lanzaba un par de feroces patadas que el demonio desvió con sus huesudas piernas.

El Sephyro estaba colérico, Angus lo contemplaba con los ojos cristalinos llenos de angustia. Liut lanzaba infinidad de golpes y ataques, pero cada agresión era desviada por las largas extremidades del demonio. Frenético, se lanzó hacia su adversario y le arrojó un torpe puñetazo. Atalus atrapó su mano y le escupió una negruzca sustancia justo en la marca del ojo de Dios, luego le torció el brazo hasta quebrárselo en dos y le dio un golpe bestialmente sólido en pleno rostro que destruyó su nariz por completo.

El elegido se desplomó boca abajo con la cara cubierta de sangre. Sus ojos volvieron a su verde original y ya no se movió. Atalus caminaba a su alrededor, quería que su enemigo se levantara; inhalaba y exhalaba su odio como un toro de lidia. Liut hizo un último esfuerzo y se impulso hacia arriba con un grito de batalla sólo para que el demonio le encajara una monstruosa patada en el abdomen. El Sephyro voló por los aires y se estampó contra un árbol, quebrándose las costillas.

El diabólico arcángel abrió dos de sus cuatro alas y con un par de aleteos llegó hasta donde estaba el cuerpo inerte de su enemigo. Lo agarró del cuello y lo levantó contra el tronco. Liut intentaba lanzar inútiles patadas, se estaba asfixiando. Segundos antes de que muriera apareció Caín y furioso le gritó al demonio:

—¡Suficiente Atalus! ¡Muerto no nos sirve de nada!

La bestia rugió como un lobo con rabia y lo dejó caer a la tierra. Alzó los brazos, le escupió y dio la media vuelta.

El elegido tomaba grandes bocanadas de aire para estabilizarse, hacía un sonido extraño, como si tuviera perforados los pulmones. Limpió la sangre de su cara con las manos y se quedó tendido en el suelo, respirando lastimosamente.

Perséfone, sujetada por Caín, vio a su hombre humillado y vencido. Con llanto e impotencia sus hermosos ojos negros mutaron al color violeta.

Atalus se colocó detrás de Angus y Liut intentó sentarse. "No está muerto quien pelea", pensó. Cuando logró erguirse, sintió sus huesos rotos, tosió y escupió sangre. Levantó la vista y vio a Perséfone, sus ojos se tornaron azul marino y su energía regresó. Con paso tambaleante se acercó a Caín hasta quedar a unos pasos de él y el fratricida le dijo:

—El hijo pródigo regresa. Te pareces mucho a tu padre. Espero que no seas igual de estúpido que él. Escucha con atención, Sephyro, el trato es simple. Nosotros te necesitamos a ti y a la espada de fuego y tú quieres a tus amigos, a tu mujer y… —Caín colocó su mano izquierda en el vientre de Perséfone y prosiguió— a tu futuro hijo.

Liut no sintió nada cuando le dijeron que tendría un hijo, es sólo cuando se tiene frente a frente al humano que uno ha formado que el amor más grande y puro de la Tierra se revela.

—¡No la toques! ¡No la toques, maldito miserable, perro del infierno! —gritó con la boca llena de espuma. Luego agachó la cabeza y murmuró—. Déjalos ir y te daré la espada. Sólo yo conozco su ubicación exacta.

—¿Crees que puedes engañarme y darme órdenes? ¡Mocoso insolente! —le espetó Caín, mientras jalaba violentamente el pelo de Perséfone.

—Entonces nunca la tendrás. ¡Maldita sea la hora en que tu madre te parió! —aulló el Sephyro.

Las espirales grises se movían arrebatadamente en las alturas dando giros, Atalus volteó hacia el cielo para interpretar el mensaje de Luzbel. En ese momento, Angus miró a Bernardo y le hizo notar que estaba a centímetros del báculo de Caín. El cocinero le devolvió una mirada de impotencia y pánico absoluto y negó histéricamente con la cabeza. Entonces Paul, atento a lo que ocurría, clavó sus ojos en los de Bernardo y juntos comprendieron que aunque eran unos cobardes, unos vividores buenos para nada, tenían que hacerlo. El miedo a morir es una fuerza insuperable que hace que pequeños hombres logren grandes acciones.

La siguiente acción sucedió en fracciones de segundo: mientras Atalus se hipnotizaba con las nubes grises, los mentecatos se levantaron y se abalanzaron contra la espalda de Caín. Bernardo lo empujó fuertemente y Paul se apropió de su báculo. Caín soltó a Perséfone, perdió el equilibrio y cayó de rodillas. El gran jinete negro de Luzbel bajó la vista y vio que Angus daba un par de giros en el suelo y levantaba la espada del Sephyro encajándola en su abdomen. Atalus bramó enloquecedoramente y le dio una bofetada que lanzó por los aires al monje. Caín le arrebató el báculo al tembloroso muchacho y dirigió su agudo filo hacia el cuello de Perséfone, quien se había refugiado en los brazos de su hombre. Cuando Liut vio que Caín se acercaba giró el cuerpo para proteger a su esposa.

La piedra azulada de Valkos se incrustó justo en la zona en que las armaduras de los seres de luz tienen aberturas para dejar salir las alas. El pulmón derecho del Sephyro recibió de lleno el impacto y la sangre brotó por cada orificio de su cuerpo. Con horribles estertores y la mirada en blanco alcanzó a tomar el brazo de Perséfone y antes de derrumbarse, le dijo con voz agonizante:

—Te amo, te espero en las estrell… —y se desplomó.

El elegido, el Sephyro de la profecía de los querubines, había muerto.

Todo estaba perdido, Liut había muerto y con él la esperanza de encontrar la espada de fuego. Caín agarró su cetro de la espalda del cadáver y movió el cuerpo violentamente, de un lado a otro, hasta que logró arrancarlo y se fue de inmediato por un portal de energía negra que se abrió en ese momento entre los árboles y la oscuridad del bosque. Cuatro caídos habían atravesado el portal para recoger y llevarse el cuerpo agonizante de Atalus.

El grito desgarrador de Angus se escuchó a lo largo del bosque:

—¡Dios, noooo! ¡Padre! ¡Noooo! ¿Qué he hecho? —se flagelaba, se sentía culpable por haber hecho caso omiso del poderoso presentimiento que nunca lo abandonó de que Liutpandro no era el elegido. ¡Pero las señales se habían cumplido! ¡La profecía parecía encajar!

Perséfone, Paul y Bernardo lloraron desconsolados junto al monje.

Angus cerró delicadamente los verdes ojos de su amado pupilo; nunca más contemplarían los atardeceres, ni cambiarían de color ni verían cumplida la profecía. Nunca conocería a su hijo.

Perséfone les pidió que la dejaran sola con Liut y se tumbó al lado del muerto. Se quedó muy quieta, casi sin respirar, quería morir. Parecía un cadáver tumbado al lado de un cadáver. La espantosa opresión que sentía en el pecho terminaba con su vida. Le dio un beso de despedida al frío cuerpo y observó que de su armadura sobresalía un pedazo de cuero. Lo tomó, lo desenrrolló y vio que en su interior se encontraba el mapa de la caverna. ¡Ese maldito mapa había matado a su hombre! Lo estrujó en sus manos y siguió llorando. El sol se ocultó en el horizonte y los pájaros adivinaron la tristeza pues ninguno de ellos cantó aquella aciaga tarde de muerte y catástrofe.

La matanza de los monjes había empezado al amanecer y ya anochecía cuando los caídos se retiraron. Aquél fue el día más triste que jamás se hubiera vivido en Monte Ángelis.

La ceremonia

Los meses pasaron. La naturaleza se regeneró rápidamente en el jardín de Angus, quien hizo lo propio con las edificaciones que, aunque no eran ni la sombra de lo que habían sido, se levantaban majestuosas en medio de la fronda.

Una nueva estación llegó y con ella el fruto del amor de los Sephyros.

El venturoso 25 de diciembre se celebró una emotiva ceremonia en el monasterio. Bernardo sostenía las toallas y Paul, vestido con hábito de monje, bendecía una vasija de barro con agua que le ayudaba a cargar el hermano Pierre. Perséfone cargaba en brazos a su pequeño hijo recién nacido, ligeramente envuelto en una delgada frazada de lino.

A diferencia de sus padres, el niño tenía dos marcas en las manos. En la derecha, el ojo de Dios y en la izquierda, la corona de fuego de Luzbel. También tenía pequeñas plumas en la espalda.

Perséfone batallaba para sostener al pequeño Sephyro que no dejaba de batir sus pequeñas alitas incesantemente. Angus se acercó al bebé y vertió agua sobre sus rubios cabellos.

—Te bautizo con el nombre de Liután, hijo de Liutprando, del linaje divino de Arel. Serás un hombre fuerte y en tus manos descansa nuestra esperanza.

Liután sonrió y los presentes se enternecieron con el pequeño angelito.

En la distancia, postrado sobre una enorme roca amarilla del monasterio, Luzbel observaba la escena con una sonrisa diabólica, mostraba dos enormes pares de alas negras que se agitaban con el viento.

El fin del mundo estaba cerca. El Sephyro había nacido. Luzbel desplegó sus alas y se perdió en el cielo.

ꗃꗁꕯꕿ ꕯꗏ

Liután, el último Sephyro

...vendrá al tercer planeta del sol blanco un
Sephyro con las mismas marcas que porta
el primer ser hecho de fuego, Luzbel. La luz
del primer arcángel corre por sus venas y su
poder se le asemeja. Él tiene las llaves de las
últimas puertas.

Ángel Caído, Génesis. Metatrón

L
a habitación del príncipe Liután estaba en completo silencio. Las cinco lunas de Valkos que rodean
el firmamento con su rojo resplandor se habían
ocultado detrás de una nube verdosa.

El pergamino de plumas no decía nada más: se tornó
blanco. Liután lo soltó, cayó al suelo y recuperó su postura
de rollo, iluminándose y restaurándose en la pluma metálica que le entregara el ángel encadenado. Liután dio un leve
golpe con el puño cerrado a su sólido escritorio de mármol
rojo y se agrietó. En sus pensamientos había una maraña de

ideas encontradas, de pensamientos contradictorios. ¡Había sido engañado! Tenía muchas ganas de destruir Valkos con sus propias manos y enfrentarse a su bisabuelo, pero sabía que no podría. Sus ojos estaban llenos de lágrimas. Creyó que jamás volvería a llorar por algo. Ahora entendía el silencio de Larzod. Ahora sabía que sólo era un instrumento. Un esbirro, un miserable sirviente.

Un momento…

Liután analizó las marcas en sus manos: la derecha emanaba luz azul y la izquierda una luminiscencia naranja como el fuego.

—Soy un instrumento, pero también represento un peligro —dijo con voz alta y grave—. Debo liberar a Larzod, salir de este planeta y avisar al arcángel Miguel sobre los portales que los caídos están a punto de abrir. ¡Ahora lo entiendo! Los cuatro jinetes están listos.

En los pasillos del palacio se escucharon rápidos pasos y el inconfundible sonido del fuego crepitante: ¡era Luzbel! Liután sintió su poderosa energía. Tomó la pluma metálica de su padre y la colgó en su cuello. Abrió uno de los grandes ventanales, se quitó la gabardina negra y desplegó sus enormes alas blancas con puntas rojas. Los pasos de la guardia real se aproximaban velozmente. Liután apretó la pluma en sus manos y gritó con rabia:

—Mi nombre es Liután, hijo de Liutprando y Perséfone. Vengaré la muerte de mis progenitores y no volveré a dudar del plan divino del Padre. Lo protegeré con mi propia vida.

Liután alzó el vuelo, tomó altura rápidamente y desapareció entre la bruma. Las puertas de su habitación se
desplomaron ante los insistentes y macizos golpes de la
guardia de las potestades de Luzbel. Cuando entraron
a la habitación del príncipe ya era demasiado tarde: el
Sephyro había escapado.

꓿꓾ꓷ꓿ꓭꓠ

Índice

Sigue esta fascinante historia en:

Ángel Caído
GÉNESIS
CANTO PRIMERO

y

Ángel Caído
APOCALIPSIS
CANTO TERCERO